CB076797

O Rei Que Se Recusava a Morrer

Os Anunnaki e a Busca pela Imortalidade

Zecharia Sitchin

O Rei Que Se Recusava a Morrer

Os Anunnaki e a Busca pela Imortalidade

Tradução:
Cristiano Sensi Figueiredo

MADRAS®

Publicado originalmente em inglês sob o título *The King Who Refused to Die*, por Bear and Company Books.
© 2013, Bear and Company Books
Direitos de tradução para o Brasil.
Tradução autorizada do inglês.
© 2014, Madras Editora Ltda.

Editor:
Wagner Veneziani Costa

Produção e Capa:
Equipe Técnica Madras

Tradução:
Cristiano Sensi Figueiredo

Revisão da Tradução:
Martha Malvezzi

Revisão:
Jerônimo Feitosa
Silvia Massimini Felix
Maria Cristina Scomparini

Dados Internacionais de Catalogação na Publicação (CIP)
(Câmara Brasileira do Livro, SP, Brasil)

Sitchin, Zecharia
O rei que se recusava a morrer / Zecharia Sitchin ;
tradução Cristiano Sensi Figueiredo. --
São Paulo : Madras, 2014.
Título original: The king who refused to die.

ISBN 978-85-370-0939-0

1. Ficção norte-americana I. Título.
14-10566 CDD-813.5
Índices para catálogo sistemático:
1. Ficção : Literatura norte-americana 813.5

É proibida a reprodução total ou parcial desta obra, de qualquer forma ou por qualquer meio eletrônico, mecânico, inclusive por meio de processos xerográficos, incluindo ainda o uso da internet, sem a permissão expressa da Madras Editora, na pessoa de seu editor (Lei nº 9.610, de 19.2.98).

Todos os direitos desta edição, em língua portuguesa, reservados pela

MADRAS EDITORA LTDA.
Rua Paulo Gonçalves, 88 – Santana
CEP: 02403-020 – São Paulo/SP
Caixa Postal: 12183 – CEP: 02013-970
Tel.: (11) 2281-5555 – Fax: (11) 2959-3090
www.madras.com.br

Capítulo 1

– Para a exposição especial, senhora?

A pergunta surpreendeu Astra. Ela visitara o museu muitas vezes anteriormente, mas nunca tão tarde da noite. Dessa vez, ela parou nos portões de ferro, intimidada pela visão da fachada de colunas do museu, iluminada por holofotes de chão que a banhavam com luz âmbar. A leve garoa adicionava uma névoa ao ambiente, um ar de mistério – como se houvesse um segredo, dourado como as luzes âmbar, escondido atrás das imensas colunas. Boquiaberta com a visão, Astra se perguntava se aquele visual estranho se dava pelo fato de que muitos artefatos do museu haviam vindo de antigos cemitérios.

– Para a exposição especial, senhora?

O porteiro repetiu a pergunta, saindo da guarita sob a garoa.

– Sim, por quê...? – respondeu ela.

– A senhora tem de mostrar seu convite – disse ele, bloqueando o caminho de Astra.

– Ah, sim, o convite.

O porteiro ficou observando enquanto ela se atrapalhava com sua grande bolsa. Ele entenderia. Astra usava um chapéu de chuva cáqui sobre o rosto de queixo quadrado e boca pequena de lábios grossos. O cinto da capa da mesma cor estava firmemente afivelado em torno da cintura, revelando os belos contornos de seu corpo.

– Aqui está – disse Astra, conforme puxou o cartão branco do envelope que lhe havia sido enviado.

– Vá em frente – respondeu o porteiro, sem sequer examinar o cartão. – Você está bem atrasada. Se você não se apressar, o vinho e os petiscos vão acabar.

Astra ainda segurava o convite na mão quando começou a atravessar o pátio, tão absorta em pensamentos que se esqueceu de colocá-lo de volta em sua bolsa. A essa altura, ela havia decorado as palavras do convite: "Os curadores do Museu Britânico cordialmente a convidam para participar da abertura da *Exposição Especial Gilgamesh*", dizia o texto, informando data e hora. Mas, mesmo agora, enquanto subia os 12 amplos degraus que levavam à porta principal do museu, Astra não compreendia por que fora convidada, ou quem sabia seu nome e endereço para fazê-lo.

Ainda pensava na estranheza daquilo tudo quando um dos guardas a parou para revistar sua bolsa, e só então ela se lembrou de guardar o convite. Satisfeito por ela não carregar armas ou explosivos, o guarda a encaminhou para a ala oeste. Astra deixou o chapéu e o casaco na chapelaria, e no instante seguinte se juntou à multidão.

Para a ocasião, a cafeteria do museu fora transformada em uma sala de recepção, onde bebidas e pequenos sanduíches triangulares eram servidos. O caminho para a recepção passava por galerias longas semelhantes a corredores, ladeadas por estátuas gregas, até um lance de escadas, do qual a multidão já se derramava para as galerias de exposição. Logo que Astra tentou alcançar o bar, viu-se presa em meio à massa de pessoas; ela foi empurrada de um lado para o outro, mas finalmente conseguiu chegar mais perto da parede, onde o volume de gente não era tão grande.

Olhou ao redor. Já passava em muito do horário de fechamento habitual, e as multidões diárias de turistas deram lugar a um conjunto totalmente diferente de pessoas. Embora apenas alguns homens usassem *black tie* e uma quantidade menor ainda de mulheres trajasse vestidos longos, aquelas pessoas eram elegantes e sofisticadas. Quando Astra ouviu suas conversas superficiais, sentiu-se completamente deslocada. Estava imaginando, ou estavam de fato olhando para ela vestida em seu velho uniforme de recepcionista de companhia aérea sem a insígnia, e atualmente um pouco apertado? Será que eles sabiam que ela realmente não pertencia àquele lugar, que sua presença ali era algum erro ou, pior ainda, uma piada de mau gosto?

Ela cruzou olhares com um homem jovem, alto e magro escadaria acima. Ele ergueu o copo e sorriu para Astra, e começou a abrir caminho em sua direção no meio da multidão, com os olhos fixos nela.

– Olá – disse ele quando a alcançou. – Eu a vi abandonada em uma ilha árida no meio de um mar de gente, sem bebida na mão, e vim para o resgate... Você está sozinha aqui?

– Sozinha e confusa – disse Astra. – Não só não tenho uma bebida, mas eu nem sei como cheguei aqui.

– Você não sabe como chegou aqui? – repetiu ele, jovialmente. – Inconsciente e empacotada em um tapete mágico enrolado, com certeza!

Ela riu.

– Não, quero dizer que não tenho ideia por que fui convidada ou quem me convidou. Você sabe? – Ela olhou diretamente para ele quando fez a pergunta.

– Quem se importa – disse o homem–, agora que você está aqui e eu posso conhecê-la? Sou seu cavaleiro de nome Henry, que chega para o resgate. E qual é o vosso nome, minha senhora?

– Astra.

– Que maravilha, que celestial... Devo trazer-lhe uma bebida, minha senhora encantadora?

Ele se inclinou em sua direção enquanto falava, aproximando o rosto do dela.

Astra puxou a cabeça para trás para evitar que a boca do rapaz tocasse a sua.

– Bem... Sim, Henry, eu adoraria uma bebida, imediatamente, por favor.

– Não saia daqui – disse ele. – Volto em um segundo!

Henry se virou e começou a abrir caminho em direção às escadas para o café. Mal ele havia saído, Astra começou a atravessar a massa de pessoas na direção oposta.

A multidão de convidados agora era conduzida de volta por todo o caminho através da galeria grega e da galeria anterior a ela, que conduzia à primeira a partir da entrada. Para aliviar a pressão e o risco de danos às estátuas, os atendentes removeram os cordões de isolamento que bloqueavam o caminho para a seção assíria do museu. Uma onda de pessoas adentrou a área liberada, e Astra caminhou para lá.

A entrada para essa seção estava flanqueada por estátuas de pedra de deidades guardiãs em tamanho natural, com seus adereços de cabeça com chifres que revelavam seu *status* divino. Elas haviam sido colocadas na entrada para receber os visitantes modernos, tal como haviam recebido adoradores na Assíria antiga. Quando Astra passou entre elas e adentrou a seção do museu que visitara muitas vezes antes, o mal-estar diminuiu. A maioria das pessoas que fazia o mesmo caminho virava-se para a esquerda, atraída pela visão do par de esculturas gigantescas de criaturas mitológicas - touros com asas de águia e a cabeça humanoide de uma divindade protetora que outrora guardava o trono de um rei assírio. Astra desviou para a direita, em direção a uma fileira de estelas assírias do primeiro milênio a.C. - colunas de pedra representando o rei, protegido pelos emblemas celestes dos grandes deuses da Assíria. Esses cinco símbolos repetiam-se em cada estela, e uma placa na parede da seção apresentava uma explicação ao visitante.

Proferindo as palavras para si mesma, Astra leu a descrição: "O adorno de chifres representava Anu, o deus dos céus. O disco alado era o emblema celestial de seu filho, o deus Ashur, o chefe do panteão assírio. O crescente era o emblema de Sin, o deus da lua. O raio bifurcado era o símbolo de Adad. A estrela de oito pontas representava Ishtar, a deusa do amor e da guerra, que os romanos chamavam de Vênus".

Depois de ler a explicação, Astra passou de estela a estela, estudando os emblemas em cada uma. Ela parou na estela do rei Assurbanípal, cujo braço se erguia para os emblemas celestes, apontando o dedo indicador para o símbolo de Ishtar. Ignorando as pessoas ao seu redor, Astra estendeu a mão para tocar o símbolo, e seu pulso acelerou quando os dedos acariciaram a antiga gravura. Ela focou seu olhar na boca do rei, tocou os lábios de pedra e sussurrou: "Lábios antigos, pronunciem novamente sua mensagem imortal".

Fechou os olhos e, apesar do barulho em torno de si, ouviu claramente as palavras sussurradas: "Olhe, Astra, olhe para a sua estrela do destino...".

Sua mão recuou e ela abriu os olhos. Virou-se abruptamente; Henry estava ali bem atrás dela, oferecendo-lhe uma bebida. Ele estava sorrindo.

– Você disse algo para mim? – ela perguntou.

– As palavras doces ainda não cruzaram meus lábios – disse ele. – No entanto, eu estava prestes a dizer; por que acariciar lábios congelados quando há outros vivos para tocarem os seus?

– Algumas palavras foram proferidas para mim – disse Astra. – Pode parecer estranho, mas eu já ouvi palavras vindas desse monumento uma vez.

– Que interessante – disse Henry. – Prossiga.

Ele lhe entregou o copo.

– Esses emblemas de alguma forma despertam um sentimento em mim – Astra continuou, enquanto se voltava para eles de novo. – Eu venho observá-los sempre que posso, depois do trabalho... Eles parecem guardar um segredo, uma mensagem.

– E a pedra, em seguida, sussurra a mensagem para você, é isso?

– Não sou louca; realmente ouvi palavras, agora e antes – Astra respondeu e levantou o copo para brindar o monumento.

Ela se voltou para trás; Henry estava agora a alguns metros dela, depois de ter sido empurrado pela multidão agitada.

– Você tem de me contar sobre esse seu culto – gritou para ela, erguendo o copo.

Astra ignorou as palavras de Henry e deixou a multidão impor mais distância entre eles. Todo mundo parecia estar agora naquela parte do museu. Um homem que havia subido em uma pequena plataforma colocada entre os antigos touros alados tentava silenciar a multidão, e depois de pedir ordem diversas vezes, começou a apresentação.

– Senhoras e senhores – disse ele com voz firme –, meu nome é James Higgins e sou o curador de antiguidades da Ásia Ocidental do museu. É um prazer recebê-los em nome dos curadores do Museu Britânico a essa abertura da Exposição Especial Gilgamesh.

Ele fez uma pausa de efeito e, em seguida, continuou.

– A Exposição Especial Gilgamesh está sendo realizada para comemorar uma espécie de centenário. Entre as grandes descobertas arqueológicas na Mesopotâmia no século XIX estava a vasta biblioteca de tábuas de argila com inscrições de Assurbanípal, rei da Assíria, em Nínive. As tábuas, em sua maioria danificadas ou quebradas em fragmentos, foram trazidas para o Museu Britânico. Aqui, no porão deste mesmo edifício, foi trabalho de George Smith separar, remontar e categorizar dezenas de milhares de peças de argila inscritas que chegaram em caixas de madeira. Um dia, seu olho captou um fragmento que parecia contar a história de uma grande enchente, e ele percebeu que havia se deparado com uma versão mesopotâmica da história bíblica do Dilúvio! Compreensivelmente entusiasmados, os curadores do museu enviaram George Smith para o sítio arqueológico na Mesopotâmia para procurar fragmentos adicionais. A sorte estava ao seu lado, pois ele encontrou fragmentos suficientes para conseguir reconstruir o texto original e publicá-lo, em 1876, como "A Versão Caldeia do Dilúvio".

Ouviram-se murmúrios da multidão, e o curador continuou.

– Mas, conforme o próprio Smith havia concluído, e os achados adicionais agora estabeleceram conclusivamente, o conto que foi descoberto na biblioteca de Assurbanípal tratava do assunto do Dilúvio apenas em parte. Era um longo conto, escrito em 12 tábuas. Seu título original antigo, encontrado na linha de abertura, era "Aquele que Tudo Via". Nós agora nos referimos a ele como o "Épico de Gilgamesh", pois conta a história de um rei com esse nome, que era inquieto e aventureiro, e desafiava homens e deuses. Alegando ser em parte divino, ele considerava ter direito à imortalidade. Foi em busca de tal fuga do destino de todos os mortais que ele foi para o Campo de Pouso dos deuses e, em seguida, para o domínio secreto chamado a Terra da Vida. Lá ele encontrou um antepassado de muito tempo que ainda estava vivo. Este último era o herói do Dilúvio, chamado de Noé na Bíblia. Foi ele que, em seguida, contou a Gilgamesh a história da inesquecível calamidade do Grande Dilúvio. Portanto, um século atrás os contos bíblicos do Gênesis foram conectados à tradição da antiga Assíria e Babilônia. Nesse século passado, também viemos a saber que todas essas obras resultam de uma fonte comum anterior, os registros escritos originais dos sumérios – aquele povo misterioso que criou a primeira civilização conhecida, no sul da Mesopotâmia.

Não foram apenas esses antigos contos assírios e babilônicos que confirmaram que Gilgamesh era uma figura histórica, mas também outros contos épicos, assim como listas reais de reis que chegaram até nós, confirmam isso também. Gilgamesh foi o quinto governante da cidade suméria Uruk, a Erech bíblica. Ele reinou quase 5 mil anos atrás. Seu pai era um sumo sacerdote, e sua mãe era uma deusa chamada Ninsun, o que fazia de Gilgamesh dois terços divino. Até as pás dos arqueólogos descobrirem a cidade – suas ruas, casas, cais e templos, incluindo os santuários de Ninsun –, Erech era apenas o nome de um desconhecido e aparentemente nebuloso lugar mitológico mencionado na Bíblia. Mas, se a Bíblia está correta sobre Erech e todas as outras cidades que menciona, e se ela está certa sobre os vários governantes assírios e babilônicos que cita, os outros contos – sobre um dilúvio e sobre Noé, sobre uma Torre de Babel e um Jardim do Éden – poderiam ser também factuais, um registro escrito de muito tempo?

O curador fez uma pausa.

– Parece que estou me deixando levar – disse ele, fazendo um gesto de desculpas. – Então vou parar por aqui. Quaisquer que sejam as implicações das descobertas do século passado e das mais recentes, não há dúvida de que um momento decisivo em nosso conhecimento e entendimento foi alcançado com a publicação da "Versão Caldeia do Dilúvio". É para comemorar o centenário desse acontecimento que o museu montou essa exposição especial. Ela reúne descobertas e artefatos agora localizados em vários museus de vários países, mas sua essência são as tábuas que George Smith reconstruiu e que não foram colocadas em exposição para visitação pública por muito tempo.

O curador sinalizou com a mão, e os atendentes removeram os cordões que separavam a multidão da seção especial.

– Convido-os a inaugurar a Exposição Especial Gilgamesh – anunciou em uma voz elevada e animada, esperando ser ouvido acima do barulho da multidão.

Mas ninguém realmente esperou suas palavras finais, pois, assim que os cordões foram removidos, a multidão avançou por conta própria.

Astra, que havia ficado na parte de trás quando o curador começara a falar, agora tinha de esperar sua vez para entrar na área da exposição especial. Lá, no centro, protegidos por um cubículo de acrílico, estavam os fragmentos originais reunidos por George Smith. Sob outra proteção de acrílico, eram exibidos os selos cilíndricos que faziam parte do conto épico de Gilgamesh. Eram pequenos cilindros de pedras semipreciosas em que cenas do conto foram gravadas em sentido inverso, de modo que, quando o cilindro fosse rolado sobre argila úmida, a representação ficaria impressa. Havia selos não só da Mesopotâmia, mas de todo o mundo antigo, datando do segundo e primeiro milênios a.C. A cena mais frequentemente retratada nos selos era a de Gilgamesh lutando contra leões. Outras o retratavam em sua vestimenta real, e havia também ilustrações de seu companheiro Enkidu, em grande parte retratando-o com os animais selvagens entre os quais ele havia crescido.

Aquele que tudo via, que foi para a Terra;
Que todas as coisas experimentou, que sobre tudo pensou...
Coisas secretas ele viu,
Aquilo que está escondido do homem ele descobriu;
Ele até mesmo trouxe avisos do tempo antes do Dilúvio.
Ele também fez a penosa e difícil
longa viagem.
Ele retornou, e na superfície de uma coluna de pedra
A história de todo o seu fardo ele gravou.

Astra ainda estava inclinada para ler o restante do texto quando sentiu um toque em seu ombro. Virou-se e viu Henry.

– Você se lembra de mim – disse ele –, o cavaleiro sem armadura? Receio que eu tenha dito algo de forma imprudente quando nos vimos há pouco. Peço desculpas.

– Não importa – Astra respondeu –, realmente vim aqui para a exposição.

– Portanto, mesmo morto há muito tempo, apesar de todas as suas pesquisas para se tornar imortal, Gilgamesh é mais interessante – disse Henry. – Você sabia que, para se manter jovem, ele vagava à noite pelas ruas de Erech, em busca de festas de casamento? Ele, então, desafiava o noivo para uma luta, que sempre ganhava. E aí, reivindicava para si como prêmio o direito de ser o primeiro a dormir com a noiva virgem.

– Ele fazia isso? – disse Astra. – E se houvesse mais de um casamento naquela noite? – Ela riu.

– Diz aqui – disse Henry, apontando para o texto da primeira tábua – que Enkidu, uma espécie de homem artificial criado pelo deus Enki, fez amor com uma prostituta durante seis dias e sete noites, sem pausa. Gilgamesh, igualmente viril, sobrevivia a um rito anual de casamento sagrado com a deusa Inanna, durante o qual ele tinha de copular 50 vezes em uma noite... Isso responde à sua pergunta?

Astra agora observava Henry mais de perto. Ele era mais jovem do que ela, talvez tivesse uns 30 anos. Tinha um rosto sardento e cabelo castanho-claro, e estava longe de ser bonito. Mas seu sorriso tinha uma certa audácia, espontâneo e convidativo...

– Parece que você sabe bastante – disse ela. – Você é professor ou algo do tipo?

– Eu sou, sim. Professor de Assiriologia. E você?

– Eu fui – Astra respondeu, encolhendo os ombros. – Fui uma comissária de bordo muito boa, mas atualmente cuido da sala de reuniões da tripulação no avião, agora que estou mais velha e gorda.

– Com belas curvas, eu diria – comentou Henry, inclinando a cabeça, como se quisesse dar uma olhada nela de outro ângulo. – Semelhante a Inanna, mais conhecida como Ishtar, na verdade. Ela costumava ostentar sua beleza nua, por isso a maioria de suas representações mostra seu corpo nu ou usando uma vestimenta transparente.

Ele pegou a mão de Astra e puxou-a da exibição das tábuas para a vitrine com os selos cilíndricos.

– Aqui você pode ver algumas dessas representações – disse, apontando para um grupo de selos.

– Por que ela fazia isso?

– Ela era a deusa do amor. Acho que tinha de viver à altura de sua reputação... A sexta tábua da Epopeia de Gilgamesh relata como, ao vê-lo nu, Inanna convidou-o a fazer amor com ela. Será que a história vai se repetir, Astra? – Ele a olhou em seus olhos e apertou sua mão.

– E Gilgamesh aceitou o convite? – perguntou Astra.

– Bem... Como diz o antigo conto, não. Ele declinou do convite, citando os casos em que ela havia matado seus amantes humanos. Mas *eu* teria aproveitado a chance!

– É uma proposta interessante; reviver um encontro de milênios antes, e ver se ele sai de forma diferente – disse Astra, retirando sua mão da dele. – Mas eu ainda quero saber como vim parar aqui. Você sabe?

– Eu sei – disse uma voz ao seu lado.

Astra se virou para ver quem lhe falava. Era um homem alto, de ombros largos, com aproximadamente 50 anos, com cabelo espesso ficando já grisalho nas têmporas. Seus olhos eram azul-acinzentados, e ele olhava para ela de forma tão intensa que Astra não conseguia desviar os olhos para ver suas outras características.

– Você? Mas por quê? – Astra deixou escapar.

– Por algo bem particular – respondeu o estranho. Ele estendeu a mão. – Você poderia vir comigo, por favor?

O homem ainda a encarava.

– Espere aí – disse Henry –, essa jovem está comigo!

– Bobagem – disse o estranho. – Eu o observei enquanto tentava se aproximar dela, você até zombou quando ela sentiu um vínculo com os antigos monumentos... Então, por favor, não se importe se eu tomar a srta. Kouri emprestada por um momento.

Sem dar a qualquer um deles mais alguma chance de se opor, ele tomou Astra pelo braço e levou-a embora pela multidão que se acotovelava.

Eles estavam fora da área da exposição especial quando Astra parou, soltando seu braço com um puxão.

– Você sabe meu nome? – disse ela.

– Sim. Você é a srta. Astra Kouri, não é?

Astra podia sentir seu rosto corar. Seu coração começou a bater forte.

– ... Como?

O estranho sorriu.

– Fico contente por você ter aceitado o convite – ele disse.

– Quem é você?

– Meus amigos me chamam de Eli, que é um apelido de meu sobrenome, Helios. Adam Helios é meu nome completo... Agora você tem sua resposta, não tem?

Astra assentiu com a cabeça.

– Então, venha comigo – ele a pegou pelo braço novamente e guiou-a até a entrada da exposição assíria, parando em frente à estela de Assurbanípal.

– Olhe, Astra, olhe para a sua estrela do destino – ele sussurrou.

– Você! – gritou Astra. – O que você quer de mim?

Sem desviar o olhar dela, ele pegou sua mão e deslizou os dedos ao longo da lateral de sua palma, onde Astra tinha uma cicatriz irregular pouco perceptível. Ele então pegou a mão livre de Astra e deslizou os dedos da mulher pela lateral da própria mão, até Astra sentir uma cicatriz irregular semelhante na dele.

– Oh, meu Deus! – disse ela.

– Sim, eu também tinha um sexto dedo que foi removido cirurgicamente quando era criança – disse ele. – Não é isso que foi feito em você também?

– É incrível, disse Astra. – É muito estranho... Como você sabe disso? Como você sabe meu nome?

– Você acredita em destino, Astra? – ele sussurrou, colocando as mãos em volta da cintura dela. – Você acredita que as estrelas podem acenar, que as pedras podem falar?

– Quanto você sabe sobre mim, pelo amor de Deus? – Astra resistiu.

Ele soltou sua cintura.

– Mais do que você mesma já soube – disse ele. – Venha comigo e vou lhe contar tudo.

Não estava mais olhando para ela, mas para os símbolos celestes sobre o monumento.

– Eu realmente não acho... – Astra começou a dizer, mas parou quando a mão de Eli alcançou a dela novamente, e ele apertou sua cicatriz contra a dela.

– Nós temos uma natureza específica – disse ele. – Fomos excepcionalmente dotados de um sexto dedo... Você não consegue ouvir nosso destino chamando?

Os olhos assertivos do homem agora novamente a estavam encarando. Astra queria dizer algo, mas não conseguia.

- Venha - disse ele, e tomou-a pelo braço.

Astra foi com ele, e, quando chegaram às escadas que levam para fora do museu, Eli ainda acrescentou:

- Eu moro aqui perto.

Eles atravessaram o pátio e, em seguida, a Rua Great Russell, alcançando a Rua do Museu, uma rua estreita ladeada por edifícios antigos que em outro tempo foram casas de ricos, mas agora alojavam escritórios de editoras e livrarias especializadas em assuntos orientais e ocultismo. Caminharam em silêncio; Eli ainda segurava o braço de Astra.

Viraram em uma rua ainda mais estreita e, em seguida, em um beco. Astra tinha a impressão de que eles estavam em algum lugar na parte de trás dos edifícios pelos quais haviam passado minutos antes, mas não tinha certeza. Não havia luzes no beco. Em meio à escuridão, Eli parou na frente do que parecia ser uma porta. Ele a destrancou com agilidade, soltando o braço de Astra. Uma luz fraca azulada veio de dentro quando ele abriu a porta, e podia-se ver uma escada estreita e íngreme porta adentro.

- Por favor - disse. Logo que Astra entrou, ele trancou a porta atrás de si e começou a subir as escadas. - Eu mostro o caminho.

Havia níveis intermediários entre os andares, com portas improváveis levando a quartos obscuros, tudo quase imperceptível à fraca luz azulada cuja fonte Astra não conseguia determinar. Depois de subirem até o que parecia ser cerca de dois andares completos, Eli abriu uma porta e levou-a para uma sala de tamanho médio, onde a luz azulada era mais brilhante. Astra conseguia perceber que o recinto fora decorado como uma sala de estar, as paredes estavam em grande parte tomadas por estantes de livros que iam do chão ao teto. Havia um cheiro na sala, um cheiro deslumbrante. Na época em que voava, Astra poderia reconhecer, em um instante, o cheiro de maconha, haxixe e afins, mas o que ela sentia agora não era nada disso.

- Fique à vontade - disse Eli, apontando para uma poltrona grande e confortável.

Astra colocou a bolsa ao seu lado.

– Droga – ela disse –, deixei minha capa e meu chapéu no museu!

– Não se preocupe – disse Eli. – Eles vão estar seguros lá até que você os pegue. Xerez?

Sem esperar por uma resposta, ele encheu dois copos com a bebida de uma garrafa que estava em uma pequena mesa lateral. Ofereceu-lhe um copo e Astra estendeu a mão para pegá-lo, mas Eli o segurou por um momento.

– Você é linda – disse, enquanto a deixava pegar o copo de sua mão.

Embora seus sentidos tivessem sido tomados pelo cheiro doce e agradável que preenchia a sala, Astra não deixou o comentário escapar.

– Essa é sua fala-padrão de abertura? – ela perguntou.

Eli ergueu o copo.

– Vamos brindar a uma noite encantadora. Eu prometi lhe dizer tudo, e vou fazê-lo. Vou começar com o convite – disse ele, enquanto se sentava em uma poltrona em frente a Astra. – Explicar isso será a coisa mais simples a fazer nesta noite. Ouça, eu trabalho no museu. Meu trabalho é classificar e restaurar antiguidades do Oriente Próximo. Reparei em você no museu mais de um ano atrás, e então a vi em suas visitas seguintes. Eu a notei, veja você, porque me fez lembrar de alguém.

Eli fez uma pausa para saborear seu xerez.

– De quem? – perguntou Astra.

– Você vai encontrá-la em breve –respondeu. – Depois de um tempo percebi que você vinha ao museu em certos dias, em horas específicas, e passei a esperá-la nesses momentos. Frequentemente eu não me decepcionava. Observava-a enquanto você repetidamente parava na frente de certos artefatos, como fez nesta noite. Sim, eu a assistia; você tocava algumas das estelas e relevos de parede, os símbolos celestes esculpidos neles. Você passava os dedos sobre eles, em um deles em particular... Eu vi você, vi sua mão... Sem que percebesse, por vezes eu estava por perto... Então, um dia, quando você levantou a mão para tocar os símbolos celestiais, eu vi!

– O que foi que você viu?

– A cicatriz, a cicatriz que a denunciava. A cicatriz onde seu sexto dedo esteve antes de ser removido – ele respondeu com empolgação na voz –, e soube então que encontrar você havia sido o presságio que eu estava esperando...

Eli fez uma pausa e tomou um gole de xerez para se acalmar.

– O resto foi fácil. Eu a segui, descobri onde você vive e trabalha, e descobri seu nome. Então, quando o museu preparou a exposição Gilgamesh, e eu vi a data que havia sido escolhida para a abertura, sabia que era um momento predestinado... Eu sabia que o tempo para o próximo passo fatídico havia chegado. Então peguei um convite e enviei-o a você.

– Tudo por causa de meu sexto dedo? – perguntou Astra, tomando um gole de xerez. – Ou o resto do meu corpo estava envolvido nisso?

– Igual a ela – disse Eli –, língua afiada, impaciente... Quanto você conhece da Bíblia, Astra?

– Nós não tínhamos escola de catequese onde eu cresci – disse ela. – Você não respondeu à minha pergunta.

– Vou deixar a Bíblia explicar – respondeu ele.

Eli se levantou e foi até uma das estantes, escolheu um livro e voltou para sua poltrona; acendeu um abajur sobre a mesinha ao seu lado e folheou o livro até encontrar o que estava procurando.

– Você está familiarizada com o conto bíblico dos espiões enviados por Moisés a Canaã antes das tribos israelitas? – questionou.

– Não, não estou – respondeu Astra.

– Ele é narrado no Livro dos Números, capítulo 13. Das paragens do Sinai, eles seguiram através do deserto de Negev até a cidade de Hebron, que era a conhecida morada dos chamados gigantes, os três descendentes de Anaque: Aimã, Sesai e Talmai – fez uma pausa e folheou a Bíblia outra vez. – Esses três descendentes de Anaque são mencionados novamente; mais uma vez no livro de Josué e depois no primeiro Livro dos Juízes, relatando a conquista de Hebron pela tribo de Judá. A cada vez os três são citados com seus nomes – Aimã, Talmai e Sesai... Você sabe o que o nome Sesai significa?

– Não faço ideia.

– Aquele dos seis!

– Seis dedos? – Astra arriscou um palpite.

– Você pode apostar sua vida que sim – respondeu Eli. – Toda essa parte sul de Canaã na fronteira com a Península do Sinai era conhecida na Antiguidade por ser a morada dos descendentes de seres sobre-humanos, e um de seus recursos exclusivos era um sexto dedo. Quinhentos anos depois, o rei Davi, lutando contra os filisteus nessa mesma área, encontrou os descendentes daqueles seres. Havia quatro deles na cidade de Get... Aqui, deixe-me ler para você o segundo livro de Samuel: "E ainda houve mais uma batalha em Get, e mais um gigante apareceu; ele tinha seis dedos em cada mão e seis dedos em cada pé, 24 ao todo, pois ele também era um descendente dos Refains".

– Você está sugerindo que nós temos algo em comum com os gigantes dos contos bíblicos?

– É claro – disse Eli. – O fenômeno é conhecido na medicina moderna como polidactilia, em que uma pequena falange extra cresce no lado da mão ou do pé. O crescimento é, sem dúvida, uma característica genética rara, passada de geração a geração. Como todas as características incomuns, o gene recessivo deve estar presente em ambos, pai e mãe, para aquela particularidade reaparecer em sua prole... Às vezes, portanto, o gene pode permanecer invisível, sem se manifestar por gerações, e o resultado reaparece quando um acasalamento correspondente ocorre. A característica, então, aparece na prole. Em nosso caso, um sexto dedo da mão ou do pé.

– Li sobre esses defeitos genéticos peculiares de certos grupos de pessoas – disse Astra. – É uma questão hereditária, dizem.

– Exatamente – disse Eli. – Com o porém que nosso traço particular não é um defeito, de modo algum...

Ele não terminou a frase. Em vez disso, Eli se levantou e voltou a encher os copos de xerez, entregou a Astra o dela e permaneceu em pé. A luz do abajur iluminava o fundo atrás dele, um brilho leve que desenhava sua silhueta contra o tom azulado do quarto. Astra ficou em silêncio, à espera de suas palavras.

– Nós, você e eu – disse ele, olhando nos olhos dela –, temos um gene comum; somos descendentes dos mesmos antepassados... Pessoas de tempos passados que já eram "antigas" nos tempos bíblicos...

– Mas você acabou de dizer que isso não é um defeito – Astra interrompeu.

– Pelo contrário – disse Eli. – Isso significa que somos elegíveis para a imortalidade!

– *Imortalidade*? Você deve estar brincando.

– Nem um pouco – disse Eli. – Estou falando sério.

– Só porque nós nascemos com um sexto dedo?

– Porque nós somos descendentes dos Refains, entre outras coisas... Você sabe o que essa palavra bíblica significa?

– Não.

– Significa, literalmente, "curandeiros". Eles são mencionados várias vezes na Bíblia como os extraordinários moradores de certas partes da Terra Santa em tempos remotos. De acordo com a sabedoria de outros povos antigos, os Refains eram seres divinos que conheciam os segredos da cura...

– Como o arcanjo Rafael?

– É isso mesmo, é precisamente isso que o nome significa. "Curador de Deus", ou, traduzido mais literalmente, "o curador da divindade chamada El"... De acordo com um antigo conto cananeu, um rei chamado Keret era um semideus, filho de El. Ele irritou uma certa deusa, e ela o afligiu com uma doença fatal. Mas, quando ele estava morrendo, El enviou a deusa da cura para seu resgate, e ela reavivou Keret.

Eli tomou um gole de xerez.

– E depois há o conto cananeu de Dan-El, claramente identificado como um descendente dos Refains. Como o patriarca hebreu Abraão, ele não tivera um herdeiro do sexo masculino com sua esposa. Como Abraão, residente na área do Negev em Canaã, visitantes divinos lhe prometeram um filho com a esposa, apesar da idade avançada do casal. Para tornar isso possível, deram a Dan-El uma poção chamada Sopro de Vida, que o rejuvenesceu e revigorou.

– E funcionou? – perguntou Astra.

– Ah, sim. Um filho realmente nasceu. Quando ele cresceu e se tornou um jovem, a deusa Anat, o nome cananeu para a deusa da guerra e do amor, desejou-o. Sabendo das consequências de se fazer amor com uma deusa, exceto em determinadas circunstâncias, ele se recusou. Assim, para seduzi-lo, Anat prometeu-lhe obter a imortalidade.

– Imortalidade por meio de rejuvenescimento. Juventude eterna. Foi isso?

– Sim – respondeu Eli. – A característica divina dos Refains, repassada geneticamente aos seus descendentes, revelada pelo sinal do sexto dedo!

– Conte-me mais – disse Astra. – Tudo o que há para saber.

Ele chegou mais perto dela; com a mão, ergueu seu queixo e olhou-a nos olhos.

– É uma longa viagem de volta – disse ele –, de volta às nossas origens.

– Leve-me de volta – ela murmurou. – Eu preciso saber tudo.

Astra queria fechar os olhos, mas o olhar de Eli era muito penetrante para que ela conseguisse. Ainda segurando seu queixo, ele começou a curvar-se sobre ela, e Astra sabia que iria beijá-la. Um arrepio, como um relâmpago, passou por seu corpo. Mas ele só a beijou levemente na testa e, em seguida, afastou-se.

– Muito bem – disse Eli. – Vamos começar nossa jornada para o passado.

Capítulo 2

Eli se sentou novamente ao lado da mesa com a luminária. Sob a luz azulada que cobria a sala, e à qual os olhos de Astra agora haviam se acostumado, a luz brilhante da luminária envolvia Eli em um brilho fantasmagórico, desenhando uma grande sombra contra a parede oposta.

– Os eventos que nos dizem respeito aconteceram muito tempo atrás – começou Eli, falando com vagar –, e suas raízes estão envoltas em um passado obscuro...

Ele pegou a Bíblia e ergueu-a.

– O início está registrado aqui, mas há informação suficiente apenas para um vislumbre. A Bíblia é a porta de entrada; os corredores são os contos do passado a que chamamos mitologia. E a "câmara do tesouro" são os contos sumérios da pré-história, que são, na verdade, as Crônicas da Terra.

– Como a história de Gilgamesh? – perguntou Astra.

– De tempos muito, muito anteriores a ele, mas a história de Gilgamesh se encaixa a isso tudo muito mais do que percebemos. Primeiro, temos o próprio Gilgamesh. Ele reclamava o direito à imortalidade dizendo que era dois terços divino. Sua mãe, Ninsun, era uma deusa, e seu pai era descendente do deus chamado Shamash. Aí temos o herói do Dilúvio, chamado de Noé na Bíblia e Ziusudra nos textos sumérios. Gilgamesh foi em busca dele porque os deuses concederam a Ziusudra a vida eterna. A Bíblia descreve Noé como sendo de uma linhagem pura. As crônicas sumérias são mais específicas, elas nos contam que o pai de Ziusudra era o filho de um deus, o mesmo Shamash.

– Uma linhagem que pode ser rastreada de volta até os deuses, um gene divino... Esse é o segredo da vida eterna? – perguntou Astra.

– Linhagem, hereditariedade, origens divinas, um certo gene... Chame o que quiser.

– ... Que alguns mortais têm por serem descendentes de filhos de deuses? – Astra se movia na poltrona com certo incômodo conforme falava. – E o que dá apoio à ideia dos sumérios de que os chamados deuses acasalaram com humanos?

– A Bíblia – disse Eli, balançando o livro em suas mãos. – Eu acredito em cada palavra daqui, literalmente... Aqui, em Gênesis 6, quando a situação na Terra anteriormente ao Dilúvio é descrita, isto é que se lê:

E assim se sucedeu,

Quando os terráqueos começaram a crescer em número em sua superfície da Terra e filhas nasceram entre eles,

Que os filhos dos deuses viram as filhas do Homem, que eles eram compatíveis, e eles tomaram para si as esposas que escolheram...

Quando os filhos de Deus coabitaram com as filhas da Terra e tiveram filhos com elas. Eles eram os poderosos da Eternidade, o Povo de Shem.

Eli colocou a Bília no colo.

– Aí está! – ele disse. – No verso que é costumeiramente traduzido como "os gigantes andavam sobre a Terra naqueles tempos", li o termo original hebreu, Nefilim. Significa "aqueles que desceram dos Céus para a Terra". Eles eram os filhos dos deuses e casaram-se com mulheres humanas. Seus filhos eram poderosos, pessoas da eternidade – privilegiados com a vida eterna!

O braço direito de Eli de repente se agitou de uma forma estranha, e ele o segurou com a mão esquerda.

– Está tudo bem? – perguntou Astra.

– Sim, sim – disse ele. – Só fiquei um pouco tocado por emoções fortes, enquanto lia as palavras sagradas que nos ligam ao nosso passado, às nossas raízes.

– Escute – Astra disse –, talvez devêssemos continuar em outra hora. Está ficando tarde, e tenho de trabalhar amanhã. Acho que é melhor eu ir.

Astra se levantou.

– Não! – disse Eli, bem enfático. – Você tem de ficar! Nós temos de continuar, esta noite!

– E por que esta noite é tão especial? Pela Exposição Gilgamesh?

– O momento, hoje – Eli disse. O braço começou a se agitar novamente e ele o segurou. – Está predestinado, estou lhe dizendo... Por favor, você tem de ficar!

Havia algo misterioso em sua voz, e impaciência também. Astra hesitou.

– Por favor, sente-se – disse ele, enquanto o sacudir de seu braço e o tom da voz se acalmavam. – Deixe que eu lhe mostre alguns *slides*.

Ela se sentou. Eli foi até a parede oposta à poltrona dela e puxou uma pequena tela branca; desligou a luz do abajur, deixando a sala à meia-luz azulada, e então foi até o canto atrás de Astra. Ali, ligou um projetor de *slides*. Por um momento, uma luz ofuscante dominou a sala, conforme o faixo de luz do projetor acendeu sem *slide* para mostrar. Mas, no momento seguinte, um *slide* brilhou na tela – uma foto de ruínas antigas mostrando seis altas colunas remanescentes.

– Baalbek! – Astra deixou um grito escapar.

– Sim, Baalbek, nas montanhas do Líbano, na Floresta de Cedros. Não é daí que você veio?

– Sim! Eu nasci no vilarejo próximo às antigas ruínas. Minha família sempre viveu por lá...

Eli passou a projeção para outro *slide*.

– Esta é uma imagem aérea do local. Estas agora são ruínas de templos romanos, mais grandiosos do que qualquer um construído na própria Roma. Os templos foram construídos sobre ruínas de templos gregos anteriores, usados para adoração por Alexandre, o Grande. E, antes disso, templos fenícios ficavam lá. O rei Salomão engrandeceu o local em honra de sua convidada, a rainha de Sheba; havia templos ali antes mesmo de existirem reis em Jerusalém. Mas, enquanto templos substituíram templos, uma coisa permaneceu inalterada: a vasta plataforma sobre a qual eles foram construídos. Uma plataforma de mais de 1,5 milhão de metros quadrados, feita de pedras enormes, com um pódio gigantesco em uma de suas pontas. Não há nada igual no mundo!

– Não nos permitiam ir às ruínas – Astra disse suavemente. – Meus pais e avós diziam que elas eram sagradas. Nosso sacerdote maronita contava que era a morada dos Anjos Caídos. Ouvi lendas de que o lugar havia sido construído antes do Dilúvio, por gigantes.

– Então você nunca esteve nas ruínas, nunca caminhou sobre a vasta plataforma?

– Uma vez, apenas uma vez. Foi quando deixei o Líbano para vir para a Inglaterra. Havia algo em mim que me puxava para elas, como um cordão umbilical... E então lá fui eu, apesar das admoestações. Subi a montanha e caminhei até a plataforma, e aí escalei o pódio. Fiquei lá por um bom tempo. Eu conseguia enxergar longe, os horizontes do Norte, do Oeste e do Sul. O vento soprava meu cabelo, e senti como se ele fosse me carregar e eu fosse voar para longe, não sei até onde... E aí eu soube, simplesmente soube, que estaria segura em todos os meus voos como aeromoça.

– Você viu o Trilithon? – Eli perguntou, conforme projetava outro *slide* na tela, mostrando três imensos blocos de pedra que formavam uma das camadas na base do pódio. – Eles pesam mais de mil toneladas cada um.

– Esses três blocos de pedra colossais? Sim, eu os vi muitas vezes, e vários outros, imensos – disse Astra. Nós, quando crianças, costumávamos transitar pela base da montanha e observar a cordilheira a distância... Mas nós realmente fomos e subimos no bloco de pedra semelhante, que ainda está nas ruínas, no vale.

– Ah, sim, está em meu próximo *slide* – ele projetou uma fotografia de um bloco de pedra colossal, estendido sobre sua lateral, parcialmente enterrado no solo. Um homem que estava sentado sobre ele parecia uma mosca descansando sobre um bloco de gelo alongado.

– Alguém descobriu como esses blocos de pedra gigantes foram carregados por todo o caminho da pedreira no vale e montanha acima? – perguntou Astra.

– Não – disse Eli. – Até hoje não existe equipamento que possa erguer mil toneladas, ou mesmo 500 toneladas, que é o que pesa a maioria das pedras do pódio. Mesmo assim, na Antiguidade, alguém, de alguma forma, fez o impossível.

– Os gigantes das lendas cristãs?

– E das lendas judaicas, das lendas gregas... Os gigantes que, na Bíblia, são literalmente chamados de "Aqueles que Desceram". Os sumérios os chamavam de *Anunnaki*. Significava a mesma coisa: "Aqueles que Vieram dos Céus para a Terra".

– Gilgamesh não tentou entrar em um túnel secreto dos Anunnaki? – disse Astra. – Quem eram eles, na verdade?

– Os deuses – Eli respondeu. – Os deuses dos sumérios e de todos os povos antigos. Eles vieram para a Terra quando nossa espécie ainda era similar aos símios dos quais descendemos, segundo os registros dos sumérios. O líder da primeira equipe a chegar aqui se chamava Enki, o que significava "Senhor da Terra", e era um brilhante cientista. Em seguida a ele veio para a Terra seu meio-irmão, Enlil. Seu nome significava "Senhor do Comando", pois era responsável pela Missão Terrena dos Anunnaki. E depois Ninharsag, uma meia-irmã, juntou-se a eles como coordenadora médica. Nascidos de diferentes mães, eles tinham o mesmo pai – o governante de seu planeta natal, planeta esse que se chamava Nibiru.

– Isso são lendas – Astra disse –, mitologia... Como os contos gregos sobre Zeus e as guerras celestiais entre os deuses e os titãs.

– Não, são fatos! – Eli replicou, assertivo. – A Bíblia repetidamente afirma que os Nefilim também eram conhecidos como *Anakim*, o que simplesmente é a palavra hebraica para Anunnaki. Ela também diz que um grupo específico dos Anakim era chamado *Zuzim*, ou descendentes de Zu. Você já ouviu o conto sumério sobre Zu?

– Não – respondeu Astra.

– O nome completo de Zu era Anzu, que significava "Aquele que Conhece os Céus": um astrônomo, um cientista espacial. Ele foi enviado à Terra quando os Anunnaki já haviam se estabelecido, quando já estavam na Terra havia 600 anos e 300 em plataformas orbitais e naves espaciais. Por recomendação de Enki, Zu foi designado para o centro de controle da missão de Enlil. Lá, na câmara interna mais profunda, banhada por um brilho celestial e sob um zumbido constante, Enlil mantinha as Tábuas dos Destinos. Semelhantes aos discos de memória dos nossos computadores, mas sem dúvida mais sofisticadas, as tábuas eram essenciais para o que chamavam de *Dur-an-ki*, ou "Conexão-Céu-Terra", pois registravam todos os movimentos celestiais e guiavam o veículo espacial entre Nibiru e a Terra. Então, um dia, buscando obter controle total, Zu roubou as Tábuas do Destino e fugiu com elas para um esconderijo. O roubo das tábuas levou a situação a um impasse... Por fim, depois de batalhas aéreas entre Zu e o primeiro filho de Enlil, Ninurta, elas foram recuperadas. Zu foi derrubado com um míssil sobre a Península do Sinai.

– Que história! – disse Astra. – Estações espaciais, uma câmara secreta brilhante e com ruído constante, um cientista louco, batalhas aéreas... Ficção científica de 6 mil anos atrás!

– Incrível, mesmo se *fosse* ficção científica de muito tempo atrás – disse Eli. – Mas todos esses fatos realmente aconteceram!

– Isso é incrível demais – Astra persistiu. – Nos tempos primitivos, Tábuas dos Destinos que são discos de memória da era espacial...

– Bem... – replicou Eli. – E o que você me diz sobre *isso*? Ele trocou os *slides*, projetando na tela a fotografia de um objeto circular, um disco no qual estavam inscritas várias formas geométricas – linhas, setas, triângulos e outros desenhos acompanhados de símbolos cuneiformes.

– O que é isso? – perguntou Astra.

– Uma Tábua dos Destinos; uma réplica. O mesmo objeto de cuja existência você duvidou. Um disco codificado, um mapa de rotas celestes. A chave para a imortalidade. Você se lembra dele, Astra?

– Lembrar? Por que eu deveria lembrar desse objeto?

Eli deu a volta e parou diante de Astra, olhando para ela.

– Você deve se lembrar da tábua – disse ele. – É o mais importante.

Astra deu de ombros. – Enlil, Enki, Ninharsag... Nada disso desperta alguma familiaridade em você?

– Eu acho que não sei o que você está querendo dizer – respondeu Astra.

Sem falar, Eli foi até uma das paredes tomadas por estantes. Tocou um botão escondido, que fez um painel mover lateralmente. Do espaço oco revelado, tirou um jarro, caminhou até a pequena mesa onde estavam a garrafa de xerez e copos, e cuidadosamente verteu um líquido dourado do jarro em dois copos pequenos. Ele caminhou até Astra e estendeu-lhe um dos copos.

– É um néctar – disse –, extraído de certas ervas e flores prensadas, uma receita muito antiga na minha família, que se acredita remontar a ritos dos templos assírios... Beba... Saboreie e recoste-se... Relaxe... Deixe seus pensamentos flutuarem livremente.

Ela pegou o copo e olhou para Eli. Inesperadamente, ele se curvou e beijou-a na testa. Seus lábios eram quentes, excepcionalmente quentes, e seu toque enviou uma sensação de calor para o cérebro de Astra.

– Isso é algum tipo de poção do amor? – questionou.

Eli sorriu.

– Minha querida Astra – ele disse suavemente –, nós nos apaixonamos há muito tempo... O néctar vai ajudá-la a se lembrar.

Eli tomou um gole do néctar. Astra olhou para ele, perplexa.

– É hora de me dizer quem você é – disse.

– Beba o néctar, e eu lhe direi – respondeu Eli.

Astra tomou um gole do líquido. O gosto parecia uma mistura de mel e romãs, com um perfume de jasmim. Tinha um sabor agradável e suave, mas, logo que ela o engoliu, sentiu um calor subir dentro dela, como algo que brilhava em seu interior. Sorriu para Eli.

– É gostoso – disse. – Vá em frente, diga.

– Eu sou assírio – prosseguiu Eli. – Não um sírio do atual país adjacente ao Líbano, mas um descendente dos assírios do norte da Mesopotâmia, dos reis poderosos cujas estelas você vem admirando e acariciando no museu... Os assírios se proclamaram, com a bênção de seus deuses, os governantes das quatro regiões. Para legitimar esse *status* de império, eles tiveram de estender seu domínio à antiga Suméria e casar com os descendentes de seus reis, especialmente aqueles que, pela sua linhagem, eram descendentes de filhos dos semideuses... Eles casaram suas filhas com os descendentes dos reis de Erech e Ur, cuja linhagem divina era confirmada não apenas por registros familiares, mas por aquele sinal único e revelador, o sexto dedo.

Eli ergueu a mão para mostrar a cicatriz reveladora novamente.

– Apesar da passagem dos milênios, da ascensão e queda de impérios, de guerras e assassinatos e dispersões, um núcleo de descendentes dos antigos assírios permaneceu com a família coesa e suas ligações genéticas. Eles sempre estiveram agrupados em torno da família que carregava o gene divino, revelado pelo nascimento de um bebê com um sexto dedo.

– Será que isso significa que nós tivemos algum parentesco em algum lugar do passado distante?

– Sim – confirmou Eli. – Você e eu... Nossos destinos estavam entrelaçados no passado. E o destino nos uniu novamente!

Ele tomou um gole do néctar e Astra também. O calor a invadiu mais uma vez, e gotas de suor apareceram em sua testa, embora a sala não fosse aquecida.

– Sinto-me quente – disse, enquanto se levantou para tirar o casaco. Seus movimentos pressionaram a blusa contra os seios fartos e arredondados, e Astra percebeu o brilho repentino no olhar de Eli. O braço direito dele vibrou novamente e quase derramou o suco; Astra sentiu um súbito impulso de tocá-lo.

Aproximou-se de Eli, pegou seu braço que tremia e acariciou-o suavemente até o espasmo passar. Nenhum dos dois disse uma palavra. Ela colocou a cicatriz contra a dele e olhou-o nos olhos.

– Você vai me dizer quem eu realmente sou? – ela perguntou com voz macia.

Ele a puxou para mais perto de si, apertando o corpo de Astra contra o seu. Ela fechou os olhos; os lábios se separaram. Eli a beijou suavemente na testa.

– Você tem de se lembrar de mais – sussurrou –, só então...

Sem terminar a frase, levou-a de volta à poltrona com suavidade.

– Eu prometi fazê-la saber mais sobre você mesma do que você jamais imaginou – disse ele –, mas devemos fazer isso gradualmente... Temos de chegar lá juntos.

– Chegar aonde? – perguntou Astra.

Eli pegou o copo.

– Vamos beber o néctar – disse.. – Pela vida eterna!

Ela pegou seu copo.

– Pela vida eterna – Astra repetiu e bebeu.

Eli voltou para o projetor de *slides* e projetou o símbolo celestial do Disco Alado na tela.

– Nossa história começa nos céus distantes – recomeçou. – Eras atrás, quando nosso sistema solar ainda era jovem, apareceu um grande globo celeste vindo do espaço longínquo, refugiado de outro sistema estelar que havia explodido. Como resultado dos estragos e colisões que o globo causou, surgiram nosso próprio planeta, a Terra, e o cinturão de asteroides e cometas. O globo invasor foi capturado pela órbita em torno de nosso Sol, tornando-se o 11º membro de nosso sistema solar. Sua vasta órbita leva-o para longe no espaço e, em seguida, traz o planeta de volta à nossa vizinhança, uma vez a cada 3.600 anos.

– Nibiru?

– Sim, o planeta dos Anunnaki. Uma vez a cada 3.600 anos, eles poderiam ir e vir entre seu planeta e a Terra. Cerca de 450 mil anos atrás, eles desembarcaram aqui em busca de ouro. Em seu próprio planeta a atmosfera havia se desgastado. Seus cientistas descobriram que, ao suspender partículas de ouro em sua estratosfera, eles poderiam preservar a vida, e a si mesmos, em seu planeta majestoso.

Astra agitou-se em sua poltrona.

– Enki... Enlil... – sussurrou.

– Sim, eles eram os líderes que haviam vindo de Nibiru – disse Eli. – Será que os nomes lhe trazem alguma lembrança?

– Não tenho certeza – disse Astra. – Alguma coisa está se mexendo dentro de mim...

Eli foi até a pequena mesa de canto e encheu as taças com o néctar.

– Aqui, beba um pouco mais – disse, enquanto dava a Astra seu copo e tomava um gole do seu.

– Não pare... Conte-me mais – pediu ela, enquanto sorveu o líquido. – Eu me sinto como se estivesse sendo erguida, como se estivesse flutuando...

Eli se inclinou sobre Astra e beijou-a novamente na testa.

– Relaxe... Relaxe... E recorde! – murmurou.

Eli ficou quieto por alguns momentos. Astra permaneceu em silêncio, e ele retomou sua história.

– A órbita de Nibiru é um aspecto vital de nossa odisseia, Astra. Uma volta de Nibiru em torno de seu sol não passa de um ano para aqueles que vivem lá. Esse mesmo ano em Nibiru equivale a 3.600 anos terrestres... No entanto, nada é imortal no Universo, Astra; até as estrelas nascem e morrem. Isso vale para os Anunnaki, os deuses da Antiguidade. Para os seres humanos que os adoravam, os Anunnaki, com seus ciclos de vida longos decorrentes da órbita estendida de Nibiru, pareciam imortais. Não importava quantas gerações humanas passassem, os Anunnaki estavam sempre presentes, mal envelheciam. Mas eles realmente envelheceram, Astra, e realmente acabaram por morrer.

– Que triste que deuses também devessem morrer – disse Astra.

– Se um terráqueo, um homem mortal, pudesse atingir apenas um único ano dos Anunnaki, ele de fato viveria para sempre em termos humanos, ou seja, 3.600 anos. Dez anos dos Anunnaki significariam 36 mil anos de vida na Terra... Imagine isso!

– Era disso que Gilgamesh estava atrás – disse Astra.

– Sim – respondeu Eli. – Continue a beber o néctar.

Ambos tomaram goles de seus copos, e Eli lançou uma imagem na tela de projeção, uma mulher usando um capacete como de um piloto, com os seios e a barriga nus. A mão de Astra que segurava o copo tremeu.

– Ishtar – disse ela. – A bela e encantadora Ishtar... Ela percorria os céus em sua esfera celeste...

– Você consegue se lembrar? – perguntou Eli, mas Astra permanecia em silêncio. – O nome dela em sumério era Irnina, que significa "Aquela que dá alegria". Seu irmão gêmeo era Shamash, conhecido na época dos sumérios como Utu, "O Brilhante". Eles eram os netos do grande Enlil. O pai deles, Nannar, foi o primeiro Anunnaki nascido na Terra. Quando os gêmeos nasceram, houve grande alegria, mas, em seguida, a terrível verdade se tornou aparente. Enquanto aqueles que tinham vindo de Nibiru continuavam a desfrutar do ciclo de vida de Nibiru, Nannar, que havia nascido na Terra, amadurecia mais rápido, e seus próprios filhos cresciam a um ritmo ainda mais rápido. Ficou claro que o ciclo de vida e o período orbital da Terra estavam neutralizando a herança genética do ciclo de vida de Nibiru.

– Utu gostava de voar – disse Astra de repente. – Ele se tornou chefe dos Águias.

Eli deu a volta para observá-la; seus olhos estavam fechados e ela estava sorrindo. Ele se abaixou e beijou-a suavemente na testa.

– Flutue de volta no tempo – disse a ela. – Lembre-se de mais!

Astra abriu os olhos.

– Vá em frente, não pare – Astra insistiu. – É uma história fascinante.

Eli voltou para o projetor de *slides*, que lançou na tela a imagem de um relevo retratando um jovem deus equipado com dois pares de asas e dois pares de chifres em seu capacete. Ele usava um objeto circular no pulso direito, da forma como se usa um relógio hoje em dia, e segurava um cabo de medição enrolado na mão esquerda.

– Os Anunnaki que tripulavam as instalações espaciais foram de fato apelidados de "Águias", pois seu uniforme era equipado com asas. Com o tempo, Utu se tornou o comandante deles.

– Abgal – disse Astra. Ela estremeceu e falou mais palavras, mas eram ininteligíveis.

– Quem foi Abgal? – perguntou Eli. – Você se lembra dele.

– Abgal pilotava os Barcos Celestes. Todo mundo sabe disso – Astra disse, e deu uma risadinha.

– Ah, sim – Eli concordou. – Um piloto de espaçonaves. Utu era seu comandante, não era?

– Ele me ensinou a voar... E outras coisas também – disse, e riu novamente.

– Havia um porto espacial na Península do Sinai, a região restrita. Era chamado Dilmun na época, o Local dos Foguetes... Fale-me sobre isso, Astra.

Ela se mexeu na cadeira.

– O Campo de Pouso ficava na Montanha dos Cedros – disse ela lentamente.

Eli procurou um determinado *slide* e projetou-o na tela. Ele mostrava um objeto esférico com três pernas estendidas. Um bulbo saliente estava pendurado em sua parte inferior, cuja superfície tinha diversas aberturas semelhantes a olhos.

– Uma pintura de parede de um sítio arqueológico na margem oriental do Rio Jordão, de cerca de 7 mil anos de idade – disse Eli. – Uma esfera celeste, uma aeronave. Para rondar os céus da Terra. Para ir ao Campo de Pouso.

Ele fez uma pausa, mas Astra ficou em silêncio.

– Gilgamesh – Eli continuou. – Ele foi para o Campo de Pouso. Ishtar o viu lá... Havia uma tábua...

– Abgal pilotava uma Gir – disse Astra enfaticamente.

– Mas, claro! – Eli respondeu.

Ele trocou os *slides*, mostrando na tela os desenhos de um foguete com chamas ondulantes na cauda. Em um dos desenhos, ele era representado com uma ponta superior angulosa ligada ao corpo principal do foguete, e, no outro, o módulo superior havia sido desenhado separado, afastando-se do foguete.

– Aqui está a Gir – disse ele. – Ela servia como uma nave auxiliar, aterrissando na Terra e decolando para se juntar à nave espacial em órbita... Abgal a levou em uma Gir, não é?

– Nibiru brilhava como uma estrela radiante – disse Astra.

– E a tábua – Eli perguntou. – Você se lembra da tábua?

Astra gemeu. Eli deu a volta para olhá-la; seus olhos estavam abertos, mas tinham um olhar vazio. Ele a beijou na testa.

– A Tábua dos Destinos, Astra – disse suavemente. – Eu vou mostrar para você segmento por segmento. Você vai se lembrar! Você tem de se lembrar! Nossas vidas dependem disso!

Voltou para o projetor de *slides* e lançou na tela a foto do objeto em forma de disco que mostrara antes.

– A Tábua dos Destinos – repetiu. – Você tem de se lembrar dela!

Astra se moveu inquieta na poltrona.

– É diferente – ela disse finalmente. – Não parece o mesmo.

– Grandes deuses! – Eli gritou. – Você está se lembrando!

Ele mudou os *slides*, projetando na tela um desenho do objeto, exibindo as formas geométricas e a escrita cuneiforme.

– As direções – disse Eli –, você reconhece as direções?

– Não é a Escrita Celestial – disse Astra. – É profano.

– Mas, é claro! – Eli concordou. – Você está certa, e como... O objeto que estou lhe mostrando é feito de argila, uma réplica encontrada por arqueólogos e agora guardada no Museu Britânico. Os textos foram convertidos pelo replicador em escrita cuneiforme na Erech antiga... Não é a Escrita Celestial, mas tornou as instruções passíveis de ser lidas... Aqui, deixe-me mostrar mais.

Brilhava na tela, agora, uma ampliação de um segmento da tábua no qual haviam sido desenhados dois triângulos ligados por uma linha angular, ao longo da qual havia sete pontos. Na borda do segundo triângulo havia mais quatro pontos.

– O deus Enlil passou pelos planetas – disse Eli. – Isso é o que diz a inscrição abaixo dos sete pontos dispostos ao longo da linha... "Sete planetas na rota de Nibiru para a Terra". Plutão era o primeiro a ser encontrado, então o par de Netuno e Urano, os gigantes Saturno e Júpiter. Vindo de Nibiru, Marte era o sexto, e o sétimo era a Terra. Além deles estavam a lua, Vênus e Mercúrio, e, finalmente, o Sol... Em um sistema solar cujo 12º membro era Nibiru.

Astra não reagiu.

– A escrita ao longo da borda inferior do segmento – Eli continuou – diz, na língua suméria, "foguete, foguete, empilhado, montanha, montanha", e, ao longo da borda inclinada, "alto, alto, alto, alto, nuvem de vapor, sem nuvem de vapor"... Ao longo da circunferência a instrução "definir" é repetida seis vezes e os nomes dos corpos celestes são dados, mas a tábua foi danificada ali, deixando essa parte ilegível... Quais foram essas instruções, Astra? Você consegue se lembrar?

– Enlil veio de Nibiru – disse Astra como que sonhando. – Era o domínio de Anu.

– Sim! Sim! – Disse Eli com voz agitada. – Nós sabemos de tudo isso. Concentre-se na tábua. Você tem de se lembrar!

O braço de Eli se contraía e ele o agarrou com a outra mão para firmá-lo. Ele começou a transpirar. Projetou uma ampliação de outro segmento da tábua na tela.

– Concentre-se nisso, Astra – pediu. – Essa é uma ampliação do segundo de oito segmentos da tábua. Está muito erodido, mas as palavras "tomar", "lançar" e "completar" são legíveis.

Astra permanecia em silêncio, e Eli trocou os *slides*.

– Esse segmento, com formas estranhas e linha com seta, tem a legenda "planeta Júpiter que fornece orientação". Os nomes de duas constelações também estão inscritos, "Gêmeos e Touro". Certamente você pode recordar o que isso significa, Astra!

Ela murmurou incompreensivelmente. Eli projetou outro *slide* na tela.

– Depois de uma correção de curso em Júpiter e uma curva em Marte, os astronautas de Nibiru alcançaram o corredor de desembarque na Terra. As palavras "nossa luz" e "mudança" são repetidas ao longo da linha descendente. Há uma instrução afirmando "observe caminho e elevações". A linha horizontal tem as palavras "foguete, foguete, foguete, foguete, elevar, planar" escritas em seu comprimento, seguidas por uma série de números. Onde as duas linhas se encontram, as palavras "solo plano" estão escritas. As formas geométricas nessa seção, em sua base, retratam três picos triangulares, dois altos e um menor...

– As pirâmides! – Astra gritou. – As grandes montanhas. A obra de Enki.

– Vá em frente – disse Eli quando ela parou.

Astra pronunciou mais algumas palavras ininteligíveis, virou o corpo e agitou as mãos, e ficou em silêncio.

– Sim – disse Eli –, as pirâmides foram construídas pelos Anunnaki para servirem como faróis de pouso, apontando o caminho para o porto espacial no Sinai. – Ele trocou o slide. – Embora muito deteriorado, esse segmento é bastante informativo. A linha descendente tem a legenda "planície central" e o número cem é repetido seis vezes. As linhas interconectadas afirmam "pista", "início rápido" e "finalizar". A Gir tinha aterrisado!

– Enlil voltou para visitar o pai – disse Astra abruptamente.

– Sim – disse Eli. – O último segmento da Tábua dos Destinos de fato dava instruções importantes para o regresso a Nibiru. É disso que trata essa noite, Astra...

Eli projetou na tela um segmento mostrando linhas cruzadas, uma linha de setas central e algumas palavras inscritas.

– Aqui, na borda, na seta apontando para o céu – disse ele –, a palavra suméria que significa "retorno" é claramente legível... Há um caminho de volta, Astra, e nós podemos tomá-lo!

– Você mostrou apenas sete segmentos – apontou Astra.

– Bem, sim – respondeu Eli, hesitante. – Eu ignorei o terceiro segmento. Está muito deteriorado.

– Você me prometeu contar tudo, tudo! – insistiu Astra, visivelmente chateada.

– Sim, sim – assentiu Eli.

Procurou um *slide* e, ao encontrá-lo, puxou o anterior do projetor. O feixe luminoso momentaneamente iluminou a sala enquanto ele inseria o novo *slide*.

– O relâmpago caiu! – Astra gritou, pulando da cadeira.

Eli correu até ela e passou o braço em torno de seu ombro. Ela olhou para ele com olhos bem abertos.

– O relâmpago caiu – ela afirmou novamente e estremeceu. – É um presságio!

Eli beijou-a na testa e puxou-a para si. O tremor parou.

– Sim – ele disse suavemente, acariciando-a. – Foi um presságio, de Anu, de Nibiru... Olhe para a tela.

O segmento projetado parecia ter sido muito danificado em sua metade superior. Uma forma geométrica que permanecera parcialmente discernível sugeria que aquele era o desenho de uma elipse com vários triângulos pequenos em seu interior. Os escritos na metade superior e na margem curva eram ilegíveis, mas as palavras escritas ao longo da linha horizontal estavam intactas.

– Diga-me... Leia as palavras do presságio – Astra sussurrou.

– Essas são palavras divinas – disse Eli. – O que restou na parte não danificada diz assim: "Emissário do Divino Anu... Para Ishtar Divina, a amada de Anu.

Ele a soltou e Astra recuou.

– Grandes Deuses! – ela exclamou. – Um convite de Anu! Um convite para retornar a Nibiru, não era?

– Sim – disse Eli. – Era isso... E ainda é.

– Ainda é?

– Se pudéssemos encontrar a Tábua dos Destinos original que foi enviada dos Céus...

– Nós?

– Sim, você e eu... Isso pode ser feito, mas eu não posso ir sozinho. Devemos voltar juntos!

Astra deu mais um passo para trás.

– Quem é você? – ela perguntou com aspereza na voz.

– É melhor você se sentar – Eli respondeu. – Nós temos de saborear mais do néctar antes de eu responder.

Astra se sentou em sua poltrona. Ele encheu as taças com o néctar e tomou um gole da sua. Astra, relutante no início, imitou-o. Eli voltou para o projetor de *slides* e novamente lançou na tela a fotografia da tábua em forma de disco.

– Esta é uma réplica – explicou –, feita em tempos antigos. A escrita celestial original foi substituída por símbolos cuneiformes para permitir sua leitura por outros... Aqueles que não eram deuses... A tábua original era um disco codificado com instruções para uma viagem espacial para Nibiru. Fui *eu* quem o encontrou.

– Você?

– Ele desceu dos céus de Erech em uma noite cheia de estrelas, a última noite do festival de Ano-Novo... Estava dentro de uma cápsula espacial... Eu o encontrei, eu o peguei... Eu o escondi de você...

Ele falava com certo devaneio e palavras engasgadas.

– Continue! – Astra insistiu.

– Minha família, através dos milênios, manteve o nome Elios. É apenas um erro de grafia de "Helios", o nome grego para o deus Sol Shamash... É uma tradição secreta de minha família, passada de pai para filho, pois nós somos descendentes de Shamash...

Desligou o projetor de *slides* e colocou-se diante dela.

– As listas de reis sumérios afirmam claramente que Gilgamesh era descendente de Shamash, pelo seu pai... Ishtar e Shamash eram gêmeos; ambos tinham o gene divino do sexto dedo. E o mesmo ocorreu com Gilgamesh...

Ele se inclinou e beijou-a nos lábios.

– Ah, minha amada – sussurrou. – Você não se lembra de mim? Eu era Gilgamesh!

Astra olhou para Eli com perplexidade. Ele olhou diretamente nos olhos dela.

– E quem sou eu, quem era eu? – ela perguntou em voz baixa.

– Feche os olhos... Flutue de volta, e você saberá!

Ela fechou os olhos. Houve silêncio por um tempo. Então, sentiu os lábios de Eli em sua testa. Ele estava girando sua poltrona.

– Você pode olhar agora – ele disse.

Capítulo 3

Quando Astra abriu os olhos, e antes mesmo que pudesse se lembrar onde estava ou por que estava lá, imediatamente viu a outra mulher. Ela estava em pé dentro de uma abertura na parede – talvez uma porta –, banhada com o brilho de uma luz dourada que a destacava do fundo escuro. Astra a princípio pensou que a mulher estava nua, mas depois percebeu que ela usava uma espécie de vestido colado semitransparente que lhe acentuava os seios. O pescoço e o colo estavam cobertos por um colar de várias linhas de pedras, menores no alto e maiores mais embaixo. A mulher usava duas ombreiras incomuns que, em conjunto com o colar apertado contra o queixo, pareciam forçar a cabeça em uma posição vertical rígida. Tranças de seu cabelo saíam de baixo do estranho capacete que ela usava, algo semelhante a um antiquado capacete de aviador de couro acolchoado, que estava preso firmemente à cabeça da mulher por duas alças semelhantes a chifres, que começavam como saliências bulbosas sobre as orelhas e depois se curvavam para cima, encontrando-se no centro do capacete, acima da testa.

A mulher estava imóvel. As maçãs do rosto delicado eram ligeiramente elevadas, o queixo largo e proeminente. Seus lábios estavam contraídos em um quase sorriso. Astra não conseguia enxergar com clareza o nariz, mas podia ver seus olhos escuros e profundos. Nas mãos a mulher segurava um vaso pesado de paredes grossas, inclinado parcialmente para Astra, como em um gesto de oferenda.

– Quem é você? – Astra perguntou.

A mulher não respondeu e permaneceu imóvel.

– Quem é você? – repetiu ela, com medo e raiva na voz. Mas a outra mulher ainda permanecia imóvel, em pé, com o meio-sorriso congelado em seu rosto.

– Você não a reconhece? – disse outra voz, e Astra instantaneamente lembrou-se de Eli.

Ele acendeu a luz do abajur de mesa e Astra agora podia vê-lo, sentado onde havia permanecido no início da noite.

– Quem é ela? O que essa outra mulher faz aqui?

– Você não a reconhece? – repetiu Eli.

Astra virou-se para olhar novamente para a intrusa. A mulher ainda estava ali, com o leve sorriso nos lábios e os olhos escuros a encará-la. Os olhos de Astra analisaram os lábios carnudos, as maçãs do rosto proeminentes, o queixo quadrado... Ela fechou os olhos e estremeceu.

– Meu Deus – disse ela –, sou eu!

Ela estremeceu novamente e tombou da poltrona.

Eli saltou de sua cadeira para perto de Astra, pegou suas mãos frias e esfregou-as para esquentar. Deu tapinhas suaves em suas bochechas.

– Está tudo bem – ele disse –, está tudo certo. É só uma estátua.

Astra abriu os olhos.

– Uma estátua?

Eli a ajudou a se erguer e guiou-a até a abertura iluminada. Astra agora percebia, era uma espécie de alcova entre as estantes de livros que ela não tinha notado antes de ser iluminada. A figura era de fato uma estátua, quase exatamente da mesma altura que ela.

– Quem é ela... Quem *foi* ela? – perguntou Astra.

– Ishtar – disse Eli com ênfase. – A grande deusa Inanna, conhecida como Ishtar, ou também como Astarte...

– Oh, meu Deus... Oh, meu Deus... – sussurrava Astra.

Ela virou o rosto e fez o sinal da cruz. Eli se afastou por um momento.

– Não posso acreditar... É impossível! – disse Astra à medida que recuperava a compostura. – Ela parece... Ou parecia tanto comigo...

– Você poderia dizer isso de outra maneira – disse Eli –, que você parece tanto com ela!

Astra estendeu a mão e tocou o rosto congelado e, em seguida, os seios redondos.

– Ela é como eu... Sou tão parecida com ela – Astra disse baixo.

– E você também tem o nome dela – completou Eli. – Astra, a celeste. Astarte... Ishtar!

– É tão real – Astra disse.

– Sim – disse Eli. – Ela foi encontrada em Mari, uma antiga capital, no Rio Eufrates. Quando os arqueólogos que a encontraram foram fotografados de pé ao lado dela, ninguém conseguia distinguir entre os homens de verdade e a deusa de pedra...

Ele girou a estátua sobre seu pedestal para que Astra pudesse ver sua costas. As saliências de onde os chifres curvos saíam para a frente agora podiam ser vistas claramente, dispositivos semelhantes a fones de ouvido. Na parte de trás do capacete, uma caixa quadrada estava presa com uma faixa e, de sua parte inferior, uma mangueira feita de várias seções descia ao longo de quase todo o comprimento da estátua. O equipamento que a deusa usava deve ter sido um pouco pesado, pois era sustentado pelas grandes ombreiras e mantido no lugar por dois conjuntos de faixas que atravessavam suas costas e peito na diagonal.

– A Deusa Voadora – disse Astra. Ela tocou os detalhes da estátua; em seguida, girou-a sobre seu eixo para observá-los.

– Por quê? – indagou. – Por que a estátua?

– Para convencê-la.

– E o sexto dedo, ela o tem?

– Ele foi removido cirurgicamente no oitavo dia após o nascimento, um rito cujas reminiscências ecoaram na circuncisão judaica de meninos quando bebês de oito dias... No entanto, aqui você pode ver que o escultor, fiel à vida, deixou cicatrizes reveladoras do ponto do sexto dedo.

Astra tocou as marcas.

– Eu vejo – disse.– Ela era como eu... Eu sou como ela.

Ela se virou para Eli.

– Sou tão bonita quanto ela...?

Eli pegou Astra pelos quadris e puxou-a para si.

– Você é! – Respondeu, e beijou-a nos lábios, um beijo longo e apaixonado.

– Estou pronta – ela sussurrou. – Pronta para voltar...

– Venha então, minha amada rainha – ele disse, segurando-a firmemente contra seu corpo. – Vamos caminhar juntos... Para o passado!

Astra beijou-o apaixonadamente.

– Estou pronta – disse. – Eu fui Ishtar... Quero ser Ishtar de novo.

– Você vai ter de confiar em mim completamente – Eli disse a ela. – Você tem de acreditar, com todos os seus mais profundos sentidos, que, aconteça o que acontecer, nada vai machucá-la.

– Confio em você, meu amado... Meu Gilgamesh!

– Hoje é a noite – disse ele enquanto a acariciava. – A noite dos ritos do Casamento Sagrado, para selar a união sagrada... A noite de amor sem fim, a noite em que Ishtar e Gilgamesh se uniram como um só...

– Leve-me de volta – disse ela em voz baixa. – Tenho de encontrar a tábua, a resposta, o Chamado de Anu...

– Nós vamos voltar juntos – afirmou Eli. – Nós devemos regredir juntos... Para Erech, para a noite das estrelas cadentes... Unidos em corpo e alma! – Levou-a para a alcova onde a estátua estava, e Astra percebeu que era um pequeno elevador, um daqueles antigos que não tinha nem porta nem grades de proteção.

Eles se espremeram no elevador para três pessoas, a estátua era o terceiro passageiro. Eli apertou um botão, e subiram lentamente para o andar de cima. Entraram em uma grande sala, pouco iluminada, coberta pela mesma luz dourada que banhava a estátua dentro do elevador. Quando entrou na sala, Astra virou-se para vislumbrar a escultura mais uma vez e, novamente, como quando a vira pela primeira vez, não pôde deixar de se maravilhar ao perceber como ela era realista.

Uma grande cama com dossel, ocupando uma boa parte da sala, sugeriu a Astra que aquele era o quarto de Eli. Se assim fosse, era algo incomum, pois em cada espaço disponível ou pendurados nas paredes podiam ser vistos artefatos antigos: esculturas de todos os tamanhos, estatuetas, relevos de parede e objetos de barro, de bronze e até mesmo ouro. Sua atenção foi atraída para uma lira antiga; parecia familiar porque Astra havia visto sua fotografia e uma cópia no Museu Britânico muitas vezes. As duas hastes erguiam-se de uma caixa sonora em um ângulo leve e ligavam-se no alto por uma barra. A parte da frente da caixa sonora curvava-se, formando a cabeça de um touro com chifres, feita de ouro. As cordas desciam da barra superior para a parte inferior da caixa, e quando Astra as arranhou de leve assustou-se com a música profunda que o instrumento emitiu.

– É uma réplica, claro – disse Eli. – Uma cópia da original, que tem quase 5 mil anos de idade, encontrada por *sir* Leonard Woolley nos túmulos reais de Ur... Ela pertencia à rainha suméria Pu-Abi.

Astra beliscou as cordas novamente.

– Que som requintado – murmurou.

– Os arqueólogos encontraram não só liras e harpas, que eles reconstruíram, mas também antigas notações musicais sumérias – Eli explicou. – Depois de decifrar as notas musicais, uma equipe de professores da Califórnia chegou a tocar a música antiga... Ouça aqui, ela foi gravada.

Eli tocou um botão invisível e a sala foi preenchida com uma melodia enigmática e assombrosa; uma música de outro tempo e de outro lugar, ainda que Astra não a achasse estranha ou desagradável.

Ela olhou em volta pela sala cheia de artefatos, imaginando se eles também eram apenas réplicas ou achados arqueológicos originais. Eli capturou seu olhar errante.

– Trabalho no museu restaurando e replicando – apontou a coleção de artefatos. – Tive de recriar o ambiente e o clima da antiga Suméria, voltar em meio a objetos familiares de nossa amada Erech.

– A melodia... – disse Astra. – Ela evoca memórias...

– A música de liras era uma das favoritas de Anu e Ishtar. Em sua última visita à Terra, os Anunnaki construíram um sítio de descanso para Anu, que foi o precursor de Erech. Instalaram lá uma lira magnífica para ele se deleitar. Quando partiu, Anu deixou o lugar para Ishtar, sua amada Irnina. Ela adorava tocar a lira, e até compunha música.

A cabeça de Astra começou a girar e ela parou de olhar ao redor. A música a estava assombrando, cada nota das cordas da lira ecoava em uma batida de seu coração. Ela se aproximou de Eli e ficou em silêncio com seu corpo contra o dele. Ele a beijou suavemente na testa.

– O néctar, a música... Eles a estão levando de volta... Flutuando de volta no tempo...

– Estou tonta – disse Astra de repente; em seguida, sentou-se abruptamente no chão, encostando-se na cama de dossel. Eli a deixou. Ela começou a cantarolar a melodia da lira, e, a seguir, começou a cantar, quase sussurrando no início, depois mais alto, suavemente:

Durma, oh, durma um pouco meu filho,
Coloque para dormir seus olhos inquietos.
Brilhe, brilhe, oh, lua Nova,
Afaste a maldosa dor.
Oh, Enlil, seja seu guardião na Terra,
Oh, Anu, seja seu guardião no céu.
Oh, Deusa da Vida, seja sua aliada;
Que ele seja o senhor de muitos dias felizes...

– É lindo – disse Eli, enquanto se sentva no chão ao lado de Astra.

Ela olhou para Eli como se não o tivesse visto antes.

– É você, Shamash? – perguntou ela. – Mamãe sempre cantou essa canção para você. Ela estava sempre preocupada com seus ossos doloridos. Ela não conseguia entender por que estávamos crescendo tão rápido... Você se lembra, Shamash?

Eli colocou a mão em torno do ombro de Astra.

– Eu sou Gilgamesh, não Shamash – Eli corrigiu-a com delicadeza.

– Ela costumava brincar que tínhamos passado apenas uma centena de anos da Terra usando fraldas – Astra continuou, com ar sonhador. – Todos eles se recusaram a reconhecer que estávamos maduros... Tínhamos de brincar quando os outros estavam longe. Você sempre fingiu, a princípio, ser outra pessoa... Por quê?

– Era mais divertido dessa forma – disse Eli.

– Brinque comigo de novo, Shamash – disse Astra. – Preciso tanto de você!

– Sim – disse ele, enquanto a beijou na testa. – Vamos brincar!

Ele se levantou e puxou Astra. Segurando-a com força contra seu corpo, começou a balançar para lá e para cá, muito suavemente, em sintonia com o ritmo da música antiga, para lá e para cá, para lá e para cá, de pé no lugar, sem mover os pés.

– Estamos juntos de novo – disse em voz baixa.

– Estamos juntos de novo – Astra repetiu suas palavras.

– Esta é a noite – disse Eli.

– Esta noite... Esta é a noite? – ela perguntou.

– Sim, minha rainha – disse ele. – É a noite de amor, em Erech.

– Depressa, leve-me para lá! – Astra disse com um tom de comando na voz.

– Juntos. Devemos voltar *juntos* – Eli insistiu.

– Juntos... Vamos juntos – concordou Astra.

Deixando de abraçá-la, mas ainda com os corpos perto o suficiente para sentir o calor um do outro, Eli começou a despi-la. Astra percebeu o que ele estava fazendo, mas não tentou detê-lo, pois ela estava ao mesmo tempo fascinada e desejosa. Quando ela estava completamente nua, ele a levou para perto de um armário e de dentro tirou um robe transparente; ajudou Astra a vesti-lo.

Havia um espelho de corpo inteiro do lado de dentro da porta do armário, e Eli posicionou-a de modo que, quando Astra olhou para si mesma, ela também pôde ver a estátua no elevador atrás de si. Astra ficou chocada com a semelhança e, por um momento, em seu estado de confusão entre a fantasia e a realidade, ela se perguntou quem era quem, qual delas era ela, viva, ou a estátua, apenas parecendo viva... Ela era Astra, a realidade – ou a realidade, a realidade eterna, era aquela deusa eternamente congelada atrás de si? Passou as mãos sobre o corpo, primeiro pelos seios firmes até os quadris arredondados, em seguida voltando novamente para os ombros, pescoço e rosto, terminando com o cabelo escuro e espesso.

– Eu sou Ishtar! – gritou Astra. – Eu sou única!

Ela ainda estava observando a si mesma e à estátua no espelho quando Eli apareceu por trás dela. Estava nu e seu corpo era mais musculoso e atlético do que parecia quando vestido. Antes que ela tivesse a chance de se voltar para ele, agarrou-a pelos seios, bruto, quase violento.

– Oh, minha amada – disse, respirando ofegante. – A semelhança me chocou na primeira vez em que a vi... Eu soube, então, que o destino a encontrara para mim. Desde então, venho planejando cada momento desta noite...

Ela sorriu com prazer antecipado quando sentiu o corpo de Eli pressionando o seu.

– Faça amor comigo, Shamash – Astra disse –, mas deixe a semente fora!

Eli não se preocupou em corrigi-la de novo; ele a virou e, em seguida, beijou-a em um frenesi.

– Não demore – Astra sussurrou. – Ensine-me a amar, Shamash... Depressa!

– Sim, sim, minha amada Ishtar – respondeu Eli. – Mas você tem de deitar na Cama Que Flutua, até que o rei seja conduzido até você.

Eli a conduziu para a cama de dossel e gentilmente ajudou-a a se deitar de costas para que parte de seu corpo permanecesse pendente para fora da cama, com os pés dobrados alcançando o chão. Havia uma rede sobre a cama, que Eli começou a erguer com a ajuda de roldanas penduradas no teto, levantando Astra no ar.

– Você está me fazendo flutuar – disse Astra, com ar de devaneio.

– Você está na Cama Que Flutua – disse Eli –, idealizada pelo chefe dos artesãos, de modo que você possa ter seu prazer como preferir, sem que um homem toque sua cama... Mas logo a hora prescrita vai chegar, e eu, o rei, virei até você para o Casamento Sagrado!

– Depressa, depressa, vamos jogar o jogo do amor! – disse Astra, impaciente.

Eli estendeu a mão até um interruptor e uma luz giratória no teto começou a lançar luzes vermelhas e azuis alternadas. Ele puxou o robe transparente de Astra e beijou seus seios. Ela sorriu, mas permaneceu imóvel, olhando para as luzes que giravam no teto. Eli separou as pernas de Astra, descansando cada uma de um lado da rede. Então ele começou a balançar a rede para a frente e para trás, para perto e para longe de si, penetrando Astra a cada aproximação da rede.

– Estamos juntos mais uma vez! – disse ele. – Estou acariciando-a por dentro, e vamos caminhar juntos até o momento em que vou entrar em sua cama e, satisfazendo-a como os ritos sagrados prescrevem, eu me tornarei o rei de novo!

– Oh, Shamash – disse ela. – Eu adoro isso...

Eli continuou balançando a rede, penetrando Astra em cada balanço da rede.

– O prazer, o prazer... – ela murmurou, gemendo de prazer. – Minha mãe disse que eu sou jovem demais para me casar... Eu não sei o que teria feito sem você!

– Nossa, como você está crescida! – Eli disse suavemente, satisfazendo-a em sua ideia de que ele era Shamash, gêmeo de Ishtar.

– Sua barba mal começou a crescer, e você só pensa em naves espaciais – disse Astra, com raiva na voz. Então ela riu. – O piloto que tem ensinado você a voar também *me* ensinou uma coisa ou outra...

– Todo mundo admira sua beleza.

– Mamãe está preocupada, Shamash... Nosso Avô Enlil falou a nosso pai sobre mim. Você já ouviu os rumores? Eles estão organizando um casamento, uma união dos dois lados... Para consolidar a paz, dizem...

– O casamento – disse Eli. – Um Casamento Sagrado.

Astra permaneceu em silêncio. Eli parou de balançar a rede. Momentos depois Astra começou a tremer e ficar agitada. Eli a acariciava, sem dizer nada.

– Seu toque é divino, meu amado Dumuzi – dizia Astra agora suavemente. – A música é encantadora.... Deixe os músicos tocarem enquanto você vem para mim...

– Os músicos estão tocando – disse Eli, acariciando-a mais uma vez aparentemente imperturbável por ela o haver chamado por mais outro nome.

– Oh, não seja tímido, meu amado Dumuzi – disse ela. – Embora eu esteja prometida, isso não é razão para me poupar de seu amor... Vamos lá, vamos lá, mantenha-me no balanço!

Eli começou a balançar a rede para trás e para a frente, e momentos depois começou a penetrá-la mais uma vez.

– Estamos unidos novamente... Nós somos um – disse ele.

Astra começou a cantarolar.

– Diga aos músicos para tocarem mais alto – implorou. – Eu gostaria de cantar os louvores de meu noivado...

E, sem esperar, ela explodiu em uma canção melódica:

O noivo está ao meu lado; que alegria!
O boi selvagem Dumuzi está ao meu lado; alegria!
As cantoras cantam uma canção;
Uma canção que para ele Ishtar vai compor:
Eu sou como um campo a ser cultivado,
O boi selvagem ao meu lado com seu chifre, pronto para arar.
Estamos em um barco celeste de cordas alçadas,
Nossa paixão está aumentando, como o novo crescente da lua.
Meus seios são as colinas,
Minhas coxas são como uma planície.
Meu corpo é como o solo úmido;
Onde está o boi que vai arar meus campos?
Meu Senhor Dumuzi; ele vai arar meus campos.
Meu querido, ele virá para mim. Oh, meu Senhor Dumuzi,
Cante comigo nossa canção de amor!

Eli continuou balançando a rede, enquanto ela cantava, penetrando-a em um movimento rítmico. Ficaram em silêncio por alguns momentos, então Astra começou a se contorcer na rede, e Eli teve de parar.

– O que há, minha amada? – questionou ele.

Astra começou a choramingar.

- Oh, ai de mim! - Ela gritou, soluçando. - O pastor que dormiu ao meu lado foi levado! O maligno fez com que eles o levassem... Meu boi selvagem, meu amado Dumuzi, não vive mais!

- Anu lhe deu Erech para você poder ter a realeza - disse Eli, acariciando-a. - Ele lhe deu sua lira divina, para que você encontre a paz em sua música.

O lamento de Astra agora se tornava um soluço e ela parou de se contorcer. Eli continuou a acariciá-la.

- Os músicos estão tocando - disse ela. - Por que os cantores se calaram?

- Compus uma canção exaltando sua grandeza - disse Eli. Primeiro com suavidade, depois com uma voz gradualmente crescente, começou a cantar:

Eu canto a Ishtar, a grande amante.
Oh, voluptuosa senhora, oh, rainha única.
O dia passou, o sol foi dormir.
A grande dama está na cama do regozijo.
Ela está vestida com prazer e amor,
Ela está coberta com charme e vitalidade.
Seus olhos são brilhantes, sua figura é sedutora.
A Doçura está em seus lábios, a Vida está em sua boca.
Ishtar está na cama da realeza.

Um sorriso dominou o rosto de Astra.

- Quem é que me exalta assim?

- O rei, teu servo - disse Eli. - O rei chegou à tua cama sagrada, para se deitar em teu sagrado colo, para que ele tenha a Vida.

- Essa música é doce - Astra respondeu em um transe sonhador.

Eli se curvou e beijou os lábios de Astra.

- Estamos juntos de novo - disse -, unidos em uma viagem para a eternidade!

Eli começou a descer a rede até Astra repousar sobre a cama.

- Minha rainha - ele sussurrou -, tua cama sagrada foi preparada e purificada.

- Ninguém pode vir para a minha cama e viver - disse Astra, levantando a mão direita.

- Hoje é a noite - disse Eli, tomando-lhe a mão. - É a noite do Casamento Sagrado, a noite de nosso doce noivado.

- Apenas o rei sozinho pode me desposar! - disse ela. - Cuidado, cuidado, homem mortal!

- Eu *sou* o rei - disse Eli, enquanto se curvava ao lado da cama, beijando os pés de Astra. - O rei está prostrado diante de ti... Sou Gilgamesh, rei de Erech, filho de Ninsun, semente de Shamash...

- Gilgamesh, o rei? Sua vinda é oportuna! - disse Astra. Ela estendeu a mão. - Venha, faça a minha cama doce como o mel, dê-me prazer!

- Vim para me juntar a você, grande Ishtar - disse Eli, enquanto se levantava.

- Para receber a juventude eterna, a vida para sempre.

- Meu doce Gilgamesh - disse Astra, estendendo as duas mãos. - Não desperdice o tempo... Venha para mim agora!

- Grande senhora que dá a vida - disse Eli. - Vou realizar os ritos à perfeição!

Lentamente, ele começou a deitar o corpo nu sobre o dela, acariciando-a e beijando-a enquanto subia pela cama.

- Senhora Celeste, divina Ishtar - disse suavemente -, o rei chegou à tua cama sagrada, para se deitar em teu sagrado colo... Para nos unirmos, para viajarmos de volta unidos.

- Silêncio! - Disse ela irritada. - Abrace-me, dê-me alegria, Gilgamesh.

Ela o agarrou, fechando as mãos atrás de suas costas. Com toda a força que lhe restava, Eli a penetrou.

- Estamos unidos! - ele gritou. - Nós estamos viajando de volta, juntos novamente!

- Oh, meu doce precioso - disse Astra, gemendo. - Sacia-me, sacia-me... Faça as 50 vezes prescritas!

Libertada das cordas de contenção da rede de descanso, Astra torceu e virou-se como uma leoa selvagem liberada de uma jaula. Ela o beijou e o mordeu, agarrou-o com as unhas, o tempo todo abraçando-o firmemente como se estivessem unidos como poderosos ímãs. Conforme seu êxtase aumentava, gritava palavras e frases ininteligíveis, por vezes chamando Eli de Gilgamesh, por outras de Shamash ou Dumuzi.

– Oh, minha rainha – Eli murmurou enquanto o ritmo de seus movimentos aumentava. – Nós estamos caminhando juntos novamente para Erech. É o tempo do Ano-Novo, a noite do Casamento Sagrado... Estamos em sua cama celestial para que você possa me dar a Vida...

Derramou sua semente dentro dela. Então ele estremeceu e virou-se, deitando ao lado dela, imóvel. Astra gemeu.

– Você conseguiu – sussurrou, e então ficou também em silêncio.

Capítulo 4

Apesar de sua completa exaustão, ele acordou, inquieto e perturbado, logo depois de ter adormecido. Com medo de despertar a deusa, permaneceu ainda imóvel por algum tempo, absorto em uma onda de pensamentos. No passado, a noite de êxtase divino o havia acalmado e trazido uma paz interior temporária. "Não foi assim desta vez, mas não por causa de qualquer culpa da sua parte", pensou ele. De fato, apesar da passagem de mais um ano, ele tinha atuado à perfeição, realizado as 50 vezes necessárias! Incapaz de conter sua agitação, finalmente saiu da cama, depois de se certificar de que a deusa estava dormindo. O frio da noite o lembrou que estava nu. Encontrou seu manto e vestiu-o, sem afivelá-lo; porém, não colocou as sandálias, segurando-as na mão para que o ruído de seus passos não despertasse a deusa.

Ele parou na entrada da câmara, ouvindo alguns ruídos, mas tudo estava praticamente em silêncio. Os músicos e cantores haviam partido há bastante tempo; os sacerdotes e sacerdotisas presentes haviam se retirado para seus aposentos e o sacerdote solitário que vigiava o fogo eterno, cuja luz permitia que o tempo do relógio de água pudesse ser contado, dormia em seu posto. Com passos rápidos mas silenciosos, cruzou o Salão de Festas, passando em extremo silêncio pelas aberturas sem portas que levavam para as câmaras de alimentos, onde alguns dos servidores de alimentos e bebidas poderiam ter ficado para dormir.

Essa noite, ele apreciava o fato de que o Gipar, o pavilhão de Ishtar para os prazeres noturnos, fora construído de acordo com as instruções dela, à beira do Pátio do Jardim, perto de um pequeno portão lateral na parede do Recinto Sagrado. Isso fora uma conveniência idealizada por ela, para facilitar as idas e vindas de seus amantes, que tinham de realizar a relação sexual em pé, balançando a deusa em sua rede se quisessem permanecer vivos ao passar da noite.

A localização particularmente isolada do portão agora lhe permitia chegar praticamente invisível até os sacerdotes parados nas plataformas e muralhas dos principais templos.

Ele colocou suas sandálias e afivelou o manto firmemente para se proteger contra o frio. A lua, quase cheia, banhava o Recinto Sagrado com uma luz prateada, que de quando em quando escurecia com o passar das nuvens. Esperou por um intervalo mais escuro nas sombras e, em seguida, cumpriu rapidamente seu caminho até o pequeno portão lateral. Tinha esperança de que os sacerdotes que o guardavam estivessem dormindo também; à luz que alternava com a escuridão, ele podia ver dois deles sentados, encostados na parede. Mas, quando se aproximou deles, os sacerdotes ouviram seus passos e saltaram em pé, de lanças em mãos.

– Quem está aí? – Um dos sacerdotes-guardas gritou.

– Sou eu, Gilgamesh, o rei – ele respondeu.

– O rei está com a deusa em seu quarto – um dos guardas disse.

Gilgamesh se aproximou deles.

– A rainha celeste queria dormir sozinha por um tempo, e eu ansiava por ar fresco – respondeu.

Os guardas agora podiam reconhecê-lo.

– O ar está agradável realmente – disse um deles.

– A cidade está tranquila, o povo dorme? – perguntou Gilgamesh, apontando para além do portão.

– Sim – disse o outro guarda, o mais jovem dos dois. – Depois de dez dias de ansiedade e penitência, todo mundo está exausto.

– Os rituais do festival de Ano-Novo são realmente exigentes – Gilgamesh disse –, até mesmo para as pessoas comuns, para não falar para o rei.

– É o medo, o medo dos deuses – disse o sacerdote-guarda mais velho. – Mesmo que os deuses voltem da Casa Akitu todos os anos, o medo está sempre no coração das pessoas quando eles partem do Recinto Sagrado, medo de que vão e nunca mais voltem.

– Então, o Sumo Sacerdote poderia prolongar o jejum de um dia para pelo menos uma semana – disse Gilgamesh. Não havia sarcasmo em sua voz.

– O jejum e penitência nos purificam de nossos pecados – disse o sacerdote-guarda mais velho. – O povo tem o resto do ano para se deleitar em seus prazeres.

– Oh, bem – Gilgamesh respondeu. Deu um passo para mais perto do portão, como se para espiar para além dele na rua. – As ruas nunca são tão tranquilas em outras noites.

Seu avanço fez os dois guardas se aproximarem, bloqueando a saída com os corpos.

– Ninguém pode deixar o Recinto Sagrado antes do nascer do sol – disse o mais velho. Olhou para Gilgamesh, segurando a lança com ambas as mãos. – Nem mesmo o rei!

Gilgamesh olhou para o sacerdote, encarando-o por um longo momento. Então deu um passo atrás.

– Acabo de sair para tomar um ar – disse –, para um curto passeio no Pátio do Jardim... Essa é minha única chance, uma vez por ano, de ver o Recinto Sagrado à noite, quando o Senhor Sin domina, e não à luz brilhante do dia do Senhor Shamash.

– Vossa Majestade – disse uma voz atrás dele –, a deusa pode despertar.

Gilgamesh virou-se. Um sacerdote, encolhido em seu manto marrom contra o frio, com o rosto escondido sob o capuz, estava contra a parede, a uma curta distância. O sacerdote os abordara furtivamente, pois nenhum deles o havia ouvido ou visto.

– O senhor deve retornar para as câmaras – disse o sacerdote a Gilgamesh.

– É um dos frequentadores de Gipar –, disse o sacerdote-guarda mais velho. – Todos eles usam essas vestes marrons.

O sacerdote de Gipar tentou conduzir o rei de volta ao pavilhão.

– A deusa pode despertar – repetiu.

– De fato, uma advertência oportuna – Gilgamesh respondeu.

Voltou os olhos para o portão mais uma vez. Os dois sacerdotes-guardas ainda o bloqueavam com seus corpos, segurando as lanças firmemente.

– Mas não antes de eu observar os templos impressionantes tocados pelos raios de Sin, meu grandioso antepassado.

Virou-se e voltou para o meio do Pátio do Jardim que separava o Gipar do Grande Templo. Por um tempo ficou contemplando a magnífica estrutura dedicada a Ishtar, um templo cujas colunas altas e maciças, decoradas com pregos multicoloridos de argila, eram incomparáveis em todo o território. De dia, as imensas colunas ofuscavam os adoradores que vinham entregar suas ofertas em ação de graças a Ishtar por acontecimentos benignos ou rezar à deusa para evitar ocorrências ruins. Mas agora, sem qualquer pessoa ao redor, os mosaicos das colunas refletiam os raios da lua como gigantes cuja valentia fora substituída pela imobilidade.

– Vossa Majestade... – uma voz veio de trás.

Gilgamesh virou-se e viu novamente o sacerdote de Gipar, e mandou-o embora.

– Ainda não – disse.

Gilgamesh virou-se e dirigiu o olhar para o Eanna, a Casa de Anu, que fora construída sobre uma plataforma artificial que se erguia em estágios cada vez menores, um sobre o outro. O nível mais alto servia de câmara privada para Ishtar, distinto de todos os outros não só por sua elevação, mas também pela série de postes sustentando os anéis emparelhados que flanqueavam a entrada. Dizia-se – mas, exceto os próprios deuses, ninguém sabia ao certo – que era por meio desses anéis emparelhados que Ishtar podia ouvir palavras sussurradas longe, por Enlil em Nippur e por Shamash em Sippar, que era ainda mais distante do que Nippur. Flâmulas coloridas eram agitadas pelo vento e os deuses reunidos as anexaram aos postes na reafirmação do destino de Ishtar como a deusa reinante de Erech. Cada par de flâmulas tinha a cor de seu deus, símbolos da aceitação por cada um da supremacia de Ishtar. Estava muito escuro e a porta estava longe demais para Gilgamesh ser capaz de distinguir as cores das flâmulas, mas ele sabia que, à luz do dia, poderia distinguir as que pertenciam à sua mãe, Ninsun.

- Oh, minha mãe - disse Gilgamesh suavemente, como se ela pudesse ouvi-lo através das flâmulas tremulantes -, como dói vê-la subordinada...

- Vossa Majestade - a voz por trás dele disse com firmeza, e o sacerdote de Gipar tocou o ombro do rei com a mão.

Gilgamesh voltou-se para ele abruptamente.

- Como você ousa tocar o rei? - disse, irritado.

- Vossa Majestade, sou um servo de Niglugal - sussurrou o sacerdote.

- Um servo de minha chancelaria? Em trajes de um sacerdote?

- Olhos invisíveis, ouvidos inaudíveis - disse o sacerdote, inclinando a cabeça levemente. - Para a segurança do rei...

- Eu não tinha ideia - disse Gilgamesh. Ele ergueu a mão em direção a uma grande estrutura que poderia ser vista para além do templo de Eanna. - Não foi o suficiente minha mãe, descendente dos grandes deuses, ser obrigada a ficar na Irigal, sua aglomeração de capelas e santuários dedicados aos pais de Ishtar, Nannar e Ningal, seus avós Enlil e Ninlil, seu irmão Shamash, dez divindades menores alocadas em Erech, e um sortimento de residências sacerdotais?

Gilgamensh virou-se para o sacerdote.

- Tudo isso não foi suficiente para que, quando eu havia começado a desempenhar minhas funções do Casamento Sagrado, a deusa...

Ele parou no meio da frase, deixando a mão erguida cair.

- Meu Senhor Gilgamesh, não prolongue sua ausência - disse o sacerdote. - Você tem de estar ao lado da deusa ao nascer do sol, ou amanhã, em vez de ser coroado, você morrerá.

- Sim, amanhã - disse Gilgamesh. Apontou para a extremidade oeste do Recinto Sagrado, onde, no topo de uma colina, uma estrutura branca brilhava à luz prateada. - Lá, no Templo Branco que tem resistido desde os dias de outrora, lá eles haverão de corrigir meu destino.

Gilgamesh emitiu um som, quase uma risada.

- A deusa e o Sumo Sacerdote... - Ele se voltou para o sacerdote. - Você sabe, servo fiel, que destino as mãos deles me reservam?

- Não, meu senhor - disse o sacerdote em voz baixa.

- Deixe estar - disse Gilgamesh.

Voltou a olhar para o portão lateral e examinou-o, ele e seus guardas, por alguns instantes. O portão agora estava trancado e os dois homens o guardavam juntos à sua frente. Mais uma vez, Gilgamesh olhou para o Templo Branco de Anu, então deu de ombros.

– É melhor eu ir para dentro – disse.

* * *

Foi precisamente ao nascer do sol que Ninsubar, a camareira de Ishtar, entrou no Gigunu, o dormitório íntimo de Ishtar, para despertar o rei e escoltá-lo para fora. Ela fez isso com cuidado, mantendo o sono de Ishtar imperturbável.

Fora da câmara, um grupo de sacerdotes aguardava. Eles levaram Gilgamesh para o templo principal, até as câmaras onde ele havia sido preparado para a noite sagrada. Lá, os sacerdotes o despiram e banharam, vestindo-o com uma túnica branca.

– Tu estás consagrado para a Rainha do Céu – entoou o chefe dos sacerdotes na língua das escrituras antigas –, mas, novamente, ainda não és rei.

Então, marcharam até o portão principal do Recinto Sagrado em uma procissão de sacerdotes dispostos à frente e atrás dele, enquanto o chefe dos sacerdotes proclamava sete vezes.

– Parta e volte, oh, consorte que há de ser rei.

O camareiro do rei, Niglugal, estava esperando no Grande Portão com uma comitiva de funcionários do palácio e heróis armados. Gilgamesh cumprimentou-o, cruzando os braços com ele. Havia uma pergunta silenciosa nos olhos de Niglugal; Gilgamesh sorriu e disse apenas uma palavra.

– Perfeição!

A tensão nos olhos de Niglugal desapareceu.

– O rei foi bem! – anunciou ao grupo real. – Destinos auspiciosos serão decretados para o ano!

Depois que ele falou, todo o grupo explodiu em gargalhadas e aplausos, e, em seguida, organizou-se em uma procissão para levar o rei de volta ao seu palácio.

A rota habitual levava do Recinto Sagrado, disposto sobre uma plataforma elevada com vista para a cidade, através do Grande Portão e da Avenida das Procissões, para as seções de negócios da cidade, onde o comércio e a indústria floresciam em muitas ruas estreitas que beiravam o renomado cais da cidade. Em seguida, subia pela ampla Avenida Real ao Monte do Palácio, na parte norte da cidade, onde ficava o Palácio Real.

Como nos anos anteriores, mesmo a essa hora mais cedo, moradores da cidade já começavam a se reunir no Grande Portão, com a expectativa de ganhar a primeira admissão ao Recinto Sagrado para melhor visualização das cerimônias da tarde. Mas, ao contrário de anos anteriores, houve menos saudações ao rei quando ele saiu pelo portão, um fato que não escapou a Niglugal, mas que Gilgamesh, muito absorto em pensamentos, não percebeu.

– Vamos pegar o caminho mais curto – disse Gilgamesh a Niglugal. – Preciso falar com você em particular, rápido.

– Como quiser, Vossa Majestade – disse Niglugal, e emitiu as ordens necessárias.

A rota mais curta levou-os ao longo da parede sudeste do Recinto Sagrado e, em seguida, ao longo de sua extensão nordeste, passando pelo portão que havia sido visitado por Gilgamesh durante a noite. De lá, uma rua levava até o Canal do Norte, que fora criado por reis do passado pelo aprofundamento e ampliação do leito natural. Foi então apenas uma curta caminhada acima do Monte Real para o portão principal do palácio. Eles chegaram mais cedo que o esperado, e a multidão de funcionários do palácio e soldados que normalmente se reuniam para saudar o rei nessas ocasiões não estavam lá. Aqueles que tinham sido alertados pelos vigias nas muralhas vieram correndo em direção ao portão, gritando as bênçãos habituais, como "Longa vida!" e "Abundância!" conforme Gilgamesh atravessou o portão. Ele acenou e sorriu, murmurando de volta as mesmas bênçãos. Mas não parou para agradecer as saudações individuais deste ou daquele funcionário do palácio, e, com passos rápidos, caminhou rapidamente para os aposentos privados. Só Niglugal o seguiu.

– O que há de errado, meu senhor? – perguntou Niglugal.

– A deusa! – Gilgamesh disse enquanto tirava o robe. – Ela não pronunciou a bênção necessária, embora eu tenha executado tudo com perfeição!

– Isso é inédito – disse Niglugal. – Incrível!

– É melhor você acreditar nisso – disse Gilgamesh. – E ela se comportou de maneira muito errática ao longo dos ritos. "Bizarro" é a palavra para descrever como foi! Ignorando meus apelos para me prometer a Vida, ela imergiu uma vez atrás da outra em lembranças de seus amores e casos passados. Em um momento ela imaginou que eu, seu parceiro, era Shamash, seu irmão, quando eles eram crianças. Depois, que eu era seu desposado Dumuzi, ou até mesmo o próprio grande Senhor Anu! Ela riu e se contorceu e gritou e gritou em angústia. E para acrescentar mais ofensa ao insulto, depois de eu ter realizado as necessárias 50 vezes perfeitamente, não conseguiu pronunciar, no final, as palavras tradicionais selando a união sagrada!

– Não posso acreditar – disse Niglugal. – É a lei de Anu e Enlil, os grandes senhores. A deusa deve pronunciar a bênção prescrita: "Sua vinda é a Vida, sua Entrada em minha cama é Abundância, Deitar-me contigo é grande Alegria, Tu és o Consorte e o Rei!".

– As palavras estão corretas, mas a deusa não as pronunciou. E ela também ignorou todas as minhas palavras para ela, sobre eu não atender o destino de um mortal por conta de eu ser dois terços divino.

– Um comportamento muito incomum. E muito desconcertante – disse Niglugal.

– Suspeito que Enkullab esteja por trás disso tudo, meu meio-irmão cheio de tramas – Gilgamesh respondeu, vestindo uma de suas próprias vestimentas.

– Na verdade, venho tentando descobrir quais são as intenções do Sumo Sacerdote – disse Niglugal, apontando na direção do Recinto Sagrado.

– Ah, sim – disse o rei. – Encontrei um de seus espiões ao longo da noite... Um bom homem. Ele me impediu de forçar minha saída pelo portão privado...

Havia um olhar confuso nos olhos de Niglugal.

– Vossa Majestade?

– Eu estava prestes a tomar as rédeas da situação em minhas mãos, Niglugal – disse Gilgamesh. Ele deu um passo em direção à longa mesa perto da parede e em seguida perguntou, irritado:

– Acabou o vinho da despensa?

– Perdoe-me, meu senhor, os funcionários devem estar atrasados – Niglugal se apressou a dizer.

Bateu palmas, um atendente logo apareceu e ele sussurrou algo para o homem. Um momento depois, o vinho foi trazido, e Gilgamesh engoliu um copo cheio da bebida.

– Você ouviu algo mais de seus espiões? – questionou.

– Enkullab tem tido muitas audiências com a deusa – respondeu Niglugal –, mas ninguém sabe do que eles falam em segredo. Porém nós sabemos o que se passa na cidade... Os sacerdotes estão incentivando as pessoas a falarem contra você...

– Aquele desgraçado! – disse Gilgamesh. – Embora o quinto dia de renúncia aos atributos reais pelo rei seja apenas um ato simbólico, os sacerdotes tomaram minha coroa, o cetro e o bastão sagrado com bastante determinação. E, quando eu estava diante de Enkullab de joelhos para o confessionário, ele bateu no meu rosto e puxou minhas orelhas como vingança! Eu podia ver a inveja ardendo nos olhos dele, como se desejasse ser quem iria passar a noite sagrada com a deusa. O que você diz, Niglugal?

– Há mais do que isso – disse Niglugal. – As pessoas se voltaram contra o senhor.

– Contra mim? Isso é verdade?

– Se o senhor quer saber a verdade, Majestade, então esta é a verdade... A cidade está cheia de noivas violadas e maridos que se recusam a consumar o casamento. Suas partidas de luta com os noivos recém-casados, com a virgindade da noiva como prêmio, vêm fazendo os jovens deixarem Erech. Eles vão para Ur para adorar Nannar, ou, pior ainda, mais ao sul de Eridu, onde a Casa de Enki domina. Suas lutas diurnas deixam para trás umbrais quebrados e carroças esmagadas. "Gilgamesh não é um descendente digno de Enmerkar e Lugalbanda", é o que as pessoas estão dizendo.

– Eles querem por acaso ver outro filho no trono, talvez o Príncipe Herdeiro?

– Meu Senhor Gilgamesh – Niglugal começou –, posso falar sem instigar a ira do rei?

– Eu posso suportar a verdade.

– É por lealdade e devoção que falo – disse Niglugal, pesando suas palavras. – Quando a realeza foi concedida a Erech em dias idos, seu antepassado Meskiaggasher era Sumo Sacerdote no Kullab, e os deuses também o ungiram rei. Um único homem foi tanto Sumo Sacerdote quanto rei... Enmerkar, o filho dele, e Lugalbanda, filho de Enmerkar, eram guerreiros e exploradores em busca de conhecimento e glória, e de estabelecer um nome reconhecido e duradouro em terras distantes. Uma vez que os deveres sacerdotais exigiam frequência diária, eles eram apenas reis, e o sumo sacerdócio foi passado a seus irmãos. Agora Enkullab está dizendo que chegou a hora de voltar a unir as funções.

– E fazer de mim, o rei, o Sumo Sacerdote? – disse Gilgamesh, caindo em uma gargalhada. – E negligenciar todas as donzelas e não lutar contra os heróis?

– Não, tornar o Sumo Sacerdote rei, seguindo o exemplo dado por Meskiaggasher.

Por um momento Gilgamesh não disse nada, servindo-se de mais vinho.

– Enkullab esquece a linhagem, a dele e a minha. Meskiaggasher era filho do grande deus Utu, nascido de sua união com a sacerdotisa chefe de Sipar, e ele tinha a marca do sexto dedo... Enmerkar tinha o sinal divino, e assim o era com Lugalbanda, e comigo também! – Ele ergueu as mãos para mostrar a cicatriz reveladora a Niglugal, como se o camareiro tivesse de ser lembrado. – Sim, eu tenho a marca por conta de minha descendência de Utu e por ser o filho da deusa Ninsun e, portanto, sou dois terços divino. Mas Enkullab, embora filho de meu pai, nasceu de uma mãe mortal. Portanto, Enkullab herdou de nosso pai o cargo de Sumo Sacerdote, mas eu era o filho legítimo a ser rei. Será que ele esqueceu tudo isso?

– Ele diz que seus pecados o desqualificaram.

– Um plano perfeito – disse Gilgamesh. – Como ele vai conseguir isso?

Niglugal encolheu os ombros. Gilgamesh começou a andar pelo quarto.

– O Sumo Sacerdote – disse – entra no Sagrado dos Sagrados sozinho. Há uma arca lá; meu pai me disse uma vez, quando eu era criança, que foi colocada lá no momento da visita de Anu, mil anos atrás. Ela é feita de madeira de acácia coberta por ouro, e tem imagens aladas por cima. Ninguém sabe como, mas uma vez por ano, nesse dia de Ajustes dos Destinos, a voz de Anu é ouvida da arca, transmitindo o oráculo para o Sumo Sacerdote. Só que apenas ele está lá para ouvir as palavras sagradas. Então ele sai e pronuncia a mensagem do Pai Celestial.

– Sim, eu já ouvi que isso é o que acontece lá – disse Niglugal.

– Você não vê? O Sumo Sacerdote está lá sozinho! – Gilgamesh afastou o olhar de Niglugal. – Completamente só! Assim, ele pode sair e dizer o que quiser!

– Isso realmente é um perigo – Niglugal disse –, mas mesmo Enkullab não ousaria mudar as palavras sagradas de Anu, pois o Pai Celestial o mataria!

– Ele já deve ter dito coisas para a deusa, palavras maldosas sobre mim que a levaram a pular a bênção – disse Gilgamesh, batendo na mesa com o punho. – Eu me pergunto o que está por vir!

– Não fique tão preocupado – disse Niglugal. – Seus direitos divinos são inerentes, e Enkullab não tem o sexto dedo divino. Os deuses nunca vão ungi-lo rei.

– Suas palavras são tranquilizadoras, Niglugal – disse Gilgamesh, abraçando seu camareiro. – Você é um bom amigo... O que me faz lembrar... Onde está meu companheiro Enkidu?

– Como fui ao templo ao nascer do sol, não o vi ainda.

– Bem, ele deve estar nos ritos do templo, esta tarde.

– Como uma criação do Senhor Enki, ele é imune ao destino mortal – disse Niglugal –, mas vou procurá-lo e transmitir-lhe seu desejo.

Niglugal curvou-se e deu um passo atrás, em direção à porta.

– Agora, é melhor ter um merecido descanso, meu senhor, pois os ritos da tarde serão longos e cansativos.

E, com essas palavras, ele partiu.

* * *

Em sua casa de dois andares, Salgigti supervisionava as atividades pós-noturnas. Uma mulher de colo grande, estatura mediana e cabelos negros, ela simultaneamente gritava ordens para suas moças, supervisionava o cozimento dos bolos doces e contava as moedas dos clientes, à medida que eles saíam.

– O dia é curto, depressa, depressa! – ela continuava a gritar com as jovens. – Temos de vestir nossos trajes de festa e chegar cedo ao Recinto Sagrado!

Demorou um pouco para o movimento acabar. Esteiras de palha estavam espalhadas no chão, perto do forno, onde duas jovens habilmente extraíam os bolos redondos finos e empilhavam-nos em um grande prato de cerâmica. Bem no centro do pátio, duas outras jovens enchiam um grande jarro com água fria. Outra jovem trazia um cesto cheio de tâmaras secas e figos da casa.

– Onde está Tiranna? – Salgigti gritou.

– Ela ainda está no quarto com aquele ocidental – uma delas disse.

–Maldição! – Salgigti gritou. – Acorde-os! Esse marinheiro não conhece limites!

– Não há necessidade – uma voz masculina veio do segundo andar. – Eu estou acordado e de saída, graças a toda a gritaria!

– Já é tempo de você sair, Adadel – Salgigti gritou de volta –, seu ingrato!

Ele desceu para o pátio, afivelando sua roupa de couro.

– Por que um homem não pode ter um pouco de paz e tranquilidade por aqui? – ele perguntou, protestando.

– É o 11º dia, o Dia da Unção – disse Salgigti. – O dia em que o rei vai recuperar o reinado que lhe fora tomado... Se sobreviver à noite. – Ela riu e as outras mulheres caíram na gargalhada.

– Será que sobreviveu? – Adadel perguntou, enquanto procurava a bolsa de moedas dentro da roupa.

– Ele certamente praticou bastante – disse Salgigti, morrendo de rir.

– Eu ainda não compreendo seus costumes de Ano-Novo – disse Adadel. – Na Terra dos Cedros, que está sob o jugo de Shamash, cujo emblema celestial é o Sol, o festival termina quando o sol nasce no 11º dia. Aqui, seus ritos continuam com um Casamento Sagrado entre a deusa e o rei, que já não é mais um rei. Então vocês gastam mais um dia restaurando-o ao trono.

Entregou a Salgigti uma moeda de prata. Ela continuou com a mão aberta, ainda estendida.

– Tiranna tem sido boa para você – disse. – Eu não tenho sido uma boa hospedeira?

Adadel olhou para a mulher e sorriu.

– Aqui – disse, dando-lhe outra moeda. – Quando é que esse festival interminável acabará?

– Estamos no domínio de Sin, cuja contraparte celeste é a lua – Salgigti respondeu. – Os nossos dias começam apenas após o pôr do sol. Depois que o rei é restaurado e o sol se põe, o 12º dia deve começar. É o momento do Ajuste dos Destinos. Um oráculo será pronunciado pelo Sumo Sacerdote, entregando a palavra de Anu, determinando o destino do rei e do povo para o próximo ano...

– E, em seguida, os portões serão abertos?

– No dia seguinte. Os deuses reunidos deverão partir, então. Os portões da cidade serão abertos.

– O 12º dia – disse Adadel. – O número celestial.

– Mas você, meu querido, deve partir agora! – Disse Salgigti, e caminhou até a porta de saída. – Vamos vê-lo hoje à noite?

– Duvido – disse Adadel na porta. – Estamos ancorados aqui há muito tempo. É melhor eu fazer os preparativos para navegar pela manhã.

– Que os deuses estejam com você – respondeu Salgigti, enquanto deixava Adadel para fora, fechando a porta atrás de si.

– Agora, meninas – disse ela, voltando-se para o pátio –, vamos comer e vestir-nos para chegar aos templos na frente da multidão.

* * *

As cerimônias de encerramento do festival de Ano-Novo deveriam começar no fim da tarde, uma hora antes do pôr do sol. No entanto, quando Salgigti e suas meninas percorreram o caminho até lá, a Avenida das

Procissões – que adentrava o Grande Portão do Recinto Sagrado – e as ruas que levam a ela já estavam repletas de gente. Claramente, muitos outros estavam ansiosos não só para se posicionar o mais próximo possível do local das cerimônias, mas também para estar lá quando os vários participantes chegassem.

Quanto mais o grupo de mulheres se aproximava da área do templo, mais densa se tornava a multidão, pois a massa de pessoas estava sendo contida no portão até que todos os participantes tivessem chegado. Soldados e sacerdotes-guardas nos limites da área sagrada empurravam a aglomeração para manter o caminho aberto para os dignitários e o rei. No momento em que Salgigti e suas companheiras chegaram a um ponto de onde conseguiam visualizar a Avenida das Procissões, elas já não conseguiam mais prosseguir.

Os primeiros a começar a chegar para o processo foram os Anciãos – 60 deles –, todos de origem nobre, muitos deles funcionários aposentados de palácios e templos. Todos eles eram barbudos, como convinha aos idosos, mas usavam trajes de sua escolha e gosto individuais, incluindo os chapéus e adornos de cabeça. Quando chegaram ao portão e foram identificados, eles foram encaminhados para o pátio do Grande Templo, e ali se reuniram até que fosse a hora de começar a Procissão Sagrada.

O próximo a chegar foi o rei e sua comitiva de altos funcionários da corte e uma equipe de guarda-costas, composta por heróis selecionados, também 60 ao todo. O rei trajava as vestes reais e a coroa, mas o cetro e o bastão eram carregados em uma bandeja de ouro pelo camareiro, Niglugal, marchando à frente do rei. Os sacerdotes direcionaram o grupo real à lateral do grande pátio, de frente para os Anciãos.

E então, precisamente uma hora antes do pôr do sol, quando o 12º dia estava prestes a começar, as trombetas soaram e tambores rufaram, e a Procissão Divina chegou ao pátio, vinda da direção do Eanna, conduzida pelo Sumo Sacerdote, que tinha um bastão de madeira na mão. Ele estava usando chapéu e toga de cor carmesim, e o peitoral sagrado de pedras mágicas. Era seguido pelos outros 11 chefes dos sacerdotes, que usavam envoltórios brancos à altura do tornozelo enfeitados com franjas vermelhas.

– A Rainha do Céu está no meio de vós! – proclamou o Sumo Sacerdote enquanto o grupo adentrava o grande pátio. – Os Doze Deuses estão no meio de vós!

E, quando os Anciãos, o grupo real e todos os sacerdotes estavam presentes, e a multidão do lado de fora que ouvia a proclamação curvou-se de joelhos, sacerdotes-portadores que levavam os 12 deuses sobre liteiras – Ishtar e Ninsun entre eles – marcharam para o centro do pátio.

Todos permaneceram curvados até que o Sumo Sacerdote anunciou em voz alta.

– Que os ritos de Ajuste dos Destinos comecem!

E, com esse sinal, as multidões puderam entrar pelo Grande Portão. As pessoas correram até as barreiras colocadas para mantê-las fora do grande pátio cerimonial, para começar a testemunhar o processo.

Sete vezes o Sumo Sacerdote proclamou as fórmulas determinadas para o início dos ritos, assegurando seu resultado auspicioso, e sete vezes vieram gritos da multidão em resposta. Em seguida, a Procissão Sagrada começou a lenta marcha, seguindo as batidas dos tambores, em direção ao Templo Branco de Anu.

Liderando a procissão, os sacerdotes de cabeças raspadas e togas cor de romã incensavam o caminho, seguidos pelos Anciãos. Lentamente, eles subiram a escadaria monumental e, quando chegaram à plataforma no topo do monte, dispuseram-se ao longo de sua borda, de frente para o pódio. Representando os cidadãos de Erech, cada um deles mais tarde iria assinar como testemunha a tábua na qual os eventos da tarde seriam inscritos.

Foram seguidos de perto pelo segmento real da Procissão Sagrada até a escada. E logo que o segundo grupo se organizou na plataforma, no lado voltado para o Templo Branco, o grupo divino, liderado pelo Sumo Sacerdote e os outros 12 sacerdotes, começou sua ascensão.

No topo do monte os deuses desceram das liteiras e subiram as escadas para o pódio, onde Ishtar se sentou em seu trono em forma de leão. Um trono menor ao lado dela, menos decorado, permaneceu desocupado. Outros assentos para as 11 outras divindades foram dispostos em um semicírculo. Os deuses tomaram esses lugares em uma ordem que já havia sido arranjada.

Houve um silêncio enquanto todos os olhos estavam sobre Ishtar. Ela então levantou a mão direita.

– Que comecem os ritos! – disse com voz de comando.

Niglugal, o camareiro, avançou para o pódio e, segurando a bandeja de ouro, disse:

– Oh, grande Rainha do Céu, Rainha da Terra! O rei, teu noivo do Casamento Sagrado, está entre nós.

Ele deu um passo para a frente e colocou a bandeja aos pés de Ishtar; em seguida, deu um passo para trás.

– Que aquele chamado Gilgamesh venha para a frente – Ishtar ordenou.

Gilgamesh adiantou-se e, chegando ao pódio, fez uma reverência.

– Eu sou Gilgamesh, o rei. Coloco meu reino a teus pés, Rainha do Céu, Rainha da Terra! – disse, enquanto tirava a coroa e colocava aos pés de Ishtar.

– Tu me desposaste na noite deste dia, de acordo com todas as regras e com perfeição. – Ela sorriu quando disse essas palavras. – O Divino Dumuzi foi tanto cônjuge quanto pastor real, meu amado consorte ele era. Nenhum mortal pode ser ambos, exceto em um dia como este... Que Gilgamesh seja ungido!

De onde Ishtar estava sentada sua voz foi ouvida, não só sobre a plataforma, mas também nos pátios por todo o Recinto Sagrado.

– Sumo Sacerdote, continue! – ordenou, e todos os olhos se voltaram para o Templo Branco e o grupo de sacerdotes de pé ao longo da murada. O grupo se separou, revelando a entrada do templo e a árvore incomum crescendo na frente dele. Era uma tamareira que crescera a partir de uma muda plantada por Anu quando ele visitara o lugar. A árvore se nutria com a água de cisternas escondidas abaixo do pavimento da plataforma, onde a precipitação da chuva era captada durante a temporada de inverno chuvoso. Havia também uma cisterna selada no topo do templo, escondida da vista, onde a água da chuva que caía sobre o teto do templo era armazenada. Naquele dia, e somente nele durante o ano, as comportas daquela cisterna eram abertas e uma fonte de água jorrava em arcos líquidos para ambos os lados da árvore.

Todos aqueles no topo da plataforma assistiram reverentemente quando dois sacerdotes emergiram da porta do templo, um vestindo a pele de um grande peixe e o outro, as asas de uma águia e uma máscara com a cabeça afunilada da ave.

– Que ele seja testemunha, aquele que como o Senhor Enki é – proclamou o Sumo Sacerdote. – Aquele que veio para a Terra nas águas, o primeiro a pisar o chão, senhor da sabedoria, criador!

O sacerdote vestido como um peixe se adiantou e ficou à direita da árvore.

– Que ele seja testemunha, aquele que como o Senhor Enlil é, senhor dos Anunnaki, por cuja palavra os Águias pilotam os barcos do Céu, pai da humanidade! – O Sumo Sacerdote anunciou.

O sacerdote vestido como uma águia se aproximou e colocou-se à esquerda da árvore. Assim como o sacerdote-peixe, ele carregava um balde. A um sinal do Sumo Sacerdote, os dois encheram os baldes com a água em cascata.

– Que esta seja a Água da Vida! – proclamaram eles em uníssono. Em seguida, cada um pegou um cacho de sementes da tamareira.

– Que este seja o Fruto da Vida! – disseram em uníssono mais uma vez.

Todos os que estavam presentes, deuses e homens, gritaram.

– Que assim seja!

Por alguns momentos, os dois sacerdotes fantasiados permaneceram de pé, um de frente para o outro, flanqueando a árvore, segurando as vagens da tamareira em uma das mãos e os baldes cheios de água na outra. Os dignitários em cima da plataforma e a grande multidão abaixo permaneciam em silêncio, impressionados com a aparição dos sacerdotes que representavam os dois grandes deuses, e pela apresentação das Águas da Vida e do Fruto da Vida que dotaram os mortais de vida longa e deuses de imortalidade, a Vida Eterna.

– Que Gilgamesh seja ungido! – Ishtar ordenou.

Os dois sacerdotes fantasiados avançaram para o pódio, curvando-se para Ishtar conforme se aproximaram dela. Em seguida, eles se levantaram, flanqueando Gilgamesh, que permanecia ajoelhado.

Ishtar se levantou e caminhou até a beira do pódio. O sacerdote-peixe levantou o balde cheio de água. Ishtar mergulhou a mão nele e então aspergiu água sobre a cabeça de Gilgamesh.

– Sê abençoado em nome do Senhor Enki – proclamou ela sete vezes, espirrando a água sobre Gilgamesh a cada frase. – Que a vida seja tua água!

O sacerdote-águia, então, ergueu o cacho da tamareira, e Ishtar tomou-o nas mãos.

– Sê abençoado em nome do Senhor Enlil – proclamou sete vezes, tocando Gilgamesh com o cacho de tâmaras a cada vez. – Que fecundidade seja teu pão de cada dia!

Ela então ergueu a coroa para todos os que estavam reunidos verem, e colocou-a sobre a cabeça de Gilgamesh.

– Em nome do Senhor Enlil que comanda a Terra, concedo-te realeza – proclamou.

Ishtar estendeu a mão para Gilgamesh e ele se levantou.

– Como a senhora de Erech, cedo a ti teus poderes reais – ela anunciou, entregando a Gilgamesh o cetro do rei e o bastão sagrado. – Agora, tu és tanto consorte quanto rei. Vem e divide o trono ao meu lado até que os destinos sejam determinados!

Ela voltou e sentou-se em seu trono. Gilgamesh subiu as escadas para o pódio, cruzando o olhar de sua mãe quando passou por ela; o breve olhar lhe enviou uma miríade de palavras de encorajamento e carinho. Em seguida, sentou-se ao lado da deusa, no trono menor, para, por algum tempo, ser divino entre os divinos, um deus entre os deuses.

– Os deuses falaram! – Niglugal gritou. – Gilgamesh é rei novamente!

Olhou na direção dos Anciãos, mas eles permaneceram em silêncio.

– Vigiai sobre as muralhas – o Sumo Sacerdote gritou na direção dos sacerdotes na borda da plataforma. – Será que o disco de Shamash tocou a borda dos céus?

No Oeste, além da faixa cintilante do Rio Eufrates, o sol era um disco vermelho no horizonte. Todos sobre a plataforma e na multidão abaixo dela ficaram em silêncio. Então, embora esperado, mas tão subitamente que surpreendeu a todos, veio o grito do sacerdote.

– O Sol tocou a borda do céu!

Ao longo das extremidades da plataforma, os sacerdotes acenderam as tochas.

– Sumo Sacerdote, que o Ajuste dos Destinos comece! – anunciou Ishtar.

O Sumo Sacerdote entrou na frente de Ishtar e curvou-se.

– Sob o comando da grandiosa Senhora Ishtar, pela vontade dos 12 deuses reunidos, entrarei no Sagrado dos Sagrados – disse ele. – O que Anu disser, repetirei. – Endireitou-se e, com ambas as mãos, puxou para a frente sua couraça de pedras.

Ishtar a tocou, seguida por sua equipe.

– As pedras de Nibiru são tua proteção – disse ela. – Entra onde nenhum mortal pode entrar, ouve o que nenhum mortal pode ouvir!

O sol desapareceu abaixo do horizonte, e naquele exato momento, o Sumo Sacerdote adentrou o templo, sozinho. Um vento leve brincava com as chamas das tochas.

O grupo dos principais sacerdotes começou a entoar melodias de tempos distantes, criadas em épocas em que o próprio Anu havia estado lá, alguns diziam. De repente, uma voz foi ouvida de dentro do templo.

– Anu falou!

O canto parou abruptamente. Todos os olhos se voltaram para a entrada do templo. Então o Sumo Sacerdote surgiu de volta.

– Anu falou! – anunciou novamente.

Ele se moveu com passos lentos para diante da árvore sagrada, flanqueada pelos dois sacerdotes fantasiados.

– Que seja testemunha aquele que como o Senhor Enki é, que seja testemunha aquele que como o Senhor Enlil é – o Sumo Sacerdote entoou, e parou.

No silêncio total e quase insuportável, as palavras de Ishtar explodiram, súbitas.

– Sumo Sacerdote, pronuncia as palavras de Anu, Senhor dos Senhores!

Enkullab se aproximou do pódio, curvando-se.

– Grande senhora, rainha celestial – disse, com a voz agora também crescendo como um trovão. – Eu me purifiquei, coloquei-me em linho puro. Pronunciei os encantamentos. Ergui o véu. Pedi a palavra do Senhor de todos os Senhores.

Ele permaneceu abaixado, suas palavras terminaram.

Os dignitários reunidos entreolharam-se em perplexidade. Gilgamesh e sua mãe trocaram olhares.

– Sumo Sacerdote, pronuncia as palavras de Anu! – disse Ishtar, impaciente.

– Minha senhora benevolente a cujos pés sou nada mais que um assento – disse o Sumo Sacerdote –, há um destino para a cidade, mas nenhum para o rei.

O Sumo Sacerdote Enkullab, meio-irmão de Gilgamesh, em seguida, prostrou-se diante Ishtar para indicar sua humildade e sua completa subserviência a ela.

Houve um silêncio atordoante no início; em seguida, um murmúrio entre os Anciãos e um burburinho de espanto e protesto no grupo real. Gilgamesh começou a erguer-se de seu trono, apontando sua mão ameaçadoramente ao Sumo Sacerdote, quando a própria Ishtar se levantou.

– Silêncio! – gritou ela, e tudo e todos foram silenciados. A deusa continuou, com ira. – Sumo Sacerdote, se Anu falou, dá-nos suas palavras!

– Assim seja – disse o Sumo Sacerdote, erguendo-se. Enkullab olhou à sua volta, o olhar passando de um grupo reunido para o outro. Então seu olhar descansou em Gilgamesh, os olhos dos dois se encontraram. – Estas são as palavras de Anu, o Senhor dos Senhores:

Minhas palavras estão inscritas,
Minha mensagem é elevada.
As portas deverão ser abertas.
Quem vem terá vida.
A terra não será esquecida,
O povo não será abandonado.

Mais uma vez ouviu-se um murmúrio entre aqueles reunidos na plataforma, e também das multidões abaixo. Gilgamesh sentou atordoado, sem entender. Até os deuses no pódio se entreolharam, e Ninsun olhou para o filho, também perplexa.

– Como eu disse, minha senhora e grandes deuses – o Sumo Sacerdote aproveitou a oportunidade para falar, curvando-se em direção a Ishtar e às outras divindades. –, há um destino para a Terra e para o povo, mas não para o rei.

– Isso já foi longe demais! – Gilgamesh gritou e ergueu-se.

Na frente do grupo real, Niglugal desembainhou a espada.

– Silêncio! – Ishtar gritou, erguendo seu cetro. No mesmo instante, o cetro lançou um raio, brilhante como um relâmpago, e o estrondo que o acompanhou trovejou por toda parte. Um silêncio caiu sobre a plataforma e sobre os pátios abaixo.

– O presságio é para todos e para cada um – disse ela. – *A mensagem é elevada*, pois vem do elevado Anu, dos mais altos Céus. *As palavras estão inscritas*, pois estão escritas no Livro da Vida. *As portas estarão abertas* para todos os que são justos. *Quem vem através dessas portas*, os seguidores fiéis de Anu e da Casa de Enlil, de Nannar, e de Ishtar, *terão vida*. Desse modo, *a Terra não será esquecida, o povo não será abandonado*. Haverá paz e prosperidade e alegria para todos!

Ouviram-se murmúrios de aprovação. Ishtar olhou diretamente para o Sumo Sacerdote, respondendo ao seu olhar perplexo com um olhar severo.

– Este é o significado do oráculo – disse ela. – Estes são os destinos fixados para a Terra, para o povo, para o rei. Anu decretou abundância!

E então, assim que as palavras divinas foram proferidas, veio do céu de poucas nuvens um relâmpago, seguido de um trovão estrondoso.

– Anu falou! – gritou um dos sacerdotes, que, em seguida, caiu de joelhos.

E, no momento em que os outros olharam para ele e para o céu escurecido, outro chicote de luz cortou os céus. O trovão ressoou como se um tambor tão grande quanto os céus tivesse sido golpeado por uma baqueta maior que a árvore mais alta daquela terra.

– Anu falou! – gritaram outros sacerdotes, e também caíram de joelhos; os Anciãos, repetindo os gritos, fizeram o mesmo.

Os deuses sentados entreolharam-se com perplexidade. Ishtar, escondendo a própria surpresa, começou a descer a escada. Os sacerdotes se levantaram apressados e correram atrás dela, arrastando a liteira em que deveria ser levada de volta para sua morada. Os outros deuses, ignorando seus serviçais, também começaram a correr para baixo. E, vendo os deuses partirem e os sacerdotes correndo atrás deles em confusão, os Anciãos também começaram a descer a escada, murmurando um ao outro seu espanto com o comportamento estranho do Sumo Sacerdote e especulando sobre o significado do oráculo enigmático e a ruptura celestial do processo.

E, assim, logo não havia ninguém mais na plataforma além de Gilgamesh e o grupo real. De repente, uma voz ecoou.

– Gilgamesh! Gilgamesh!

Seguiu-se uma confusão, mas, em seguida, todos viram a figura solitária em cima do pódio: um homem de ombros tão largos quanto os de Gilgamesh, e quase tão alto quanto ele. Seu manto escarlate brilhava como sangue vermelho nas luzes tremeluzentes das tochas. Era Enkullab, o Sumo Sacerdote.

Gilgamesh avançou em direção ao pódio.

– Tu encontraste um modo de lançar tuas palavras, meu irmão?

No pódio, Enkullab levantou o cetro.

– Ouve-me, Gilgamesh, rei jurado à justiça! – A voz do Sumo Sacerdote ecoou por toda a plataforma e nos pátios abaixo dela. – Uma vez, havia dois homens na terra, um pastor de muitos rebanhos e outro que tinha apenas uma pequena cordeira; e, quando o poderoso pastor desejou uma refeição com carne assada, ele tomou a cordeira do pobre homem para se satisfazer... Qual é, oh, rei que jurou cumprir as leis de Enlil, o julgamento de tal homem?

– A punição mais severa, pois grande foi o mal feito – respondeu Gilgamesh. Quem é esse homem?

– *Tu* és o homem – a voz do Sumo Sacerdote ecoou pelo Recinto Sagrado. – Tu és um pastor de pessoas, não de ovelhas, cuja posse preciosa não é o cordeiro do homem, mas a noiva dele. Tu és um pecador, Gilgamesh, e tua punição será a mais severa!

– Eu sou o rei! – Gilgamesh gritou de volta. – Sou dois terços divino! Minha vinda para as damas é uma honra, não um pecado!

– Anu guardou um destino determinado para ti, Gilgamesh – disse Enkullab com calma. – Teu destino ainda está na balança, teu reinado ainda está sendo pesado, contados estão teus dias!

Gilgamesh aproximou-se e pôs-se diante de seu meio-irmão, olhando-o diretamente nos olhos.

– A Água da Vida foi aspergida sobre mim – gritou, e agora sua voz rugia também. – O cone da fecundidade tocou meu cetro e meu bastão! Na Árvore da Vida fui abençoado. Sou o rei e serei rei, Enkullab!

– A árvore de Anu, Gilgamesh, é a árvore da verdade real – disse Enkullab, elevando o cajado na mão. – As palavras divinas não podem ser distorcidas. O presságio deverá se tornar realidade!

E, depois de proferir tais palavras, virou-se e desceu a escadaria.

Niglugal veio e ficou ao lado do Gilgamesh em silêncio.

– Ele está atrás de teu reinado, meu senhor – afirmou –, invocando as alegadas transgressões como manobra.

Gilgamesh colocou a mão no ombro de Niglugal.

– Oh, meu fiel camareiro – respondeu, com tristeza na voz. – Oráculos, presságios... As palavras dos Céus ou as palavras do homem? O que significa tudo isso, Niglugal? O que devo fazer?

Capítulo 5

Não fora a intenção de Gilgamesh vagar pelas ruas de Erech naquela noite. Mas os acontecimentos da noite e do dia anterior deixaram o rei extremamente desconcertado e confuso, e seu sono fugira completamente. Enkidu, seu companheiro, não estava no palácio para lhe dar ouvidos e palavras de conforto. Assim, os pensamentos de Gilgamesh voltaram-se para sua mãe, a deusa Ninsun. Foi ela quem o havia aconselhado a pressionar Ishtar com a questão de sua mortalidade, e, agora que todas as suas esperanças pareciam desmoronar, sua mãe era sua única ligação com a longevidade dos deuses, a única que poderia interpretar os augúrios divinos.

Como alguém que tinha sido residente em Erech, ela poderia deixar o Sagrado Recinto após o anoitecer, sem esperar a luz do dia como os outros deuses não residentes eram obrigados a fazer. Ela havia permanecido no Sagrado Recinto, ou usara seu privilégio para ir ao seu lugar favorito na cidade? Gilgamesh não sabia.

Vestido com uma túnica simples e armado apenas com uma adaga no cinto, ele deixou seus aposentos no meio da noite e saiu rapidamente em direção aos portões do palácio. Os guardas, que não esperavam que o rei saísse naquela noite, precisaram de mais tempo do que o normal para destravar e abrir os portões. Gilgamesh percebeu a perplexidade deles.

– Houve aqueles trovões e relâmpagos, quase sem nuvens no céu – Gilgamesh disse a eles. – Eu não consegui dormir, imaginando se as chuvas virão cedo neste ano... O que dizem os céus?

– Todo mundo está fazendo a mesma pergunta, Vossa Majestade – um dos guardas respondeu. – Nós todos esperamos que tenha sido um presságio de chuvas abundantes, mas os céus têm estado limpos.

– Mas foi uma noite de estrelas cadentes – disse outro guarda, enquanto o ajudava a alçar o portão.

– Como assim? – perguntou Gilgamesh.

– Ah, sim – disse o outro guarda. – Nós vimos uma estrela cadente cruzar o céu, e depois outra. É uma noite cheia de presságios, Senhor Gilgamesh.

Eles olharam para o céu, e Gilgamesh fez o mesmo. O céu não tinha nuvens e a lua, quase cheia, brilhava.

– Lá! – um guarda gritou de repente. – Lá vai outra!

Apontou para uma direção nos céus, e Gilgamesh e os outros guardas voltaram-se para lá. De fato, sobre o fundo do céu cheio de estrelas cintilantes, uma delas parecia se mover – fazendo um grande arco ao longo do Círculo Celestial. De um instante para o outro, ela foi ficando cada vez maior, exibindo uma cauda avermelhada à medida que se aproximava. Instintivamente, os guardas protegeram os olhos. Só Gilgamesh ficou imóvel, observando a estrela avermelhada brilhante caindo em direção à Terra.

– Está caindo no palácio! – um dos guardas gritou, e todos eles caíram ao chão. Por um momento, Gilgamesh pensou que a estrela estava vindo diretamente para ele, e ergueu a mão defensivamente para proteger o rosto. No instante seguinte, no entanto, a estrela cadente parecia estar indo em direção ao Recinto Sagrado. E então desapareceu da vista para além dos muros do palácio, mais ao norte.

– É um presságio, um sinal dos Céus, para mim! – Gilgamesh gritou e, antes mesmo que os guardas pudessem se levantar e oferecer-se para acompanhar o rei, ele correu portão afora.

Alternando arrancadas e passos rápidos, tomou a direção na qual a estrela cadente havia desaparecido de vista. A rua que levava para baixo do palácio estava vazia e nenhum ruído vinha das casas que ficavam no lado oposto do palácio, um bairro da cidade habitado por oficiais de justiça, escreventes, juízes e outros da nobreza da cidade e da alta hierarquia secular. Ele chegou à interseção da Rua do Palácio com a Rua dos Mercadores; a segunda levava para o sul, para a zona portuária e para os mercados, mas Gilgamesh tomou a direção norte, para o Bairro da Guarnição. Era necessário atravessar uma pequena ponte sobre um riacho que secava no verão, mas enchia-se de água no inverno, quando as comportas que o conectavam ao canal eram abertas.

Ao se aproximar da ponte, o rei conseguiu ouvir vozes alarmadas e, quando se aproximou do riacho, viu as pessoas correndo em direção à ponte. Elas também deveriam ter visto a estrela cadente, percebeu.

Alguns tinham atravessado a ponte e outros haviam vindo do outro lado. No momento em que Gilgamesh chegou ao local onde a estrela cadente parecia ter aterrissado, havia uma pequena multidão em ambas as margens do riacho, e também sobre a ponte. Quando a multidão reconheceu o rei, eles se afastaram para deixá-lo se aproximar da margem do riacho.

– Está lá! Está lá! – gritavam eles, apontando para um objeto avermelhado em parte enterrado na ribanceira.

Tudo que Gilgamesh conseguia discernir era a forma alongada do objeto, que parecia ficar mais negro a cada instante.

À medida que a multidão aumentava, alguns soldados que patrulhavam as ruas chegaram ao local, e, conforme o empurra-empurra se intensificou, os soldados formaram uma proteção em torno do rei para ele não ser pisoteado ou empurrado riacho abaixo. A comoção crescente logo atraiu um pelotão de soldados, chefiado por um capitão do Bairro da Guarnição, através da ponte. Alguns nobres também apareceram, despertados e atraídos pelo barulho da multidão.

Sob as instruções do rei, o capitão ordenou que alguns dos soldados descessem a bancada do riacho para deitar um olhar mais atento sobre o objeto, que àquela altura havia adquirido uma cor preta brilhante. Mesmo com alguns lhe obedecendo, eles ficaram longe do objeto. A multidão gritou palavras de conselho, sobre como agarrar o objeto ou como puxá-lo para cima, e advertências para não ousarem tocar a obra divina ou a estrela caída – se fosse o que ela realmente era.

Finalmente, revoltado com o caos, Gilgamesh ordenou aos soldados que empurrassem a multidão para longe das margens do riacho.

A partir da ponte e acompanhado por vários nobres mais ousados, ele desceu a ribanceira do riacho em direção ao objeto caído.

Com certeza, ele nunca havia visto algo semelhante antes. Feito de um material brilhante, agora totalmente preto, sua porção que se projetava do chão tinha a aparência de um cogumelo, um caule redondo, grosso e alongado, encabeçado por uma cobertura mais larga, achatada e circular. O objeto poderia ser comparado a um peixe celestial, pois também tinha barbatanas saindo de sua parte visível. O corpo do objeto, de formato cilíndrico, tinha um perímetro tal que um homem só não conseguiria abraçá-lo.

Corajosamente, um dos nobres tocou o objeto com sua espada e, como nada aconteceu, bateu nele. Houve um som oco por dentro, mas não o som estridente como quando metal atinge metal. Em seguida, outro nobre, encorajado, tocou o objeto com a mão. Ele estava quente.

– Há vida nisso – gritou quando pulou de volta. Mas o objeto permaneceu imóvel, silencioso.

Alertados por Gilgamesh, os nobres tentaram agarrar o objeto. Mas, qualquer que fosse o modo como tentassem, o objeto revelou-se muito escorregadio para se agarrar. Apoiaram os ombros para empurrá-lo, mas estava firmemente enfiado no solo e não se movia. Desistindo, os nobres ficaram reunidos em volta do objeto, tocando sua lisura, admirando a superfície brilhante. Espantados com a forma do objeto e impressionados com sua origem celestial, começaram a discutir seu significado e propósito.

– É a obra de Anu – concluiu um deles, e todos concordaram prontamente, uma vez que o objeto havia de fato vindo do céu, a morada de Anu. Com isso, os nobres caíram de joelhos e, curvando-se para o chão, começaram a beijar o objeto celeste. Alguns murmuravam orações, e como a reverência cresceu em fervor, um após o outro, os nobres começaram a distanciar-se do objeto sagrado.

Foi então que um grupo de sacerdotes chegou ao local, vindo do Recinto Sagrado. A multidão se abriu para eles, e seus gritos instruíam os sacerdotes, contando o que havia acontecido e onde o objeto estava.

– É um presságio dos Céus – disse o principal sacerdote, olhando para baixo em direção à margem do riacho. – Um presságio enviado por Anu, pois o festival de Ano-Novo está prestes a acabar.

A multidão começou a gritar améns.

– É um tipo de presságio que nunca foi visto antes – o sacerdote continuou. – É realmente uma obra de Anu, para os grandes deuses tocarem e receberem... Ai do homem que violar esta santidade... Dentro de um ano, com certeza, ele morrerá!

Assim, com medo devidamente incutido em seus corações, as pessoas se afastaram por conta própria, em um empurra-empurra enquanto seguiam de volta. Os nobres também rapidamente subiram e afastaram-se, desejando nunca ter tocado o objeto. Só os sacerdotes permaneceram de pé na bancada do riacho, e Gilgamesh, sozinho, ficou próximo ao presságio celeste.

– Grande rei – disse o principal sacerdote –, afasta-te do trabalho de Anu! É um presságio para os deuses, e não para o homem mortal!

– Não sou um mero mortal – Gilgamesh respondeu. – Dois terços de mim são divinos! Esse é o presságio de que fala o Oráculo dos Destinos. É um presságio para *mim*!

Sem esperar o sacerdote responder, Gilgamesh se aproximou novamente do objeto caído. Primeiro, ele o sentiu cautelosamente com as mãos. Estava quase frio agora; sua vida se fora, se é que a tinha. Encostou a orelha contra a superfície lisa e tentou escutar algo; podia ouvir um zumbido peculiar. Usando seu punhal, começou a golpear o objeto suavemente; não parecia haver qualquer efeito. Bateu com mais força, e foi um baque abafado, como o som de um tapa na barriga de alguém que bebeu muita cerveja. Gilgamesh caminhou ao redor do objeto, golpeando-o com sua adaga, aqui e ali, esperando por alguma reação se houvesse vida. Então, de repente, quando ele atingiu um certo ponto, ouviu-se um assobio.

– É uma serpente, uma serpente celestial! – Gilgamesh gritou e deu um passo atrás.

Então, para seu espanto, viu que, enquanto o objeto enterrado permanecia estacionário, a parte superior começou a girar, subindo lentamente, conforme rodava. E então parou, assim como o assobio.

Por alguns momentos, Gilgamesh ficou parado, observando o objeto imóvel. Depois, recuperou a coragem, deu um passo até ele e agarrou a parte superior erguida. Tinha a intenção de apenas examiná-lo, mas seu puxão soltou a seção superior da haste principal. Não esperando que isso acontecesse, Gilgamesh largou a parte que se soltara, que caiu ao chão com um baque surdo. Agora se podia ver uma abertura na parte que ainda estava presa ao chão, e Gilgamesh se aproximou com cuidado para dar uma olhada. Embora a abertura redonda tivesse largura suficiente para um homem passar por ela, seu interior era muito escuro para ele enxergar qualquer detalhe interno. Mas podia ouvir um zumbido, e depois de enfiar a cabeça e sondar com as mãos, percebeu que a fonte do som era uma saliência em forma de bola, a um braço de distância para dentro do objeto. Estendeu as duas mãos para agarrar a bola e puxá-la para cima.

No início, nada aconteceu quando ele puxou, torceu e tentou mover a saliência. Em seguida, houve um brilho repentino de luz; as mãos do rei chamuscaram, como se ele as tivesse enfiado em uma fogueira, e todo o seu corpo estremeceu. Mas o que ele estava segurando agora se soltara, e Gilgamesh percebeu que poderia erguer uma espécie de tampo que protegia algo por baixo. Colocou o tampo no chão e olhou para dentro novamente. O zumbido era mais forte, e sua fonte era um objeto que emitia um brilho dourado. Como todo o aparelho, aquele objeto era diferente de tudo que Gilgamesh vira antes, ele nem mesmo havia ouvido sobre algo semelhante nos contos antigos. Mas estava convencido de que era um presságio de Anu dirigido a ele, e esse pensamento lhe deu coragem para continuar arriscando ante o desconhecido.

– O que descobriu, Senhor Gilgamesh? – perguntou o sacerdote-líder, ansioso para saber o que estava acontecendo no riacho. Repetiu a pergunta, gritando caso Gilgamesh não o tivesse ouvido na primeira vez.

– É um quebra-cabeça, realmente – respondeu Gilgamesh.

Mais uma vez, estendeu as duas mãos e, proferindo uma oração a Anu, agarrou o objeto radiante giratório. Para sua grande surpresa, o objeto podia ser facilmente carregado. Embora parecesse metálico, seu peso era pouco. Porém, no instante em que Gilgamesh o puxou para si, o brilho desapareceu e o zumbido parou. Ele retirou o objeto, e à luz da lua podia ver que estava segurando um disco liso, achatado no topo, mas ligeiramente convexo na parte inferior.

Gilgamesh rapidamente colocou o disco no bolso interno de seu manto.

Logo que o fez, ouviu passos atrás de si. Virou-se e viu os sacerdotes; dominados pela curiosidade, eles finalmente haviam reunido coragem suficiente para descer e dar uma olhada.

– É uma maravilha das maravilhas – Gilgamesh exclamou –, verdadeiramente uma obra de Anu!

Os sacerdotes olharam para o tronco descoberto e viram as peças no chão.

– É uma abertura dentro de uma abertura – disse Gilgamesh –, mas é vazio por dentro. Tateei com as mãos, e não há nada lá.

Ele estendeu as mãos, com as palmas para cima, para que os sacerdotes vissem que não segurava nada. A mão direita sacudiu involuntariamente.

– É um presságio, um presságio de Anu – disse o principal sacerdote.

– Se houver, não o vejo – respondeu Gilgamesh. – Talvez seja um segredo para um sacerdote desvendar... Vá em frente, procure por ele.

Fez um sinal ao sacerdote para chegar mais perto e se afastou. O sacerdote principal aceitou o desafio e, no instante seguinte, o objeto estava cercado por um grupo de sacerdotes. Gilgamesh, despercebido pelos sacerdotes, subiu a ribanceira do riacho.

A multidão, não mais contida por soldados e ansiosa para ver o que os sacerdotes iriam descobrir, avançou para a ponte e ao longo das margens. Assim, com todos muito preocupados com o que estava acontecendo ali embaixo, Gilgamesh voltou, ignorado pela multidão. E então, sem ser observado, acelerou os passos e deixou a cena.

Após a curva da rua, ele rapidamente se distanciou da área do palácio e bairro adjacente. Serpenteando por ruas estreitas e becos, parando para se esconder nas sombras sempre que ouvia passos se aproximando, seguiu para o Bairro dos Artesãos, a área onde muitos artesãos e artesãs da cidade viviam, trabalhavam e vendiam seus produtos.

Como convinha a uma deusa, Ninsun tinha sua própria capela e aposentos no grande templo Irigal, dentro do Recinto Sagrado. Mas, após a morte de seu último marido, o Sumo Sacerdote, que era o pai de Gilgamesh, ela começou a passar cada vez mais tempo, incluindo as noites, em seu lugar favorito de trabalho: a Casa de Ressuscitação, no Bairro dos Artesãos. Como um dos Curandeiros, ela dedicou-se, depois do Dilúvio, a ajudar a afastar as doenças que se espalharam entre os terráqueos, causadas por águas poluídas do Dilúvio e a proliferação de insetos e répteis que se seguiu. Era para a Casa de Ressuscitação que Gilgamesh agora se apressava. Quando ele chegou, evitou o portão principal e virou a esquina para uma rua lateral. Chegando a um certo ponto ao longo do muro, viu um determinado tijolo e moveu-o. Magicamente, uma parte da parede girou e revelou uma abertura baixa.

Aquela era uma entrada secreta pela qual Ninsun poderia ir e vir sem ser assediada pelas multidões que enchiam o pátio dia e noite. Gilgamesh se curvou, entrou e moveu o tijolo novamente quando passou. No instante seguinte, o muro estava fechado, e não havia nenhum vestígio da abertura.

A murada da construção cercava uma área retangular, grande parte dela tomada por um grande pátio onde aqueles que tinham ido para ser curados acampavam, esperando sua vez de ser tratados. Uma grande casa dividida em várias salas servia como hospital e clínica. Vários edifícios menores serviam como casas de armazenamento de cereais, água e cerveja, e outro, para a manipulação dos mortos. Havia duas pequenas casas nas quais os trabalhadores da Casa de Ressuscitação viviam. E depois havia a casa mais solidamente construída, perfeitamente caiada, que era a residência privada de Ninsun, e o lugar onde ela guardava os instrumentos mágicos com os quais diagnosticava e curava.

Uma serva estava dormindo em uma esteira na porta e não havia nenhuma maneira de entrar sem que ela fosse acordada. Mantendo a mão em sua boca para que ela não gritasse, Gilgamesh cutucou-a e acordou-a. Passado o susto, ela o reconheceu.

– A deusa, minha mãe, está aqui? – ele sussurrou.

Ela assentiu com a cabeça.

– Desperte-a. É uma questão muito urgente! – acrescentou, quando viu que a serva hesitou.

A mulher o deixou entrar, e saiu na frente para despertar a deusa. Passaram-se alguns minutos até que Ninsun apareceu na porta de sua câmara interna. Quando Gilgamesh a viu à luz da lua que brilhava através de aberturas no teto, ele correu, ajoelhou-se e beijou a mão de sua mãe. Uma mão cujo sexto dedo havia sido removido cirurgicamente logo após o nascimento.

– Amado filho – disse Ninsun –, que problema o traz aqui a esta hora da noite?

– É uma questão de vida ou morte – respondeu Gilgamesh. Ninsun puxou sua mão, sinalizando que ele poderia se levantar. Acenou para a serva sair da sala. Então, levou Gilgamesh a um divã, enquanto ela se sentou em sua poltrona favorita, de frente para ele.

Gilgamesh olhou para a mãe.

– Oh, minha mãe – disse –, que bela e jovem você é! Como uma jovem irmã minha, não parece minha mãe!

Ninsun estendeu a mão e tocou o rosto do filho.

– Minhas aparências enganam, meu filho – respondeu – Pareço jovem apenas para os terráqueos. Tendo nascido na Terra, envelheço mais rapidamente do que aqueles que nasceram em Nibiru. Transferir-me a Nibiru foi o tratamento recomendado... Mas eu não vou deixar a Terra antes de Ishtar usar seus poderes para conceder-lhe juventude eterna. Você falou com ela sobre isso?

– Com certeza eu o fiz, durante toda a noite de núpcias. Mas ela ignorou minhas súplicas.

– É essa a questão de vida ou morte que lhe traz aqui hoje?

– Não, uma questão bem maior.

– As palavras do presságio de Enkullab?

– Ele me ameaçou com a morte de um pecador...

– Realmente – respondeu Ninsun –, suas palavras maldosas foram ouvidas por todos. Ele falou do pódio, onde as palavras divinas soam mais alto. Não preste atenção às palavras dele, Gilgamesh. Ishtar divina deu sua interpretação, e isso é tudo o que importa até o próximo festival de Ano-Novo.

– Não é por isso, minha mãe – disse Gilgamesh. – É por causa dos presságio que Anu me enviou.

Ninsun parecia confusa.

– Anu lhe enviou um presságio?

– Isso – Gilgamesh disse conforme tirou do bolso do robe o disco que havia retirado do objeto celeste. Ele o colocou aos pés de sua mãe, e a mão direita convulsionou enquanto o fazia.

Ela olhou para a mão que tremia, e depois para o disco.

– Grande Anunnaki! – exclamou. – Como você chegou até essa tábua sagrada?

– Minha mãe – Gilgamesh disse –, durante a noite, eu estava inquieto e saí do palácio. Foi quando presságios apareceram nos céus. Uma estrela cresceu cada vez mais no céu. A obra de Anu desceu em direção a mim!

Descrevendo como ele correu para onde o objeto caiu, a multidão, a comoção, e como ele desceu a ribanceira do riacho onde o objeto celestial havia aterrissado, Gilgamesh contou à mãe como tentara soltá-lo.

– Tentei levantá-lo, mas era muito pesado para mim. Procurei sacudir o objeto, mas eu não podia nem mover nem erguê-lo...

Então, contou à sua mãe o modo milagroso com que a tampa em formato de cogumelo havia saído, a forma como ele tateou por dentro até que houve um brilho, como um fogo destruidor.

– Coloquei minhas mãos nas profundezas... Seu motor móvel eu então ergui e trouxe-o para você. – Sua mão sacudiu novamente quando ele terminou sua história.

– Oh, meu filho – exclamou Ninsun –, sua mão tocou um fogo divino! Se você não fosse dois terços divino, sua alma teria virado vapor.

Ela baixou o disco e examinou a mão do filho. Não havia nenhuma cicatriz ou qualquer outro sinal externo de acidente.

– Não há nada que eu possa fazer – disse. – A lesão deve curar a si mesma. – Ela se inclinou para a frente e beijou-o na testa.

– Minha mãe – Gilgamesh disse –, não é a dor em minha mão a questão. É o presságio de Anu a questão de vida ou morte!

– Como? – Ninsun perguntou.

– O presságio dos céus não é o cumprimento do oráculo sagrado? – perguntou Gilgamesh; a voz vibrava de emoção. – Não eram estas as palavras, "Minhas palavras serão inscritas, minha mensagem é elevada, as portas estarão abertas, quem vem terá vida"!

– Sim, essas foram as palavras transmitidas pelo Sumo Sacerdote.

– Você não vê, então? O oráculo se tornou realidade! A mensagem inscrita de Anu, "As portas do Céu estarão abertas, quem vem terá Vida"; fui convidado, minha mãe, como um deus fui convidado para Nibiru, para ter a Vida Eterna!

Ninsun, versada em muito conhecimento, ouviu atentamente as palavras ansiosas do filho. Ela ficou em silêncio, perdida em seus pensamentos por algum tempo.

– O que você trouxe e coloca aos meus pés é de fato uma Tábua dos Destinos – ela disse, por fim –, um disco que leva o conhecimento secreto, comandos silenciosos, talvez até mesmo desenhos sobre os Caminhos dos Céus. Mas tudo isso, Gilgamesh, é apenas para os deuses, para aqueles que são Anunnaki. O homem mortal, meu filho, à Terra está acorrentado.

– Sou dois terços divino! – Gilgamesh gritou. – E alguns, como eu, só em parte mortal, para os Céus foram levados. Adapa, filha de Enki e Emneduranki, o primeiro sacerdote, e Etana, o rei de outrora... E, agora, é minha vez!

A mão dele vibrou. Ela a tocou para acalmar a dor invisível.

– Eles nasceram de mães mortais, mas todos tinham a paternidade de deuses – Ninsun respondeu. – Seu pai era um homem mortal...

Fez uma pausa, mas continuou a acariciar a mão de Gilgamesh.

– No entanto, vamos ver que mensagem está na tábua.

– O disco é liso, não há nada escrito sobre ele – disse Gilgamesh. – Trata-se, por si só, do presságio.

– A Escrita Celeste não pode ser vista como a escrita de um escriba em cima de uma tábua de argila – Ninsun explicou. – Venha comigo e eu lhe mostrarei.

Ela levou Gilgamesh a suas câmaras internas. Quando entraram na última, ela notou o punhal em seu cinto.

– Remova-o e deixe-o para trás, pois é de metal – ordenou.

Quando cruzaram o limiar, a sala escura recebeu uma iluminação azulada, de uma fonte invisível. Havia um altar de pedra no centro da sala, com o tampo esculpido. Ninsun colocou o disco com a parte inferior convexa na cavidade curva, fazendo um zumbido começar. Rapidamente o disco começou a irradiar um brilho dourado, como o que Gilgamesh havia visto quando o descobrira.

– Olhe para a tábua celestial – ela disse.

Gilgamesh se aproximou e olhou para o disco.

– A tábua está brilhando – disse ele –, e posso ver marcas estranhas.

Ninsun tocou um ponto no altar e uma pedra branca, com aparência de alabastro, mas tão fina quanto uma folha de grama, surgiu de um dos lados e moveu-se lentamente, cobrindo o tampo do altar. O desenho no disco agora surgia, muito maior e mais claro, sobre a superfície branca.

– Os símbolos são estranhos. Eu nunca vi algo semelhante antes – disse Gilgamesh. – Esta é a Escrita dos Céus?

Ninsun estudava os símbolos.

– Sim, é a escrita de Nibiru – respondeu –, e a tábua é realmente uma Tábua dos Destinos.

Pegou uma pequena vara de marfim que ficava ao lado do altar e usou-a para apontar.

– Vou lhe explicar a mensagem oculta – ela disse. – A tábua tem oito segmentos. Ela contém todas as instruções para a jornada entre Nibiru e a Terra e a volta. O primeiro segmento retrata os céus mais distantes, a rota de Nibiru para a Terra; ele é chamado de "Jornada de

Enlil pelos sete planetas". A espaçonave, como a tábua instrui, deve chegar ao céu do norte da Terra, na área chamada Via de Enlil. Sua linha de demarcação é a linha circundando a Terra, onde as três montanhas artificiais foram levantadas.

Ninsun apontou as três pirâmides enquanto falava.

– Há instruções técnicas para os pilotos em cada segmento, orientando-os para a aterrissagem no espaço-porto com suas três pistas. Este é o Local dos Foguetes, de onde são lançados para o céu, a fim de alcançar as plataformas orbitais tripuladas por Igigi, a primeira etapa da viagem para Nibiru.

– Apenas instruções técnicas – perguntou Gilgamesh. – Nenhuma mensagem, nenhuma palavra divina?

– O último segmento, que trata da decolagem, tem um comando... Ele diz: "Volte"!

– Eu sabia, eu sabia! – Gilgamesh gritou e abraçou a mãe. – Na verdade, é meu presságio, o chamado de Anu!

Ela o beijou na testa.

– É preciso ter cuidado em assuntos divinos – alertou. – A tábua e seu significado devem ser cuidadosamente considerados.

– Eu não posso esperar! – Gilgamesh protestou. – Ishtar se virou contra mim. O presságio agora vem de Anu, o Senhor dos Senhores. Para o Local dos Foguetes eu devo ir, de uma vez!

O braço de Gilgamesh sacudiu de novo, e Ninsun colocou a mão sobre ele para acalmá-lo.

– Meu amado filho – disse –, este é realmente um chamado de Anu, mas, infelizmente, não para você.

Ele estremeceu.

– Não é para mim? Para quem, então?

– É para a Senhora Ishtar. Isso é claramente definido aqui. – Ela apontou a vara de marfim para um ponto na tábua. – É a Ishtar que Anu chama.

– Grandes Senhores! – Gilgamesh gritou e caiu de joelhos. – Eu peguei uma tábua sagrada que havia sido feita para a deusa! Oh, minha mãe, o que devo fazer? Esta noite eu tomei o presságio; na noite anterior, eu saí da cama de Ishtar antes de o sol nascer... Em vez da vida eu encontrei a morte!

– Você deixou a cama de Ishtar na noite do Casamento Sagrado? Você perdeu o juízo?

– Ela ignorou todas as minhas súplicas. Ela mesma estava louca naquela noite, julgando-me ser seus amantes passados... Eu queria fugir... Mas voltei para seu leito antes de ela haver acordado.

– Alguém viu você sair?

– Os sacerdotes-guardas do portão lateral...

Ela puxou a cabeça do filho para seu colo e acariciou seu cabelo encaracolado.

– Meu filho – disse com suavidade –, palavras sobre sua violação chegarão a Ishtar, com certeza, e a tábua que falta ao míssil celeste também será descoberta. É realmente uma questão de vida ou morte.

– O que hei de fazer, minha sábia mãe?

Ela pensou por um momento.

– Você deve deixar Erech, escapar do domínio dc Ishtar e de sua ira. Busque a proteção de Nannar em Ur, ou vá a Shuruppak onde minha mãe é a Senhora.

– E acabar meus dias no exílio, um cadáver a ser enterrado em um cemitério qualquer? – disse Gilgamesh, nervoso, enquanto se levantava. – Sou seu filho, mãe divina, e descendente do grande Senhor Shamash! Se eu não puder escalar os céus, deixe-me morrer por minha própria adaga, sentado em meu trono real!

– Só os precipitados desafiam o destino com suas próprias mãos – disse Ninsun.

– Então, deixe-me ir para o Local dos Foguetes, e enfrentar meu destino no solo sagrado!

Ninsun contemplou o filho.

– Aquele lugar, Gilgamesh, é longe, na distante região proibida dos Anunnaki. Ninguém pode ir até lá... Mas há outro lugar, o Campo de Pouso. É nas Montanhas dos Cedros. Se Utu o levar até lá, seus Anunnaki poderiam transportá-lo.

– Não sei sobre esse lugar nem sei o caminho para Sipar, até meu padrinho, Shamash – Gilgamesh retrucou.

– Aqui, eu lhe mostrarei – disse ela.

Ninsun tocou um ponto no altar, e sua fachada de pedra desapareceu no chão. Havia prateleiras em seu interior, e sobre elas haviam sido armazenados diversos discos. – Estas são minhas tábuas, que possuem todo o conhecimento. O Senhor Enki, senhor da sabedoria, fez com que fossem produzidas.

Ela pegou a Tábua dos Destinos do altar e colocou-a dentro de uma das prateleiras, substituindo-a por um dos outros discos. Tocou o ponto e o altar foi restaurado à posição anterior, sem qualquer indicação de que era oco. Então, Ninsun fez a folha branca aparecer novamente.

– Dê uma olhada – indicou ao filho.

A imagem era um mapa.

– Essa é a Terra Entre os Rios – explicou –, e a Terra Ocidental para além, que termina onde o Mar Superior começa. Esses são os dois grandes rios, o Eufrates e o Tigre, que começam nas terras montanhosas do Senhor Adad e fluem para o Mar Menor. Sipar é aqui, onde os dois rios se aproximam um do outro, quase se tocando.

Ela apontou o local com a vara de marfim.

– É aí que o Edin começa, o lugar divino de abundância, seguindo por todo o caminho até o Mar Inferior.

– E onde está Erech? Onde estamos?

– Aqui – ela mostrou, apontando com a vara –, perto do Rio Eufrates. Para o sul, encontram-se Larsa e Ur, e além delas está Eridu, que tem sido a morada do Senhor Enki desde o momento em que ele desembarcou pela primeira vez na Terra. Para o norte há um longo trecho do rio sem cidades, em que o deserto invade o rio. Mas depois há Borsippa, Babilônia e Kish, e depois Sipar.

– Borsippa está sob o jugo do Deus Nabu, Babilônia pertence ao pai dele, o Senhor Marduk – disse Gilgamesh –, e Quis lutou contra Erech desde que o reinado foi transferido para os meus antepassados... É um caminho arriscado. E o Campo de Pouso? Onde fica?

– Na Terra do Oeste. Caravanas dos comerciantes seguem o Eufrates até quase onde ele nasce, depois atravessam um trecho desolado até chegarem a um rio que corre de duas cadeias de montanhas paralelas. Os mais altos cedros crescem lá, formando a Floresta de Cedros. Dentro dele fica o Campo de Pouso, um lugar que existe desde antes do Dilúvio.

– As montanhas se estendem por léguas incontáveis – disse Gilgamesh, estudando o mapa. – Onde é exatamente o lugar?

– O lugar está escondido, não é conhecido por ninguém além dos Anunnaki que são Águias. Mas Utu, ou Shamash como ele também é conhecido, é o comandante do local. Se você puder chegar a Sipar e colocar seu apelo diante dele...

Ela parou no meio da frase.

– O que é, minha mãe?

– Ishtar – disse Ninsun. – Ela é a amada irmã gêmea de Shamash e, em sua ira, poderia colocar uma maldição sobre você, barrando qualquer ajuda de Utu!

Gilgamesh se ajoelhou, tomando a mão da mãe.

– A ira da Senhora de Erech eu já despertei – disse. – Quer que eu humildemente espere a fatalidade, ou corajosamente tome o caminho arriscado em busca de meu destino? Se eu devo morrer, que seja lembrado que eu morri alcançando as estrelas!

Ela acariciou seu cabelo encaracolado e, então, beijou-o na testa.

– Vá – disse –, e rogarei aos grandes Anunnaki por sua segurança.

Tirou do pescoço um cordão do qual pendia um objeto verde e preto, semelhante a uma lâmina de parteiras para cortar cordões umbilicais. Colocou-o em volta do pescoço de Gilgamesh.

– É uma pedra que sussurra – disse. – Vire-a de cabeça para baixo e esfregue-a, e suas palavras chegarão até mim... Mas use-a com moderação, meu filho, apenas quando estiver em perigo real.

Ele beijou-lhe a mão e levantou-se.

– Deixe-me tomar a Tábua dos Destinos comigo como um talismã, como prova de que ela é meu presságio.

– Não – disse Ninsun –, aqueles que conseguirem ler sua escrita saberão que você a tomou de Ishtar. Deixe-me mantê-la aqui, bem escondida, até que você retorne com segurança.

– Assim seja – disse Gilgamesh. Ele se curvou perante a mãe e virou-se para sair, mas, em seguida, parou e voltou-se para ela.

– Por qual caminho devo ir a Sipar, minha mãe? Eu nunca fiz uma viagem tão longa e distante.

– Leve Enkidu junto – disse Ninsun. – Ele será seu guia.

– Enkidu?

– Sim. O Senhor Enki, seu criador, conferiu a ele não apenas imensos poderes, mas também o conhecimento de muitos mistérios. Deixe-o ser seu companheiro e protetor, e aquele que lhe mostrará o caminho.

– Encontrarei Enkidu e vou levá-lo – disse Gilgamesh.

Deu um passo à frente e abraçou a mãe.

– Eu a verei novamente, minha abençoada mãe? – perguntou.– Sentarei mais uma vez no trono de Erech?

Havia lágrimas nos olhos dele.

– Vá, meu filho – disse ela suavemente –, e os grandes deuses estarão com você.

Capítulo 6

Saindo pela abertura secreta na parede através da qual viera, Gilgamesh caminhou a passos largos na direção do porto. Aquele era o bairro internacional da cidade, onde caravanas de perto e de longe descarregavam suas mercadorias e os barcos que operavam no Rio Eufrates e em mares além ancoravam no cais da cidade. Era a parte mais desagradável da cidade, com pousadas e bordéis em toda parte, um lugar dia e noite lotado de comerciantes, caravaneiros e marinheiros.

Gilgamesh atravessou diversas ruas mais largas e seguiu por outras muitas ruas estreitas e becos, todos abraçando os contornos da topografia da cidade. Caminhou apressadamente, com cuidado para evitar não só os bandidos que se escondiam nos cantos escuros, mas também as patrulhas de soldados, para não ser reconhecido e seu paradeiro não ser delatado mais tarde. Apressando o ritmo, quase em uma corrida, Gilgamesh finalmente se viu em um beco no qual não teve nenhuma dificuldade em localizar a casa que estava procurando. Era uma das poucas casas de dois andares naquela seção, com umbrais pintados de vermelho. O rei, no entanto, não precisava desses sinais para reconhecer o lugar, pois já estivera lá antes, mais de uma vez, em ocasiões em que suas incursões na cidade em busca de recém-casados haviam terminado sem noiva.

Gilgamesh bateu de leve na porta, tentando evitar ruído excessivo, mas não obteve resposta, então bateu mais forte. Finalmente, uma voz de mulher veio de trás da porta.

– Vá embora e volte amanhã! Todas as damas estão dormindo agora.

Gilgamesh podia ouvir passos se aproximando do beco, que soavam sinistros na calada da noite.

– Abra, mulher! – ordenou impaciente. – Eu procuro por Enkidu!

– Todos dormem... – começou a dizer a mulher por trás da porta.

– Abra, rápido! Depressa! Sou o rei!

A mulher então obedeceu. Ela mal tinha terminado de remover o pesado ferrolho, e Gilgamesh abriu a porta. Entrou e fechou-a rapidamente atrás de si. A mulher estava segurando uma lâmpada a óleo; reconhecendo o rei, ela se inclinou para o chão.

– Enkidu está aqui? Ele não foi visto no palácio ou em outro lugar, deve estar aqui...

A mulher se levantou, ainda mantendo o corpo curvado. Havia um grande sorriso em seu belo rosto.

– Salgigti, sua bruxa! – disse Gilgamesh, rindo. – Desde que você o conheceu na estepe e deixou-o provar as ancas de uma mulher, ele tem de voltar a este lugar como se fosse sua casa. Aquele insaciável está aqui?

– Lá em cima – respondeu Salgigti.

Como a maioria das casas de dois andares, aquela também era dividida em uma série de quartos virados para um pátio central quadrado, em que os dormitórios do térreo eram dedicados a funções domésticas, e os quartos superiores serviam para dormir ou para tarefas não braçais.

O andar superior era acessível por uma escada que conduzia a uma varanda de madeira, que corria ao longo do perímetro interno dos quartos superiores. Um telhado de madeira, palha e palmas projetava-se o suficiente para fornecer à varanda um pouco de sombra; o pátio central permanecia aberto para o céu.

Gilgamesh pegou a lâmpada a óleo de Salgigti e rapidamente subiu as escadas. Os corredores no andar superior eram divididos por cortinas de cordões com contas, e Gilgamesh as empurrava para o lado para dar uma olhadela nos quartos conforme passava por eles. Nos primeiros, viu mulheres adormecidas, mas no quarto grande do canto ele viu Enkidu, esparramado em um grande colchão entre duas jovens. O corpo curto e robusto ficava engraçado entre as duas grandes e pesadas mulheres que escolhera como companheiras para a noite. Ele estava dormindo, os longos cachos do cabelo escondiam parte do rosto.

– Acorde, Enkidu – disse Gilgamesh, cutucando o amigo.

Enkidu acordou em um instante, reconhecendo Gilgamesh. Ele se virou, deitando de costas, e levantou a mão em saudação. Seus movimentos acordaram as duas mulheres, mas ele as abraçou com força e elas não conseguiam se mover.

– É parte de minha educação – disse com uma risada. – Os Anciãos da cidade acham que dormir com as meretrizes vai fortalecer o ser humano em mim...

– Não é hora para brincadeiras – disse Gilgamesh. – Temos assuntos a discutir.

Enkidu deixou as mulheres de lado.

– Vão embora – ordenou a elas, que se apressaram em sair.

Ele se sentou.

– Sua vinda aqui, a essa hora da noite, é um mau presságio – disse.

– De fato. Devemos deixar Erech, agora!

– Deixar Erech? No meio da noite? Não estou entendendo...

– É uma questão de vida ou morte – disse Gilgamesh, e rapidamente fez um resumo dos acontecimentos recentes para seu camarada.

– "Vá para Sipar e leve Enkidu com você; busque a proteção de Utu, fora do alcance de Ishtar", minha mãe Ninsun disse. "E peça ao seu padrinho ajuda para chegar ao Campo de Pouso na Floresta de Cedros"!

Gilgamesh concluiu e Enkidu balançou a cabeça em descrença, os longos cachos moveram-se como ondas vivas.

– Essa coisa toda soa mais como um pesadelo do que como um acontecimento real – disse –, e escapar de Erech não é a melhor solução. "Vá para Sipar", disse ela! Uma viagem sem escolta é uma aventura das mais arriscadas, e entrar na Floresta de Cedros é morte certa, Gilgamesh!

Ele se levantou e colocou o braço em volta dos pesados ombros do rei.

– É o medo em seu coração que o está levando a fazer isso? Venha, deixe-me acompanhá-lo até o morro para o templo, o amanhecer está próximo. Vá até a porta da Rainha do Céu, a divina Ishtar. Ofereça-lhe a Tábua dos Destinos em sacrifício, ore e faça as pazes. Em seguida, procure não o julgamento dela, mas o dos Sete Que Julgam. E, acredite, você será poupado!

– Como você não é um mortal, não entende o que está no meu coração – Gilgamesh disse. – Recebi um chamado do destino, e tenho de atender ao chamado! A sorte está lançada, Enkidu. Subir para os Céus ou morrer tentando, o que por si só é uma escolha... Você vem comigo, ou, como um covarde, prefere ficar para trás?

– Gilgamesh – disse Enkidu –, você bem sabe que a morte dos mortais eu não temo. Aquele que me criou, o Senhor Enki, fez-me um homem na aparência, mas um deus em resistência. Meus ossos são como bronze, meus tendões como o cobre, sangue eu não tenho. Embora de baixa estatura, a força de dez homens eu possuo! Com a mão desmonto umbrais, com o pé derrubo paredes, com o joelho domino o touro. Não, Gilgamesh, não é por mim que eu temo, é por você! Pois o que você pode conseguir é duvidoso, mas o que você perderia é certo.

– Um discurso digno – Gilgamesh respondeu –, mas sem conclusão. Você vem comigo ou eu viajarei só?

Enkidu contemplou seu amigo, o rei, e balançou a cabeça em descrença.

– O destino efetivamente o sobrecarregou... E não precisa me persuadir... Eu irei com você, meu amigo.

– Sabia que poderia contar com você! – disse Gilgamesh, e abraçou seu camarada. – Agora, qual é o caminho para o nosso destino e como vamos chegar lá?

– Pelo que sei, como chegarmos lá é o que ainda vamos descobrir – respondeu Enkidu. – Venha, vamos começar nossa preparação.

Certificando-se de não despertar as outras mulheres, os amigos desceram para o pátio. Salgigti apareceu lá antes mesmo que Enkidu pudesse chamá-la.

– Salgigti – perguntou –, suas meninas de prazer têm recebido estranhos que de longe vêm?

– Sim – respondeu Salgigti. – Incapazes de sair durante os dias do festival até essa amanhã, muitos gastaram seu tempo e dinheiro aqui.

– Bom, muito bom – comentou Enkidu. – Eles todos eram marinheiros ou montadores, ou havia entre eles algum comerciante ou um mestre de caravana?

– Alguns eram e outros não eram... Nós não fazemos perguntas.

– Oh, não seja tão virtuosa, Salgigti – disse Enkidu, e deu-lhe um tapinha no traseiro, rindo. – Por acaso alguém paga melhor do que os outros?

– O mais generoso é Adadel, o comerciante amorita. Ele negocia mel e vinho de tâmara do oeste em Erech e está transportando lã e grãos de volta para Mari.

– A caravana é dele?

– Não, ele é o capitão de um barco equipado com velas, estava se vangloriando para as meninas... Na verdade, foi um patrono muito generoso! – Salgigti disse com alguma tristeza. – Navegará pela manhã.

– Um destino perfeito! – Enkidu sussurrou para Gilgamesh.

Ele percebeu nas sombras a imagem das duas mulheres que tinham sido suas companheiras na noite esforçando-se para ouvir a conversa.

– Peça às duas mulheres que estavam comigo que preparem dois cantis cheios de água – disse ele a Salgigti –, e dois sacos de pano cheios de pão, queijo e algumas tâmaras doces.

Salgigti acenou para as mulheres e, quando se aproximaram, ela as instruiu a fazer o que Enkidu solicitava.

– Onde você guarda roupas descartadas? – Enkidu perguntou a Salgigti. – As roupas que os homens deixam para trás?

Ela os levou a um dos quartos do andar térreo, onde essas roupas estavam amontoadas em um canto.

– Vamos vestir algumas delas – disse Enkidu a Gilgamesh.

– Mas elas estão gastas e sujas! – Gilgamesh protestou.

– E, assim, perfeitamente apropriadas – Enkidu respondeu, e começou a se despir.

Gilgamesh seguiu o exemplo, certificando-se de manter o punhal que sempre carregava consigo em seu novo manto.

– Como é o barco de Adadel? – Enkidu perguntou a Salgigti.

A mulher ofereceu pouca informação além de repetir que tinha velas.

– Nós vamos encontrá-lo – assegurou Enkidu a Gilgamesh.

De uma bolsa de moedas, que manteve consigo quando trocou de roupa, Enkidu tirou um siclo de prata e entregou-o a Salgigti. Ela podia ver o brilho do metal na luz da lâmpada de óleo que segurava, e inclinou a cabeça em sinal de gratidão.

– Estou a serviço do rei – ela disse.

– Além disso – Enkidu disse –, se não voltarmos para o Festival da Primavera, você também pode vender nossas roupas. Mas até então você e suas meninas não devem proferir nenhuma palavra sobre esse assunto, ou o Senhor Enki, meu criador, destruirá todas vocês, estejam onde estiverem.

Salgigti assentiu com a cabeça.

– Assim será, mestre Enkidu.

Ele a abraçou e beijou-a na boca.

– Cuide de minhas mulheres! – completou.

Enkidu pensou por um instante e, então, abraçou as outras duas mulheres também.

– Trarei um siclo de prata para cada uma de vocês quando voltar! – prometeu ele.

– Venha, vamos embora! – Gilgamesh disse, impaciente. – Eu ainda tenho de trocar algumas palavras com Niglugal e dizer adeus ao meu filho...

– E estar pronto para sair quando a cidade toda tiver acordado? – Enkidu interrompeu. – Se você voltar para o palácio nunca vai sair, pois o clamor sobre a obra de Anu se espalhará até lá!

– Adadel navega logo depois do nascer do sol – Salgigti lhes disse, inclinando a cabeça.

Gilgamesh olhou em volta. A escuridão da noite realmente começava a abrir caminho para o amanhecer. Enkidu segurava os sacos com as provisões. Salgigti ficou em silêncio, com a cabeça ainda um pouco inclinada. O rei podia ver as duas mulheres que haviam ajudado com os mantimentos em um canto do pátio. Ele olhou para o andar de cima. Em um curto período de tempo as outras mulheres acordariam e o lugar se tornaria um enxame de mulheres fofocando.

Ele caiu em uma gargalhada nervosa.

– É uma piada, a mais divertida e mais amarga da minha vida! – disse. – Aqui estou como um ladrão da noite em um bordel, intimado a decidir... A escolher entre o reinado e a vida, entre o passado e o futuro... Essa, Enkidu, é a forma como tudo foi ordenado?

Enkidu não respondeu.

– Abra a porta, mulher dos prazeres – disse Gilgamesh a Salgigti –, e deixe-me encarar meu destino.

* * *

Em seu quarto, Enkullab, o Sumo Sacerdote, despertava de um sono inquieto e cheio de sonhos, chamado por seu sacerdote-serviçal. Ele acordou com um sobressalto e ficou raivoso.

– O chefe dos sacerdotes-guardas precisa falar com o senhor imediatamente – disse o serviçal. – É uma questão da maior urgência.

– Não poderia esperar o amanhecer?

– Ele disse que o Sumo Sacerdote deveria ser informado agora.

– Dê-me meu roupão e deixe-o entrar em seguida – Enkullab lhe disse.

Momentos depois, o rapaz, segurando uma grande lâmpada de óleo, trazia o chefe dos sacerdotes-guardas, um homem alto e forte, cujo traje se distinguia pelo cinto de couro.

– O que há que você considera digno de me roubar meu precioso sono? – perguntou Enkullab com firmeza, mas sem agressividade.

– Santo Padre – o chefe dos sacerdotes-guardas disse –, um presságio, a obra de Anu, desceu dos céus... – Ele abaixou a cabeça quando parou de falar.

– Sim, sim, não pare! – Enkullab gritou.

– Ele apareceu no céu como uma estrela cadente, irradiando brilho. É um artefato longo e preto, de corpo suave como uma cobra, sua cabeça é como um peixe com nadadeiras, seu sibilo como o de uma serpente...

– A obra de Anu?

– Ele veio dos céus e não é obra de um mortal, Santo Padre!

– Que os deuses sejam louvados – disse Enkullab –, minhas preces foram atendidas! Conte-me mais, conte-me tudo!

– Ele apareceu, como eu disse, como uma estrela cadente... Conforme se aproximava da Terra, parecia estar destinado ao Recinto Sagrado. Mas então... Em seguida, parecia estar indo em direção ao palácio do rei.

– Era eu quem havia orado por um presságio! – Enkullab gritou.

– Santo Padre, a obra de Anu tocou a Terra em direção ao norte, aterrissando nas margens do antigo canal.

– Continue – Enkullab o encorajou.

– Foi visto em sua queda pelos sacerdotes sobre as muralhas do Recinto. Um grupo correu até lá, para o lugar da queda. Quando eles chegaram, já havia uma multidão, soldados... E o rei.

– O rei, Gilgamesh, já estava lá?

– Sim, Santo Padre. A obra de Anu mudava de cor, sibilando e girando como uma serpente celestial. Somente o rei Gilgamesh teve a coragem de tocá-lo e lutar contra ele. Então os sacerdotes, recitando os hinos apropriados para a proteção divina, desceram a ribanceira do canal e assumiram o controle do objeto. Ele está profundamente enraizado na lama, sem vida agora, pois a cabeça saiu quando o rei estava com ele.

– Estava?

– No momento em que os sacerdotes cercaram o objeto celeste, ele se foi.

Enkullab levantou-se e começou a andar pelo quarto.

– Um presságio do Céu, a obra de Anu, um objeto dos mais originais e sagrados foi contaminado por meu meio-irmão, o rei... A ira dos deuses deve ser despertada!

– É a vontade dos deuses! – disse o chefe da guarda. – O Santo Padre deseja se vestir e vir comigo para o local?

– Sim, claro... A área deve ser consagrada como um local em que o Céu tocou a Terra! – disse Enkullab. – Agora, fale-me novamente sobre a queda do objeto. No início, ele parecia se dirigir para o Recinto Sagrado, e então para o palácio?

– Sim.

– E o lugar onde ele pousou, onde fica exatamente?

– A norte do palácio.

– E quando o rei havia partido, os soldados foram com ele?

– Não, o pelotão ficou para trás.

– Então não vamos perder tempo –, disse o Sumo Sacerdote. – Leve quantos sacerdotes você precisar, e uma carroça para transportar o presságio ao Recinto Sagrado o mais rápido possível!

– Para que os homens do rei não o façam?

– Isso mesmo, você compreendeu. Agora vá, depressa! Vou me vestir e segui-lo de imediato.

– E se os soldados se negarem?

– Evoque a ira dos deuses... Você é um sacerdote, não é?

* * *

O nascer do sol que se aproximava já levava um bando de moleques às ruas que conduzem à área do porto, que se posicionavam para quando os comerciantes, alguns conduzindo jumentos carregados, começassem a chegar. Alguns desses garotos tentaram abordar Enkidu e o rei quando eles se aproximaram, visando principalmente a Enkidu, enganados por sua baixa estatura. No entanto, uma lapada de sua mão ou um chute de seu pé logo os mandou para longe, cambaleando.

Os dois amigos apressaram o passo, pois bem sabiam que o nascer do sol que se aproximava desencadearia uma corrida entre os barcos para içar suas velas e navegar, pois aquele seria o primeiro momento no decorrer do festival de Ano-Novo em que tais partidas seriam autorizadas.

Assim que chegou ao porto, na extremidade norte que levava ao Canal Eufrates, eles fizeram perguntas breves sobre o paradeiro do barco de Adadel, que os encaminharam a um grande navio de carga equipado com fileiras de remos e uma vela alta. A atividade era constante onde o barco estava amarrado no cais, e todos a bordo pareciam bem acordados e ocupados.

Os dois amigos contemplaram a situação.

– Nós podemos oferecer um pagamento ao mestre do barco para nos esconder debaixo do convés, entre a mercadoria – disse Gilgamesh.

– Esconder-nos é algo que incita traição – Enkidu respondeu. – Vamos tentar ser contratados como marinheiros.

– Ao que parece, ele tem todos os homens de que precisa, e está pronto para partir – observou Gilgamesh.

– Fique aqui e eu vou cuidar desse assunto – Enkidu respondeu.

Dando alguns passos incrivelmente grandes para sua estatura, Enkidu chegou ao cais. Abordou um dos homens ocupados que carregava suprimentos a bordo; no momento seguinte, o homem caiu ao chão e Enkidu o arrastou de lado. Havia outro homem desatando cordas que prendiam o navio ao cais; um encontro rápido com Enkidu, e logo aquele também estava sendo arrastado dali em silêncio. Então Enkidu sinalizou para Gilgamesh, que veio com rapidez, e corajosamente os dois pisaram a bordo, perguntando pelo mestre, Adadel.

Ele era um homem de meia-idade, com o cabelo escuro em grande parte escondido por um turbante, a barba aparada com uma ponta fina à maneira dos ocidentais; usava uma roupa feita de pele de ovelha escovada.

– Não preciso de mais homens – disse Adadel. – Saia de meu barco, pois estamos prestes a navegar.

– Nem tanto – disse Enkidu. – Você necessita de dois homens, pois dois deles desapareceram.

Adadel olhou para ele, perplexo. Em seguida, examinou o cais e não conseguiu ver seus dois homens. Chamou seus nomes, mas não obteve resposta. Depois, deu uma olhada mais atenta nos malvestidos Enkidu e Gilgamesh, ponderando a baixa estatura do primeiro, e perguntando-se o que realmente estava acontecendo.

– Você duvida de nossas habilidades? – perguntou Enkidu.

Ele deu um passo para as cordas que amarravam o barco ao cais e, com um puxão, soltou-as.

– Compreendo – disse Adadel. – E seu amigo?

Sem uma palavra, Gilgamesh foi para o lado do barco e, com as pernas, afastou-o do cais.

Adadel os observou.

– O salário é de dois shekels, quando chegarmos à cidade de Mari – informou. – O chefe da tripulação lhes passará suas atribuições.

– E as refeições diárias? – perguntou Enkidu.

– Sim, e as refeições diárias – Adadel concordou.

Sem suas amarras, o barco começou a se afastar do cais. Houve sons de uma comoção vinda da direção das ruas que levavam morro acima, da área do porto ao Recinto Sagrado. Gilgamesh, com o semblante preocupado, olhou para Enkidu.

– Agora que fomos contratados, vamos fazer o shekel do capitão valer a pena – disse Enkidu, agarrando um remo.

Com o remo, ele empurrou a embarcação pelo labirinto de barcos atracados. Gilgamesh, agarrando outro remo, fez o mesmo do outro lado do barco. Dentro de instantes, o barco estava no centro do amplo canal do porto.

– Homens aos remos! – o chefe da tripulação gritou.

Os outros homens se apressaram para os assentos, agarrando os remos.

Gritando ordens para os remadores, e auxiliado por Enkidu e Gilgamesh em ambos os lados do barco, Adadel habilmente dirigiu seu navio através da confusão do tráfego aquático; parecia que todos estavam partindo ao mesmo tempo. Gritos e maldições eram trocados entre capitães; punhos raivosos eram erguidos. Mas era tudo parte de uma rotina, e, como não houve qualquer acidente, ninguém levou as palavras e os gestos a sério.

Depois da manobra, o barco deixou a zona portuária e entrou no Canal Eufrates, o caminho aquático construído para ligar o porto de Erech ao grande rio e outras vias navegáveis, e a todo o mundo para além. A muralha oriental da cidade estava agora à direita deles, e seus diversos bairros à esquerda. Embora a maior parte do congestionamento estivesse se dirigindo para a saída, havia alguns barcos e jangadas entrando, e Enkidu mostrou sua habilidade e poder ao empurrá-los para longe com seu longo remo.

Aproximavam-se agora das comportas que guardavam a entrada do canal, onde ele se encontrava com a muralha da cidade. Ali havia um posto de guarda permanente, pois aquele era um ponto de estrangulamento militar vital. Rapidamente, Gilgamesh deixou o lado do barco e sentou-se entre os remadores.

Seu movimento abrupto não escapou a Adadel. Ele olhou para Enkidu e percebeu seu olhar alternar-se de Gilgamesh para o posto de guarda que se aproximava.

– Para onde se dirigem? – gritou o capitão da guarda para o barco.

– Para Mari – respondeu Adadel.

– Que os deuses o acompanhem – gritou o capitão da guarda, e acenou para o barco passar.

Eles passaram sob a abertura em arco na muralha, flanqueada por duas torres de vigia. A partir dali, o canal se alargava; estavam em águas abertas.

Enkidu se aproximou e sentou-se atrás de Gilgamesh.

– Saímos da cidade com segurança – sussurrou.

O sol estava alto no céu do Leste, quando chegaram ao largo e majestoso rio. Havia uma brisa de outono e Adadel ordenou que a vela fosse içada no mastro. Logo a embarcação estava navegando sem dificuldades, seguindo rapidamente rio acima, em direção ao norte, impulsionada pela remada ritmada da tripulação e pelo vento.

Gilgamesh olhou para Enkidu.

– A ira de Ishtar ficou para trás – sussurrou. – E eu estou no meu caminho para encontrar a Vida Eterna!

– Esse é o início da nossa jornada, nossos perigos estão apenas começando – Enkidu sussurrou de volta.

Do convés, Adadel observava a dupla.

– Esses dois não são marinheiros comuns – murmurou para o chefe da tripulação. – Temos de descobrir mais durante a noite...

Capítulo 7

Depois que Gilgamesh partiu, Ninsun não conseguiu ficar sossegada. Ela tentou se deitar e dormir um pouco, mas o sono lhe fugia. Sentou-se por um tempo em sua poltrona, ponderando. Não havia dúvida de que, assim que a partida do rei fosse descoberta, e a notícia da missiva celeste chegasse a Ishtar, uma grande confusão começaria. E o que Ishtar faria quando sua ira fosse despertada? O que Enkullab faria?

Como costumava fazer quando seus pensamentos a dominavam, Ninsun subiu para o telhado plano da casa. A noroeste ela podia ver o promontório, plano e cheio, formando uma grande plataforma na qual o Recinto Sagrado ficava, o zigurate Eanna se elevando acima do horizonte delineado pela parede maciça em torno do recinto.

Voltando-se para leste, podia ver o promontório menor onde ficava o palácio do rei. "Sim" , pensou, "houve um tempo mais feliz quando templo e palácio eram um só, quando os Anunnaki, embora mais elevados, também eram menos dominadores em relação à humanidade".

Para além da linha de visão do palácio estava Shuruppak, a morada de sua mãe. Distraidamente, por força do hábito, Ninsun colocou a mão na garganta para pegar e esfregar a Pedra Sussurrante, para deixar sua mãe ouvi-la falar. Só que, quando tocou a garganta nua, lembrou-se de que havia dado a pedra ao filho. Ainda assim, ela fitou Shuruppak e enviou seus pensamentos. "Oh, minha mãe, será que aconselhei Gilgamesh da forma correta? Será que ele realmente deve deixar Erech? Quando? Como? E como eu devo lidar com a ira de Ishtar?"

Não ouviu nenhuma resposta. A lua, que havia lançado raios prateados sobre seus aposentos quando Gilgamesh estava lá, fora embora, para oeste. Havia uma escuridão à sua volta, aquela que preenche o tempo entre o final da noite e o início da aurora, um momento ruim para todos os que tinham aquele horário como seu turno de vigia. A brisa fria era desagradável. Ninsun desceu e chamou sua serva.

– Desperte os serviçais, eu gostaria de me lavar e vestir e sair antes de o sol nascer – ordenou. – Vou voltar para o Recinto Sagrado.

– Sim, grande dama – disse a serva. – Devo alertar os condutores de carros ou os carregadores da liteira?

– Não – disse Ninsun. – Eu gostaria de sair discretamente. Vou montar o jumento. Agora corra para o palácio e diga ao camareiro para vir a mim.

Era quase madrugada quando Ninsun deixou sua Casa de Ressuscitação pelo portão lateral secreto, com um serviçal guiando o jumento com uma corda e outros dois os seguindo. Ela os instruiu a chegar ao Recinto Sagrado pelo portão lateral do Gipar.

– Não acho que Ishtar esteja passando a noite lá nesse momento – comentou, com sarcasmo na voz.

Os sacerdotes-guardas, apesar de surpresos, reconheceram-na e deixaram-na entrar. Ela dispensou os serviçais e rapidamente caminhou em direção ao Irigal, o Grande Templo, onde as residências divinas ficavam. No grande pátio em frente ao templo, havia uma movimentação considerável, pois os sacerdotes presentes preparavam a partida dos deuses não residentes. Carruagens eram trazidas e organizadas para a procissão; jumentos especialmente criados para a tarefa eram usados. Ouviam-se muitos gritos e zurros. Em meio a toda a agitação, Ninsun, chegando a pé, quase não foi percebida. Rapidamente, ela entrou no Irigal e correu para seus aposentos.

Foi logo depois disso que os deuses visitantes, cada um vestindo suas cores favoritas e adornos de cabeça divinos de formato cônico com chifres, começaram a sair do templo e dirigiram-se às carruagens atribuídas a cada um. Eram todos jovens de terceira e quarta gerações dos Deuses Antigos que haviam vindo de Nibiru, e seu jeito jovial revelava a vontade de deixar os limites regimentais e cheios de ritos do Recinto Sagrado e seguir para suas residências rurais em pequenas cidades, onde eles podiam circular livremente.

Mas toda a brincadeira foi abruptamente cortada quando um clamor surgiu no pátio, e os gritos se repetiram.

– A grande Senhora Ishtar está chegando!

Com sua chegada devidamente anunciada, Ishtar, Senhora de Erech, adentrou o pátio em sua própria carruagem incrustada de ouro. Ela estava de pé, segurando as rédeas de dois leões ferozes atrelados à carruagem, vestida com suas vestimentas de caça, as peles de dois leopardos, e armada com um longo arco e uma aljava de flechas pendurada ao ombro. Os sacerdotes presentes caminhavam rápido na frente do carro, e outros corriam atrás dele.

– A grande dama vai acompanhar os deuses que partem aos portões da cidade, liderando a procissão! – anunciou o sacerdote principal em sua comitiva.

– Vou organizar as carruagens – o chefe de carros respondeu. Depois, voltando-se para um de seus assessores, murmurou: – Pobre povo da cidade... Ishtar está em seu estado de espírito de caça... Ela vai correr pelo promontório, varrer as ruas de Erech, semeando o pânico na frente e deixando o caos para trás... Então vai cavalgar como um relâmpago para a estepe do lado de fora da cidade para caçar gazelas ou, com sorte, animais mais ferozes.

Os carros estavam enfileirados e os deuses que partiam começavam a mover suas carruagens, quando houve uma perturbação no portão principal do recinto, e lá apareceu uma procissão estranha. Dois sacerdotes conduziam uma carroça puxada por bois, carregando o Sumo Sacerdote e outros sacerdotes. Quando alcançaram o meio do pátio, eles pararam. Um grande objeto cilíndrico, de cor preta, estava sobre a carroça.

– O que é isso? – Ishtar exigiu saber.

O Sumo Sacerdote se adiantou.

– Grande senhora, Rainha do Céu, Rainha da Terra – disse ele, curvando-se para o chão –, recebemos um sinal dos céus.

– Vá direto ao ponto! – Ishtar ordenou. – O que é esse objeto na carroça?

– Grande senhora, grandes deuses – disse Enkullab –, é a obra de Anu, vinda do Céu para a Terra. É um sinal celestial, digno de seu poder!

Ele se prostrou diante da deusa. Os outros sacerdotes caíram de joelhos. Ishtar desceu da carruagem, dando as rédeas para dois serviçais treinados, e, com um aceno da mão, fez um gesto que lhes permitiu levar a carruagem embora. Então, aproximou-se da carroça para dar uma olhada no estranho objeto. Primeiro, ela circundou a carroça para ver o objeto por todos os lados e, em seguida, tocou-o. O topo em formato de disco que havia sido separado do tronco principal também estava na carroça. Ishtar podia ver a abertura escancarada na parte cilíndrica, e colocou a mão em seu interior, mas não conseguiu perceber nada por dentro.

– Conte-me tudo – ordenou a Enkullab.

Ele se levantou e disse-lhe o que sabia, falando em voz alta para que os outros deuses, e todos os outros que se reuniam no grande pátio, também ouvissem. Descreveu como alguns sacerdotes, estacionados nas muralhas, viram estrelas cadentes vindas dos céus. Contou como uma delas ficou maior em tamanho à medida que se aproximava da Terra; como foi caindo em direção ao Recinto Sagrado, mas desviou-se e caiu para o norte; como um grupo de sacerdotes correu para o local e lá encontrou o rei, sondando o objeto. Contou-lhe como eles se encarregaram, ordenando o rei a dar um passo atrás e como, quando informado da ocorrência milagrosa no meio da noite, ele, o Sumo Sacerdote, ordenou que o objeto celeste fosse extraído do leito do canal e levado ao Recinto Sagrado na carroça puxada a boi, a ser apresentado a Ishtar, Rainha do Céu e da Terra.

– É um presságio, cumprindo o oráculo – Enkullab concluiu. – Os grandes eventos estão chegando! O mal cessará e a justiça prevalecerá, pela palavra de Anu!

– O presságio é para os deuses, e não para os mortais – disse Ishtar. – Se uma mensagem ele carrega, é para que os deuses apenas a compreendam. Agora, diga-me, onde está o rei?

Os sacerdotes que estavam no local haviam admitido que, como haviam ficado preocupados com o objeto, perderam o rei de vista e não sabiam seu paradeiro.

– Ele deve ter voltado para o palácio – Enkullab sugeriu.

– Traga essa obra de Anu ao meu templo e convoque o rei! – Ishtar ordenou.

De uma janela no grande Templo, o Irigal, Ninsun, invisível para os outros, observava e ouvia todos os acontecimentos. Após as palavras de Ishtar, ela levou as mãos à boca para calar um grito, pois, naquele momento, viu Niglugal entrar no pátio pelo portão principal. Ele, evidentemente, não esperava a situação com que se deparava, pois, quando percebeu quem estava no grande pátio, parou e começou a dar passos para trás. No entanto, já havia sido descoberto por Enkullab.

– Ah, o camareiro do rei chegou para se juntar a nós! – disse Enkullab em voz alta. – Os comandos de Ishtar devem ter sido ouvidos no palácio.

Niglugal caiu de joelhos e curvou-se para o chão.

– Grande senhora, deuses divinos – disse. – Eu humildemente me prostro diante de vós. Sou Niglugal, vosso servo.

– Qual é o assunto do rei no Recinto Sagrado? – perguntou Enkullab.

Niglugal permaneceu prostrado.

– Levanta-te e fala! – Ishtar ordenou.

– Vim para falar com a grande Senhora Ninsun – disse ele, enquanto se levantava.

– Ela o chamou? E para quê?

– É sobre o rei – Niglugal começou a falar. Interrompeu-se e olhou em volta, inquieto. – O rei deixou o palácio no meio da noite e não voltou.

– Os sacerdotes viram o rei no local da queda da obra de Anu – disse Ishtar, apontando o chicote para o objeto sobre o carro.

Niglugal olhou para a direção que ela estava apontando e caiu de joelhos.

– Anu seja abençoado – disse ele. – Que todos nós possamos ser abençoados por esse presságio.

– É um sinal do Céu! – Enkullab gritou. – O destino do rei está selado!

– Guarde suas palavras! – disse Ishtar, irritada. – Vamos ouvir mais do camareiro... Agora, conte-nos sobre o rei.

– Os soldados que correram para o local da estrela cadente haviam realmente visto o rei lá – disse Niglugal –, mas nenhum deles o viu depois disso. Guardas do palácio estavam prestes a começar uma ampla busca pela cidade, quando recebi a notícia da grande Senhora Ninsun para vir aqui ao mesmo tempo...

– Vocês ouviram isso? – Ishtar gritou aos deuses reunidos.

– O rei desapareceu e Ninsun sabe o que se passa! A mãe está conspirando com o filho!

– Temo o pior, oh, Rainha do Céu – disse Niglugal. – Deixe que meus soldados busquem o rei pela cidade...

– O pior ainda está para vir, se seu rei não for encontrado! – Ishtar replicou. – Vá, busque pela cidade, procure em cada canto e traga Gilgamesh por mim até o fim do dia, vivo ou morto!

– A senhora é misericordiosa, grande dama – disse Ningulgal, levantando-se. Curvando-se para os outros deuses, ele recuou e partiu rapidamente, seguido por seus guardas.

– O oráculo está se tornando realidade! Um novo ano a Gilgamesh não foi concedido! – disse o Sumo Sacerdote.

Enkullab se adiantou e caiu de joelhos diante de Ishtar.

– Oh, Senhora de Erech, proclame que o reinado dele terminou neste dia! – Ele acenou com a mão para os deuses perplexos. – As testemunhas divinas estão todas aqui!

Ishtar observou os deuses reunidos.

– Não vejo Ninsun. Sem ela os 12 não estão completos...

– Acabe com o reinado do pecador – Enkullab implorou. – É o desejo do grande Anu!

Houve murmúrios de consentimento entre os deuses, mas nenhum deles falou.

– Agora, ouçam isso! – disse Ishtar, erguendo a voz para que todos os deuses e sacerdotes igualmente pudessem ouvi-la. – Vamos esperar até o fim do dia. Se o rei não for encontrado ou estiver morto, com a bênção do Senhor Enlil, o senhor da realeza, um novo rei subirá ao trono de Erech!

– E quem deverá ser? – Enkullab perguntou com humildade na voz.

– Que os deuses que estão hospedados conosco permaneçam em seus aposentos – Ishtar disse a eles. – Se um novo rei está para ser coroado, minha escolha eu vou discutir com vocês.

Ela se virou para Enkullab.

– Convoque Ninsun ao meu templo. Gostaria de saber mais sobre as conspirações de seu filho.

– Tal mãe, tal filho – disse Enkullab. – Vou encontrá-la e trazê-la.

Os deuses e os sacerdotes, os últimos curvados para o chão, esperaram Ishtar deixar o pátio antes que eles também pudessem começar a se dispersar. Mas Ishtar não estava nem a uma centena de passos de distância, quando uma voz ecoou de cima.

– O rei está vivo! Os presságios são bênçãos! Gilgamesh é rei!

As palavras fortes assustaram a todos. Foram tão inesperadas que, por um instante, ninguém conseguiu identificar quem as proferiu. Mas levou apenas outro instante para se perceber que vinham da direção do monte sagrado de Anu. Quando todos olharam para cima em direção ao Templo Branco, puderam ver claramente a silhueta de uma deusa, reconhecível pelo adorno de cabeça com chifres que ela usava. Estava em pé no topo do pódio.

Não demorou um instante para Ishtar perceber quem era.

– Grande Anu! – exclamou. – É Ninsun... Como ela ousa subir o monte sagrado sem que ritos estejam sendo realizados, sem que o grande Anu tenha sido convocado! – Puxou o arco do ombro e pegou uma flecha da aljava. Irada, correu de volta até um ponto do qual podia ter uma visão perfeita do Templo Branco. Colocou a flecha no arco e apontou-a para a deusa.

– Não! – gritou um dos deuses próximo a ela. – Você será enterrada viva, como foi feito com Marduk, se matá-la!

Hesitando por um momento, Ishtar baixou o arco e lançou a flecha para o chão. A flecha atingiu a terra com um grande baque, metade dela desapareceu no solo.

– Há outras maneiras de lidar com um sacrilégio – disse Ishtar, colocando o arco de volta no ombro. – Agora vão, vão como lhes foi ordenado! – ela gritou para todos os que estavam no pátio.

O Sumo Sacerdote não se mexeu.

– Sacrilégio e traição, também – ele disse com a cabeça baixa.

– Traição? – Ishtar repetiu a palavra. – Sim, eu tenho sido cega. Essa filha de Ninharsag a quem substituí no Círculo Celestial está tramando para me substituir como deusa da Erech! Por Anu, você está certo, Enkullab.

– Ela e seu filho, meu meio-irmão... – acrescentou o Sumo Sacerdote.

– Por minha palavra, Enkullab – Ishtar disse em voz alta –, se um rei deve ser escolhido, você será o único!

E antes que ele pudesse dizer seus agradecimentos prolixos, ela saiu com passos rápidos para o Eanna.

Os sacerdotes e sacerdotisas presentes mal conseguiam alcançá-la enquanto ela subia a escadaria do zigurate. No segundo nível, Ishtar moveu um tijolo e uma parede girou, revelando uma grande abertura.

– Tragam minha nave! Depressa! – ordenou.

Os sacerdotes de plantão transportaram uma plataforma de madeira sobre a qual repousava um grande objeto em forma de bola, sustentado por três pernas estendidas. Uma sacerdotisa trouxe a Ishtar seu capacete de piloto, e a deusa rapidamente o colocou. Em seguida, puxando uma alavanca em uma das pernas estendidas, Ishtar fez parte da superfície da esfera se abrir, e daquela porta um lance de escadas estendeu-se sem fazer barulho. Movendo-se cautelosamente, Ishtar subiu as escadas e entrou na esfera. No instante seguinte, a escada havia sido recolhida como se tivesse sido engolida pela esfera. A porta se fechou e a superfície da esfera era tão perfeita como antes, como uma ferida curada pelos Curandeiros, que não deixava cicatriz.

Um zumbido começou, sua fonte não era perceptível. Uma saliência em forma de bulbo na parte inferior da esfera, localizada entre as pernas estendidas, começou a brilhar. Linhas esbranquiçadas brilhantes apareceram, circundando a esfera em duas faixas. Seu brilho tornou-se mais e mais forte, então elas mudaram de cor, a linha superior emitiu uma tonalidade vermelha e a menor, um brilho azulado. Duas aberturas, como grandes olhos, surgiram na parte superior da esfera. E, enquanto os sacerdotes corriam para longe, a nave estelar em forma de globo de Ishtar decolou de sua plataforma. Ela pairou por um momento, enquanto as pernas estendidas retraídas iam desaparecendo dentro da esfera. E então, a nave celestial, lançando-se no ar, sumiu para o alto e para longe.

* * *

Ishtar mal havia deixado o pátio, o Sumo Sacerdote começou a repetir para os outros sacerdotes as palavras da deusa com a promessa de fazê-lo rei no lugar de Gilgamesh. A notícia varreu o Recinto Sagrado como um incêndio no meio do verão, primeiro sussurrada, depois dita em voz alta e, em seguida, aos gritos, de sacerdote para sacerdote, nas muralhas. Logo parecia que todo o recinto gritava: "Enkullab será coroado rei!".

Os gritos chegaram a Ninsun em sua sacada. Primeiro a notícia sinistra foi ouvida de uma única direção; em seguida, de outra: "Enkullab será coroado rei! Enkullab será coroado rei!".

Ela olhou para baixo, observando o Recinto Sagrado. Ishtar não via nenhum dos outros deuses. Tudo o que conseguia ver eram sacerdotes em suas vestes variadas, correndo como roedores repugnantes, prestes a devorá-la a serviço de seu chefe do mal.

Ninsun olhou ao seu redor. Na ausência do grande séquito que havia se reunido no dia anterior, o lugar parecia mais impressionante em seu silêncio. O Templo Branco, sem os sacerdotes presentes e seus trajes que inspiravam medo, era majestoso em sua serenidade. O vento assobiava conforme seu sopro passava pelos muitos vãos do templo.

Quando Ninsun fechou os olhos, imaginou que ouvia uma melodia divina, como os assobios das Tábuas dos Destinos quando os discos se comunicavam.

Ninguém entrava no Templo Branco se não fosse necessário durante os ritos. Mas agora, sozinha no solo sagrado onde seu avô, o Senhor Anu, dera sua bênção para a Terra e para seu povo, Ninsun sentia-se convidada...

Ela adentrou o templo pelo corredor atrás da árvore sagrada. Através das aberturas do teto, raios de sol desenhavam padrões estranhos no chão e nas paredes. Passando entre duas câmaras externas, chegou ao grande e alongado salão da frente. Na extremidade ocidental ficava o trono de Anu, uma estrutura de pedra. Ninsun caminhou em direção a ele e, chegando ao trono, caiu de joelhos e curvou-se três vezes. Então, quando se levantou, tocou o assento de pedra com a mão. O pensamento de que milhares de anos terrestres antes o grande Senhor Anu havia realmente se sentado naquele trono a fez sentir um calor que emanava dele, uma radiação interna.

O trono era como um divisor, que separava dois terços do salão à sua frente e um terço para trás dele. A seção posterior formava um quadrado perfeito, flanqueado por câmaras e celas. Uma abertura na parede mais distante levou a uma escada que alcançava o topo do templo, um local previsto para observações estelares. À direita dela, Ninsun podia ver o Véu Sagrado, feito de material exclusivo e pendurado no teto até o chão, cobrindo completamente a abertura para o Sagrado dos Sagrados. Era uma câmara que não tinha teto e ficava a céu aberto, exceto por ter como telhado uma camada de peles de carneiro espalhadas em um dossel de longas toras de madeira.

Somente ao Sumo Sacerdote era permitido, uma vez por ano, adentrar aquele santuário. Na tradição há muito mantida, o único objeto presente no local era uma arca de madeira e ouro, que fora colocada lá no momento da visita de Anu. Era o Emissário Divino, a fonte do oráculo enigmático que era ouvido pelo Sumo Sacerdote no dia da fixação dos destinos. Aquele era o lugar em que o Sumo Sacerdote poderia entrar e sair vivo, pois somente ele poderia usar o peitoral com as pedras celestes que lhe davam proteção. E agora Ninsun estava ali, separada do Emissário Divino por um véu misterioso. "Deveria eu quebrar o tabu e entrar para colocar minha súplica diante do Senhor dos Senhores", perguntou ela a si mesma, "e enfrentar consequências desconhecidas ou enfrentar o que certamente iria acontecer com meu filho, se eu não o fizer?".

Reunindo toda a sua coragem, Ninsun empurrou o véu. A mão tremia. A escuridão era completa no interior da câmara. Ela deu um passo, depois outro, para dentro do santuário. Mais à frente, um brilho apareceu. Embora fraco, era suficiente para permitir-lhe enxergar a arca sagrada sobre uma liteira, cujos carregadores não estavam mais lá havia muito tempo.

Ninsun caiu de joelhos e curvou-se três vezes. Em seguida, ela se aproximou da arca. Duas saliências curvas surgiam de seus lados, como chifres alados; as asas a encobriam quase de ponta a ponta, mas sem se tocar. A fonte do brilho era o espaço entre as pontas das asas. Ninsun ajoelhou-se diante da arca, esperando que algo acontecesse - um raio atingi-la, ou ouvir de Anu suas palavras –, mas houve um silêncio absoluto. Ela cobriu o rosto com as mãos, seus sentimentos brotavam. Ela havia entrado no Sagrado dos Sagrados e ainda estava viva! E isso, sentia, era um sinal de que sua oração seria aceita.

Estendeu as mãos e, com voz firme, pronunciou sua oração:

Grande Anu, Senhor do Céu e de tudo o que há na Terra,
Ouve a oração de tua descendente,
Uma mãe em apuros!
É por meu filho que eu oro a ti,
Pelo rei, o valente Gilgamesh, dois terços divino.
Oh, Anu, grande senhor, mestre de todos!
Por que, depois de ter concedido a mim Gilgamesh como um filho,
Com um coração inquieto tu o dotaste?
Buscando a Vida, uma longa viagem ele empreendeu,
Para Utu, o Senhor dos Águias, seu curso ele dirigiu;
Viajando por uma estrada incerta, para buscar tua porta sublime!
Guarda-o em sua jornada, oh, meu antepassado;
Bane o mal do seu caminho, Senhor dos Senhores;
Concede-lhe a Vida, e um retorno seguro!

Terminada a oração, Ninsun se calou; o silêncio era total ao seu redor. Será que sua oração fora ouvida, transmitida ao longo de milhares de léguas até a morada celestial de Anu? Será que ele aceitaria sua súplica? Será que ele responderia?

Ninsun permaneceu ajoelhada por um tempo, tomada pela emoção; havia lágrimas em seus olhos. Levantou-se, limpou as lágrimas com a bainha do vestido e caminhou para trás enquanto se curvava repetidamente. Quando chegou até o véu e passou por ele, o brilho acima da arca parecia ter sumido. Ela havia falado com Anu e não fora destruída!

Encorajada, Ninsun estava pronta para enfrentar a tempestade de Ishtar. Voltou para a parte maior do templo e sentou-se no trono de Anu. A sorte fora lançada! Os destinos haviam sido desafiados!

Ninsun mal havia sentado quando Ishtar chegou em sua nave. Após uma volta habilidosa, a aeronave pousou na grande plataforma. Conforme a nave pairava baixo, as três pernas estenderam-se do globo. A protrusão em forma de bulbo começou a perder seu brilho avermelhado. Assim que a aeronave tocou o chão, a escotilha se abriu e a escada arqueou para baixo. Ishtar, em seu traje colado ao corpo e capacete de piloto cobrindo a cabeça, correu escada abaixo. Carregava um bastão curto e grosso, a incrível Arma de Brilho.

O pódio de onde Ninsun havia proferido as palavras provocativas estava vazio. Rapidamente, Ishtar olhou em volta da plataforma, mas Ninsun não podia ser vista. "Será que fugiu colina abaixo ao avistar a nave?", Ishtar se perguntou. Ela correu para o topo da escada processional e olhou para baixo. Havia sacerdotes reunidos na base. Ishtar gritou para eles, questionando-os; eles gritaram de volta que não haviam visto Ninsun.

Ishtar, em seguida, lembrou-se de que o monte tinha uma escada estreita traseira, criada antes de a escadaria monumental ser construída. Correu para lá. Um sacerdote solitário, alheio ao que estava acontecendo, subia as escadas.

– Você viu a Senhora Ninsun? – Ishtar gritou para ele.

Confuso pelo encontro repentino com a grande deusa, ele não respondeu. Em vez disso, virou-se e começou a correr pelas escadas.

Furiosa, Ishtar apontou a arma para ele. Houve um clarão brilhante e em um instante o sacerdote havia desaparecido, vaporizado sem deixar vestígios.

"Será que Ninsun havia entrado no templo?", Ishtar se perguntou. Empunhando a arma, correu para a entrada do templo. Estava quase correndo ao adentrá-lo; mas, quando chegou ao seu interior, ela parou, maravilhada pela imensidão do lugar, o silêncio, a escuridão ao redor, exceto pelos raios do sol que surgiam em fachos brilhantes através das aberturas na altura.

Ninsun viu a silhueta de Ishtar contra o brilho da entrada. Ela também viu que Ishtar empunhava a arma ameaçadoramente na mão direita. Agora Ishtar se aproximava, avançando a passos cautelosos, lançando olhares à sua volta. Ela avançou lentamente até que chegou a um ponto iluminado pelo sol.

Foi então que Ninsun falou.

– Eu estava esperando por você, grande senhora, Senhora de Erech! – disse ela. Suas palavras, ditas com calma, reverberaram no templo vazio.

A subitaneidade com que as palavras foram ditas assustou Ishtar. Ela congelou o passo e ergueu a mão armada. Os olhos, ainda não acostumados com a escuridão no interior do templo, não podiam discernir a posição daquela que falava. Então, também repentinamente, percebeu que era Ninsun quem havia falado e que ela estava ali, sentada no trono sagrado.

Por um momento, Ishtar ficou sem palavras. Em seguida, sua fúria voltou. Apontou a arma para Ninsun e gritou:

– Você contaminou o assento sagrado de Anu! Por isso, você deve morrer!

Ninsun levantou-se.

– Estou sob a proteção de Anu, nosso grande pai – anunciou. – Se me fizer mal, certamente será você a ser enterrada viva!

– Não, é você quem deve ser pendurada em uma estaca, por sua traição! – Ishtar gritou de volta. – Eu sei de seus esquemas, filha de Ninharsag! Substituir-me como Senhora de Erech é seu objetivo!

– A acusação é tão sem fundamento quanto é curiosa – Ninsun respondeu. – Eu sou um dos Curandeiros, sem qualquer desejo de ser senhora de alguma cidade.

– É mesmo? Por acaso eu esqueci como era quando a nova cidade deveria ser concedida a um neto dos Deuses Antigos? Enki reclamou-a para seu neto Nabu, Enlil para mim, e sua mãe, ah, tão amante da paz, tão inteligente, disse: "Por uma questão de paz, deixe minha filha Ninsun possuí-la"!

– A decisão foi tomada e Erech foi concedida à Casa de Enlil – disse Ninsun.

– No entanto, há aqueles que ainda sustentam o pedido para o primogênito de Marduk, Nabu! – Ishtar retrucou.

– Marduk é um anátema para todos nós, que somos por Enlil – Ninsun revidou.

– Sim, sim – disse Ishtar, com sarcasmo na voz. – Mas você, filha de Ninharsag, é da Casa de Enlil? Ou será que a velha raposa Enki foi seu pai? As histórias de cortejo de sua mãe pelos dois irmãos concorrentes não são segredo!

– Essas são as palavras do mal espalhadas por línguas descuidadas! – Ninsun gritou. – Procurando ter um herdeiro legal por meio da meia-irmã, os dois irmãos realmente disputavam o amor de minha mãe... Mas distorça tudo do jeito que você queira, a neta do Senhor dos Senhores, Anu, sou eu!

– E Marduk é o neto dele... E seu meio-irmão, se a fofoca está certa!

– Eu não vou trair o segredo de minha mãe para agradá-la – disse Ninsun. – Mas você não pode prejudicar nem a mim nem a meu filho.

– Sim, por sua ascendência, da minha arma você está protegida – Ishtar respondeu, baixando a arma. – Mas os Sete Que Julgam podem pedir sua punição... E a acusação será traição!

– A acusação, repito, é sem fundamento – Ninsun respondeu de volta, e deu um passo em direção a Ishtar. – Minha mãe não guarda no coração nenhum sentimento de vingança contra você; como os outros antigos, ela aguarda sua vez de voltar para casa. Quanto a mim, a cura é minha vocação. Como Mestra de Erech eu reconheço você, grande dama.

Proferindo tais palavras, Ninsun chegou mais perto de Ishtar. Inclinou a cabeça e, em seguida, estendeu a mão para tocar o ombro de Ishtar. Ishtar deu um passo atrás para evitar o contato.

– Palavras reconfortantes, mas são apenas palavras – disse. – Pois então me diga, onde está seu nobre filho e quais são os planos malignos *dele*?

Ishtar acenou com a arma de forma ameaçadora.

– Esteja avisada, se um criminoso ele for, por minha própria mão deve morrer!

– Acalme-se – disse Ninsun, observando a Arma de Brilho que Ishtar apontava. – Meu filho Gilgamesh, rei de Erech por sua graça, não é nem um articulador, nem o agressor. Em busca da Vida Eterna ele se foi, pois você ignorou seus apelos e inclusive não lhe deu sua merecida bênção!

Ishtar baixou a arma.

– É verdade – concordou. – Enquanto ele estava lutando pela própria vida, eu buscava apenas a alegria de fazer amor. Mas vida eu mesma tenho procurado, solicitando a Anu para me levar antes mesmo de minha vez. A maldição da Terra pesa sobre mim, fazendo-me envelhecer mais rápido que os outros.

A voz de Ishtar falhou e houve um silêncio momentâneo.

– Compartilho o mesmo destino – disse Ninsun em voz baixa –, também nasci neste planeta.

– Mas de pais que vieram de Nibiru! – Ishtar replicou, sua raiva retomada. – Os meus, são eles mesmos filhos desta Terra. Meu envelhecimento é duas vezes mais rápido que os daqueles de Nibiru!

– Seu irmão, Utu, mesmo sendo seu gêmeo, e comandante dos Águias, declarou que à Terra e aos seus habitantes ele deve permanecer fiel; para o seu bem-estar ele vai dedicar a própria vida – disse Ninsun.

– O que tem meu irmão a ver com os assuntos de Erech?

– Insisti com Gilgamesh para que fosse até Utu, buscar a bênção dele.

– Em busca da Vida Eterna... da imortalidade?

– De fato. Utu pode direcioná-lo para a Montanha dos Cedros, ao Campo de Pouso. Essa é a jornada que Gilgamesh empreendeu.

– Tolo! – Ishtar disse. – O local é guardado pelo temível Huwawa, a máquina de proteção que Enlil lá instalou. Nenhum mortal pode entrar na Floresta dos Cedros e viver! Vou enviar uma mensagem para Utu impedir tal desventura!

– Não! – disse Ninsun. – A sorte está lançada, do destino não há retorno!

– Você enviou Gilgamesh a uma viagem sem volta – disse Ishtar. – Em vez de vida, a morte ele encontrará!

Ninsun olhou para Ishtar, inquisitiva.

– Você o ama, apesar de tudo – murmurou.

– Mas não se ele tiver conspirado contra mim!

Ninsun colocou a mão no ombro de Ishtar, que não rejeitou o gesto.

– Gilgamesh desposou você pelo Casamento Sagrado – disse Ninsun. – A posse ocorreu. O reinado deve ser dele durante este ano! Que ninguém mais suba ao seu trono, até que o ano termine ou que o corpo sem vida de meu filho seja trazido a Erech.

Ninsun afastou a mão dela e inclinou a cabeça.

– Assim seja – disse Ishtar. – Para seu destino, que Gilgamesh viaje... Não vou impedi-lo nem incentivá-lo a ir adiante. Mas, das alturas, da minha nave, sua trilha eu vou encontrar e os acontecimentos vou observar.

As deusas estenderam os braços para selar seu pacto. Então, Ishtar se virou e saiu do jeito que havia entrado, sua silhueta contra a luz do dia lá fora. Ninsun a seguiu a tempo de vê-la decolar na nave prateada.

* * *

Na ala sacerdotal do Grande Templo, a hierarquia dos sacerdotes estava reunida, aguardando o retorno do Sumo Sacerdote de sua audiência com Ishtar.

Naquela mesma manhã eles haviam experimentado um estado de espírito jubiloso, provocado pelo presságio celeste, o desaparecimento do rei e a anunciada intenção de Ishtar em escolher Enkullab como sucessor, reunindo mais uma vez, assim, o sacerdócio com a realeza. Mas agora os humores estavam sombrios, pois, após o encontro com Ninsun no Templo Branco, Ishtar havia informado aos deuses em visita que eles não mais precisariam ficar. Ela, então, convocou o Sumo Sacerdote para uma audiência urgente.

Os 11 principais sacerdotes, cada um à frente de uma divisão do estabelecimento sacerdotal, responsáveis por determinadas funções no Recinto Sagrado, ainda estavam especulando sobre o significado dos acontecimentos mais recentes, quando o Sumo Sacerdote entrou na sala de reunião. O rosto fechado denunciava algo ruim. Ele se sentou à frente do grupo e observou a hierarquia reunida.

– A deusa mudou de ideia – disse finalmente. – O reinado continua a pertencer a Gilgamesh pelo ano... A menos que ele seja encontrado morto antes.

O silêncio atordoante que se seguiu foi quebrado por um murmúrio de comentários irritados. Enkullab levantou a mão pedindo silêncio.

– Um de cada vez, e, por favor, vão direto ao ponto.

– Onde está Gilgamesh? – um dos principais sacerdotes perguntou.

– Sobre isso não fui informado – respondeu Enkullab. – Tudo que me foi dito foi que Ishtar deu sua palavra à Senhora Ninsun que vai considerar o ausente Gilgamesh como rei pelo ano, a menos que sua morte aconteça mais cedo.

– Isso soa como se as próprias deusas não conhecessem seu paradeiro – disse outro Sumo Sacerdote.

– Seja o que for, é muito humilhante – disse Enkullab. – Fui levado a acreditar que seria coroado rei no dia seguinte. Os deuses foram orientados a ficar. Até enviei uma mensagem urgente aos Anciãos, para ficarem prontos... E agora estou de mãos vazias, como um tolo, desgraçado!

– Todos nós fomos desonrados – um deles disse.

– Estamos falando como jovens rapazes cujos avanços foram rejeitados – outro deles comentou –, em vez de nos concentrarmos no problema. Precisamos saber o que aconteceu com Gilgamesh. Niglugal disse a verdade? Talvez o rei esteja escondido no palácio, doente do corpo ou com a mente confusa, por ter tocado a obra de Anu.

– Meus senhores, eu tenho uma resposta – disse um sacerdote mais jovem que havia acabado de entrar.

Todos olharam para ele.

– Diga – Enkullab falou.

– Sou Meshga, um dos sacerdotes que realizam os ritos de penitência. Veio a mim, no jardim dos altares, algumas horas atrás, uma jovem mulher buscando o perdão, pois ela poderia oferecer apenas um pombo como sacrifício quando uma ovelha era necessária para expiar um pecado grave. Quando eu a questionei sobre qual era o grande pecado, ela murmurou palavras sobre ter sido obrigada a jurar, contra sua vontade, que manteria um segredo maldoso envolvendo o rei.

– Continue – disse o Sumo Sacerdote.

– Eu disse que não era possível perdão a menos que ela falasse toda a verdade sobre o assunto. Então ela me disse que era uma das meninas de um bordel que Enkidu, companheiro do rei, e às vezes o próprio rei frequentavam. Nessa última noite, enquanto ela estava dormindo com Enkidu, o rei apareceu e despertou o amigo para se reunir com ele. Então os dois descartaram suas vestimentas, colocaram roupas surradas e pegaram provisões. Foram orientados por sua senhora para o barco de um mercador chamado Adadel, que estava se preparando para velejar depois do nascer do sol. Após os dois homens, o rei e Enkidu, haverem partido, a dona do lugar forçou-a e à outra prostituta a manterem todo o assunto em segredo.

– Isso é tudo o que ela disse? – perguntou Enkullab.

– Não, grande mestre – o sacerdote continuou. – Mais tarde, no meio da manhã, os soldados do rei vieram. E eles levaram consigo a dona da casa, Salgigti, e ameaçaram todas as jovens, obrigando-as a ficar em silêncio sobre o assunto. E a menina sabia que algum mal estava sendo cometido, que seu juramento era um pecado. Então, correu para o templo para procurar penitência.

– E ela sabia para onde o barco iria navegar?

– Para Mari. Isso é o que seu proprietário, Adadel o seu nome, contou às meretrizes quando esteve em companhia delas.

– Se os homens do rei foram à Casa dos Prazeres buscando respostas de sua amante, isso significa que Gilgamesh não está no palácio – um dos principais sacerdotes disse. – Ele deve ter feito o que planejara com Enkidu, deve ter partido no barco de Adadel.

– Por que ele iria para Mari, e tão de repente? – outro sacerdote-chefe perguntou.

– Chefe dos sacerdotes-guardas – disse Enkullab, voltando-se para ele –, descobrir isso é sua tarefa.

– Então vamos – disse o chefe da guarda. – Mas, se isso é o que aconteceu, então Gilgamesh está vivo e bem e não será substituído no trono!

Enkullab o encarou.

– Ouço mais do que decepção em suas palavras... – Enkullab continuou. – Se Gilgamesh partiu navegando, ele já não está ao alcance de nossas lanças. Vá, descubra o que puder, e nós nos encontraremos novamente para discutir o assunto de nossa humilhação.

* * *

Foi no final da tarde, depois de ter se descoberto que o barco de Adadel partira de manhã com dois estranhos a bordo, e que dois marinheiros regulares haviam sido encontrados inconscientes no cais, que Enkullab teve uma visita inesperada em seus aposentos privados.

Ele estava sozinho em seu quarto de dormir, perturbado e com raiva, quando percebeu o movimento atrás da cortina que separava a área de dormir do restante da câmara.

– Quem é? Revele-se! – o Sumo Sacerdote gritou, alarmado.

Um homem em traje sacerdotal se adiantou.

– Sou Anubani, responsável pelo armazém de grãos – disse.

Enkullab o reconheceu. Não do topo da hierarquia, mas de alguma importância, aquele sacerdote no passado tentara fazer-se notado pelo Sumo Sacerdote, dizendo uma palavra aqui e ali, o que chamou a atenção de Enkullab. Quando Enkullab pesquisou, foi informado que Anubani era especialmente hábil em lidar com os comerciantes que mantinham Erech e seus templos com um amplo abastecimento de víveres.

– Por que você veio aqui, sem ser convidado, como um ladrão? – Enkullab exigiu saber.

– Uma palavra com o senhor, meu mestre – Anubani respondeu em voz baixa. – Um segredo.

– Um segredo? Estou muito perturbado para questões mesquinhas. Fale com o chefe dos depósitos.

– Trata-se do rei, Gilgamesh.

– Ele partiu, está além de nosso alcance – Enkullab respondeu.

– Mas ele *está* ao seu alcance, se o mestre puder escutar.

– Já se passou um dia inteiro de navegação. Nenhum homem, seja com animal ou com barco, pode alcançá-lo.

– Nenhum homem, de fato... Mas os deuses podem!

Enkullab olhou para ele.

– Diga suas palavras, seu segredo!

– Uma nave celeste – Anubani respondeu. – Uma nave celeste pode alcançá-lo e garantir sua morte!

– Uma nave celeste! – disse Enkullab, rindo. – Só os deuses as possuem, e Ishtar fez um pacto com a Senhora Ninsun de aguardar o decurso de um ano!

– Certamente – disse-lhe Anubani, soando astuto. – Você não pode encontrar ajuda em Erech. Mas, nos domínios do Senhor Marduk, ah, isso seria outro assunto!

– Como você ousa proferir o nome do adversário de nossa senhora, aquele que causou a morte de seu esposo em seu próprio templo sagrado!? – Enkullab gritou.

– Meu mestre – disse Anubani, inclinando a cabeça –, o Senhor Marduk, seguindo os costumes antigos, o reinado e o sacerdócio em suas mãos deve combinar.

– E como você tem todo esse conhecimento?

– Mestre, grande Sumo Sacerdote – disse Anubani. – Eu sou um emissário secreto do Senhor Marduk, um adorador do grande Senhor Enki.

Enkullab o observou.

– Você pode ser executado por isso – disse.

Anubani inclinou a cabeça para baixo e abriu as mãos em um gesto de submissão.

– Fale, e vou ouvi-lo – respondeu Enkullab.

– Um barco que navega até o Eufrates empreende uma viagem arriscada – disse Anubani. – Durante três dias o deserto invade as ribanceiras do rio, um longo trecho aberto a saqueadores do deserto. Então, o próximo local habitado é Borsippa, uma cidade dedicada ao Senhor Nabu...

– Uma pedra no sapato dos Enlilitas – Enkullab interrompeu.

– Uma pedra no sapato bem-vinda, neste caso... Pois ao sul de Erech, que pode ser alcançado por montaria rápida no dia depois de amanhã, fica Eridu, o domínio do Senhor Enki.

– Continue.

– Uma vez que a mensagem seja levada para Eridu, naves de Marduk podem decolar. O barco pode ser interceptado, uma mensagem poderia ser levada para Borsippa. Quem pode prever que destino aguarda um fugitivo? – Anubani levantou os olhos. – Muitos desapareceram em tais viagens arriscadas...

Houve silêncio por um tempo.

– Uma possibilidade interessante – disse finalmente Enkullab. – Mas por que a ajuda viria de Marduk?

– Para consertar um erro. Para Ishtar, havia sido destinada a distante terra de Aratta, não a cidade de Erech. Mas ela colocou-se diante do Senhor Anu, mostrou os seios, seduziu-o. Erech destinava-se a Nabu, o filho de Marduk!

– Entendo – disse Enkullab. – Remover Gilgamesh é um passo na remoção de Ishtar.

– Você é um sacerdote do Senhor Anu, jurou defender a justiça. Gilgamesh é um pecador, um violador de noivas. É o presságio de Anu que deve guiá-lo! – Anubani pausou, olhando para o Sumo Sacerdote. – O Senhor Marduk, como eu disse, deve colocar o reino em suas mãos.

– E o preço? – Enkullab questionou.

– Apenas uma mensagem, uma mensagem sua para a cidade de Eridu – Anubani respondeu.

De dentro de sua roupa, tirou uma tábua de argila, envolta em pano úmido para manter sua frescura.

– Está tudo escrito aqui – disse enquanto entregava a tábua para Enkullab. – A história de Gilgamesh e seus pecados, os direitos do senhor, Sumo Sacerdote, à sucessão, e um apelo aos deuses para intervir.

Enkullab pegou a tábua. Aproximando a tocha para que pudesse ver melhor, ele leu a inscrição. A argila da tábua ainda estava molhada.

– Sim – disse ele. – Está tudo aqui, e é verdadeiro.

– Sele-a com seu selo e a Eridu ela deve voltar – Anubani respondeu.

Enkullab estudou seu visitante.

– Como sei que você é quem diz ser?

– Uma pergunta pertinente – disse Anubani.

De um bolso interno de suas vestes, ele pegou uma pequena bolsa de couro e dela tirou um selo cilíndrico. Rolou o cilindro contra a parte de trás da tábua. A impressão mostrava o deus Marduk segurando seu emblema, o brasão com uma cabeça de carneiro e o emblema da Terra, os sete pontos, à sua frente. Inscritas viam-se as palavras: "Anubani, servo do divino Marduk, o Sucessor Por Direito".

– O destino não tem discernimento – disse Enkullab, pensativo. – Mesmo entre os deuses, um direito para um é um mal para o outro.

– Sele a tábua com seu selo, e o reinado de Erech será seu!

– Assim seja – disse Enkullab. Estendeu a mão, pegou o selo que pendia de um cordão de couro em volta do pescoço e rolou-o sobre a superfície da tábua.

– Coloquei meu destino nas mãos de seus deuses – disse, enquanto entregava a tábua de volta para Anubani. – Que eles me apoiem em minhas reivindicações legítimas.

– Assim será, Sacerdote dos Sacerdotes – disse Anubani, e curvou-se.

Capítulo 8

O barco de Adadel, navegando para o Norte até o grande Rio Eufrates, avançou bastante na mesma manhã em que deixara Erech.

O vento forte continuou por várias horas e os marinheiros, recompostos após o descanso forçado durante os dias do festival de Ano-Novo, remaram com vigor e entusiasmo pela ideia de voltar para casa. Os dois recém-chegados a bordo, Enkidu e Gilgamesh, foram o foco das atenções por um tempo, mas, tendo cumprido sua parte com os remos, foram logo aceitos como parte integrante da tripulação. Adadel, o capitão-comerciante, no entanto, continuou a lançar olhares curiosos para eles, e suas suspeitas continuavam inabaláveis. Mas então, depois do meio-dia, o vento cessou e os remadores se cansaram, e a atenção de Adadel foi desviada para os problemas à medida que o barco se aproximava de uma faixa mais estreita do rio e a hidrovia era necessariamente compartilhada com outros barcos.

Ao cair da noite, chegaram a um trecho do rio que era tão amplo que parecia mais um grande lago, e não um rio. Adadel, embora praguejando continuamente, não estava insatisfeito. A tripulação tinha ido bem e era hora de deixá-la descansar e comer – uma vez que o ponto de ancoragem para a noite tivesse sido escolhido. Amarrar o barco à margem do rio iria expô-los ao risco de saqueadores noturnos; ancorá-lo no meio do rio arriscava uma colisão com outros barcos que passavam na escuridão.

– O tráfego fluvial está pesado dessa vez – disse o chefe da tripulação. – Vamos amarrar o barco à bancada do rio?

– Não – disse Adadel. – Vamos ficar no meio do rio.

Ele apontou na direção de Gilgamesh e Enkidu.

– No caso de termos de nos livrar deles...

Depois de terem escolhido um local adequado, Adadel deixou a equipe de folga para a noite. Alguns pularam na água doce para nadar. Gilgamesh, cansado pelas longas horas de remo, encontrou um lugar entre os fardos de peles e grandes jarros de cerâmica contendo grãos e adormeceu. Enkidu, não tão cansado, ficou de olhos atentos ao que acontecia. Então, enquanto os outros se abrigavam para a noite, foi se deitar ao lado de Gilgamesh. Para sua surpresa, ele viu que não havia lugar para si, pois outros tripulantes estavam deitados ao lado do rei, cercando-o com seus corpos. O melhor que poderia fazer era encontrar um local nas proximidades onde pudesse se sentar, encostado em um dos jarros.

Por um tempo, permaneceu sentado com os olhos semicerrados, vigiando seu camarada. A tranquilidade da noite era ocasionalmente quebrada por gritos vindos de outros barcos que passavam. Fora isso, tudo seguia em paz, e, conforme as horas passaram, Enkidu cochilou.

Acordou com um susto, ao perceber que suas mãos estavam sendo puxadas para trás e amarradas com corda. Foi jogado para o chão, pressionado por vários tripulantes que apontavam punhais para sua garganta. Ele podia ver que Gilgamesh também havia sido capturado.

Adadel estava entre os dois, supervisionando o ataque. Estava segurando um punhal em uma mão e um chicote na outra. Ele apontou para Enkidu.

– Revistem-no – ordenou.

Eles rapidamente encontraram a bolsa escondida com os siclos de prata.

– Quem é você? – Adadel gritou para Enkidu. – Quem é seu companheiro?

E como Enkidu não respondia, Adadel deu-lhe uma chicotada, e mais outra.

– Revistem o grandalhão! – ordenou.

Flexionando os músculos, Enkidu arrebentou as cordas que amarravam suas mãos e empurrou seus captores de lado. Investiu contra Adadel e o capitão o golpeou com o punhal, cortando o braço de

Enkidu. Enkidu esmurrou Adadel, jogando-o ao chão. Um marinheiro que segurava Gilgamesh veio contra ele com sua adaga; Enkidu o ergueu e, com um movimento arqueado, atirou-o ao mar.

– Afastem-se de nós ou eu vou jogar todos vocês ao mar! –Enkidu gritou.

Intimidados por sua força inesperada, eles ficaram para trás. Com um puxão, Enkidu arrancou as cordas com que Gilgamesh estava amarrado.

Gilgamesh se levantou.

– Por que você nos atacou? – questionou.

– Nós não pretendíamos machucá-los – disse Adadel. – Se quiséssemos, poderíamos tê-los matado. Mas vocês, obviamente, não são marinheiros comuns. Então, nós estávamos curiosos.

– Você realmente estava – disse Gilgamesh. – É comum ser curioso. Você já descobriu o suficiente ou deseja saber mais?

– Vamos continuar a viagem em paz – respondeu Adadel.

Ele levantou a mão direita, com a palma virada para Gilgamesh.

– Assim seja – disse Gilgamesh.

Ergueu a mão direita e bateu contra a de Adadel.

– Por que nomes vocês são conhecidos? – o capitão lhes perguntou.

– Sou Kiagda e o nome de meu amigo é Ursag – disse Gilgamesh. – Em nossa língua eles querem dizer "descendente de Kiag" e "herói".

– E o meu nome é Adadel – disse o capitão –, que significa "Adad é o meu Deus". Agora, vamos todos descansar, pois o amanhecer e o remo em breve voltarão.

Ele os deixou e voltou para sua cabine, onde o chefe da tripulação o esperava.

– Você viu aquilo? – Adadel sussurrou. – Cortei o braço do mais baixo com minha adaga, mas ele nem sangrou!

– Como você disse, senhor, esses dois não são marinheiros comuns – o chefe da tripulação respondeu. – Vamos ter de encontrar outras maneiras de descobrir quem são e por que eles se juntaram a nós.

* * *

Além dos desafios e perigos de se navegar no rio – uma quase colisão com outro barco, uma rajada de vento que derrubou o mastro da vela, um remo preso em uma moita de juncos e plantas daninhas, peixe fresco roubado por corvos –, a viagem transcorreu sem maiores transtornos no segundo dia de navegação. As canções dos remadores, em alto e bom som no primeiro dia, estavam agora mais esporádicas e todos estavam esperançosos de que a vela reparada faria o trabalho dos remadores. Gilgamesh e Enkidu não foram importunados e apenas o capitão falou com eles brevemente. Ainda havia perplexidade geral porque o corte no braço de Enkidu – agora conhecido como Ursag – não sangrara nem demandara cuidados, mas ninguém falou sobre isso em voz alta.

Na segunda noite, eles ancoraram e amarraram o barco na margem oriental do rio, vigiando em turnos, mas a noite passou de forma pacífica.

No terceiro dia de viagem, no final da tarde, houve ocorrências esquisitas nos céus. Nuvens deram lugar ao sol e depois voltaram, lançando uma escuridão sombria sobre o rio e seus viajantes. Em seguida, vindos do Sul, apareceram nos céus pontos escuros que pareciam transitar para lá e para cá, cada vez maiores em tamanho à medida que se aproximavam. Todos a bordo do barco pararam suas tarefas, assistindo com espanto à visão celestial incomum. Então os pontos escuros se separaram e um deles mergulhou silenciosamente em direção ao rio, quase tocando a superfície da água.

– É uma nave dos deuses! – Gilgamesh gritou.

O objeto subiu ligeiramente quando passou sobre o barco e, subindo em um arco gracioso, juntou-se aos dois outros pontos escuros nas nuvens. Por um momento, os três pontos estavam fora de vista. Em seguida, eles reapareceram e, organizando-se em uma formação linear, desceram para acompanhar o curso do rio. Então, podia-se ver que os três pontos eram naves celestiais dos deuses. Quando alcançavam o barco de Adadel, pareciam estacionar e sobrevoar por um tempo. Então, subindo quase verticalmente, eles desapareceram da vista.

– É um presságio dos deuses! – o chefe da tripulação gritou e prostrou-se ao chão do barco. Os outros tripulantes fizeram o mesmo.

– Ouvi sobre as naves, mas nunca as havia visto antes! – exclamou Adadel. – É de fato um sinal, cujo significado temos de compreender antes que os eventos nos alcancem. Levantem-se e comecem a remar!

Temos pela frente Borsippa, a cidade do Senhor Nabu. Vamos atracar por lá e fazer oferendas em seus templos!

Gilgamesh agarrou o braço de Enkidu, com um olhar preocupado no rosto.

– Eu li seus pensamentos, meu amigo – disse Enkidu. – As naves de cor preta são da base de Enki, de Marduk e Nabu.

– Devemos chegar a Sipar – disse Gilgamesh.

– E não devemos ancorar em Borsippa, ninho de nosso inimigo – completou Enkidu.

Enquanto alguns dos tripulantes retomavam o remo, outros foram tentando, sob a supervisão do chefe da tripulação, consertar o mastro quebrado e içar a vela novamente. Enkidu se ofereceu para segurar as peças quebradas do mastro juntas, enquanto os outros usavam cordas para fixar as peças. Mas, por vezes, as toras grossas escorregavam das mãos de Enkidu, rasgando as cordas que as uniam. Depois de várias tentativas, o chefe da tripulação desistiu.

– Nós vamos ter de remar rio acima – disse.

Mas o remo não os estava fazendo avançar muito, pois o tempo tornou-se tempestuoso e o vento frio agitou as ondas, que tornaram a navegação contra a corrente muito difícil. Ao final do dia, os céus nublados fizeram a escuridão cair mais cedo.

– É melhor nós pararmos para a noite e encontrarmos um porto seguro ao longo das margens do rio – disse o chefe da tripulação.

– Sim, não há nenhuma chance de alcançarmos Borsippa antes do anoitecer – Adadel concordou. – Mas durante o dia eu vi caravanas ao longo da margem leste e grupos montando jumentos também. Quem sabe o mal que eles escondem? Nós vamos ancorar no meio do rio novamente.

– E sobre a margem leste, onde a terra seca começa? – perguntou o chefe da tripulação.

– Poderia ser pior. Você não ouviu nada sobre os Shagaz, os saqueadores que montam um animal de pernas longas de aparência engraçada, com uma corcunda nas costas?

Lançaram a âncora no meio do rio.

A noite estava escura, pois nuvens espessas escondiam a lua cheia, mas sem ocorrências. Com a relativa segurança do clarear se aproximando, mesmo aqueles na última vigília deitaram-se e adormeceram. Tudo ainda estava em silêncio quando a primeira luz começou a despertar alguns deles no barco, e foi aí que descobriram que, de alguma forma, as cordas da âncora haviam quebrado e o barco estava à deriva em direção à costa oeste.

Desperto, Adadel verificou as cordas da âncora. Elas não tinham desgaste, foram cortadas! Enquanto Adadel soava o alarme para despertar todos a bordo, houve um grito alto e estranhos que estavam escondidos na água atrás da popa do barco subiram a bordo, e uma luta geral eclodiu.

Àquela altura, o barco havia batido contra o banco de areia do rio, e, vindos de trás das dunas de areia da margem ocidental, outros atacantes o invadiram. Embora armados até os dentes com punhais e espadas, e em número maior que a tripulação do barco, logo ficou evidente que eles não estavam lá para matar ninguém, e sim para capturá-los vivos.

Na confusão, a lâmpada de óleo que fornecia fogo constante tombou e um incêndio começou a se espalhar pelo barco.

– Rápido, para a água! – Enkidu gritou para Gilgamesh, derrubando dois saqueadores que estavam atacando o rei.

Sem esperar Gilgamesh responder, Enkidu o agarrou e pulou com ele no rio. Com braçadas poderosas, distanciou os dois do barco, nadando debaixo d'água, para evitar que fossem detectados. Embora ele mesmo não precisasse de ar, levantava a cabeça do rei de vez em quando para que Gilgamesh conseguisse respirar. Em seguida, deu uma espiada; eles estavam a uma boa distância do barco em chamas. Os gritos que ainda podiam ser ouvidos agora estavam vindo não do barco, mas da margem do rio. Olhando ao seu redor no rio, Enkidu viu um arbusto de juncos saindo da água. Segurando Gilgamesh firmemente, com a mão livre, Enkidu dirigiu-se para lá. Atingindo a moita de juncos, viu que era um banco de areia, uma pequena ilha em ascensão no meio do rio. Nadou para o lado e puxou Gilgamesh para fora da água, ajudando-o a se deitar, exausto, entre os juncos, enquanto nadou de volta para a frente da ilha, mantendo apenas a cabeça acima da água.

Desse esconderijo, Enkidu podia ver os cativos do barco. Suas mãos estavam amarradas e eles estavam sendo levados. Os saqueadores retiravam a carga do barco freneticamente, correndo contra o fogo, carregando o que podiam salvar até camelos que haviam sido levados à margem do rio por trás das dunas de areia. Houve gritos em uma língua que Enkidu não reconheceu, e ele viu o capitão do barco, Adadel, ser trazido de volta à margem do rio. Um deles, que aparentemente estava no comando, gritava, apontando para o barco, batendo no rosto de Adadel. Alguns dos saqueadores se espalharam ao longo das margens do rio, procurando algo.

Enkidu nadou para trás do banco de areia e mergulhou totalmente na água. Quando colocou a cabeça para fora, depois de algum tempo, tudo estava quieto. Os saqueadores e seus cativos tinham ido embora. Ele voltou a Gilgamesh para comunicar o que ocorria.

– O que aconteceu? – Gilgamesh, recuperado, perguntou.

– Os Shagaz – disse Enkidu. – Eles costumam matar todo mundo e não levar nenhum prisioneiro, pois são nômades que não usam escravos. Eles buscam apenas o saque. Mas dessa vez eles queriam todos vivos.

– Por quê?

– Uma boa pergunta. Talvez possamos encontrar a resposta dentro do barco.

Eles esperaram um pouco mais para se certificar de que não havia ninguém lá, então nadaram de volta para o barco. Ele estava meio afundado na água, bem danificado pelo incêndio. Jarros de cerâmica quebrados estavam espalhados; qualquer jarra ou fardo de carga intacto fora levado pelos saqueadores.

Mergulhando nas águas claras, Enkidu encontrou odres de água intactos, uma bolsa cheia de farinha molhada e os restos da carcaça de um cordeiro que fora abatido e assado no dia anterior; havia ainda um pouco de carne deixada nos ossos. Ele puxou seus achados para fora da água. A bordo, entre os escombros, encontrou vários punhais; se eram dos atacantes ou da tripulação, não poderia dizer.

– Temos comida e temos armas – disse Enkidu. – Vamos encontrar um local escondido onde você possa comer e descansar, e então vamos decidir sobre que curso seguir.

Caminharam ao longo das margens do rio. O sol estava muito forte e Gilgamesh levantava a mão para proteger os olhos. Aves de rapina circulavam no céu, emitindo gritos repulsivos. Havia um local sombreado entre as dunas que flanqueavam o rio, e eles pararam por lá.

– Estou com fome – disse Gilgamesh.

– Tenho um banquete pronto para um rei – Enkidu respondeu.

Abriu o pacote que fizera com um pedaço de vela rasgada e espalhou seu conteúdo perante Gilgamesh.

– Tudo de que eu preciso é de água – disse Enkidu. – Você come a comida.

Ele levantou a carcaça.

– Parte da carne ainda está boa.

Antes que pudesse completar a frase, uma das aves de rapina, uma águia gigante, desceu em direção a eles e agarrou a carcaça. Inacreditavelmente ágil, Enkidu saltou para o alto, pegando a carcaça.

Por um momento, o enorme pássaro ainda voou, segurando a carcaça e levando Enkidu com ele. Então, o rapaz soltou um grito terrível e o pássaro soltou sua presa. Enkidu, com a carcaça nas mãos, caiu ao chão com um baque forte. Gilgamesh correu para onde ele havia caído. Sabia que um homem não poderia sobreviver a tal queda. Mas, quando chegou ao local, viu Enkidu sentado, segurando a carcaça. No momento em que o amigo viu o olhar assustado no rosto do rei, explodiu em um riso estrondoso. E, pela primeira vez desde a noite do Casamento Sagrado, Gilgamesh também caiu em uma gargalhada incontrolável.

– Agora você terá seu banquete – disse Enkidu. Pegou a farinha molhada da bolsa e, moldando-a em bolos redondos achatados, espalhou a massa sobre uma rocha.

– O sol será nosso forno – disse ao rei.

Enquanto os bolos de cevada coziam, foi até o rio e lavou bem a carcaça. Então colocou a carne, pão e um odre de água sobre a peça rasgada da vela.

– Aí está – disse, satisfeito consigo mesmo.

– Bem, agora – disse Gilgamesh enquanto matava a fome –, vamos atravessar o rio e juntar-nos a alguma caravana ou encontrar uma aldeia para uma noite de descanso?

– Nós estamos muito perto de Borsippa – respondeu Enkidu –, e não gosto da aparência dos fatos... Os Shagaz se comportaram estranhamente e seu ataque veio em seguida às naves celestes negras. Essa é a cor das naves de Nabu e Marduk.

– Então não era Ishtar que estava procurando por mim. O que você acha disso?

– Sinto cheiro de uma conexão entre a inspeção do barco pelas naves e o estranho ataque dos Shagaz – disse Enkidu. – Como nômades constantemente em movimento, eles não fazem prisioneiros. No entanto, desta vez era tudo que lhes interessava. E você viu como eles questionaram Adadel e procuraram por alguém que ainda faltava. Eles estavam atrás de nós, eu digo!

– Faz sentido, mas não há lógica nisso – disse Gilgamesh. – Por que o Senhor Nabu de Borsippa nos procuraria, em vez de Ishtar ou Shamash o fazerem?

– Não sei. Mas acho que é muito arriscado atravessar para o lado dos domínios de Borsippa. Vamos continuar desse lado desolado por um dia ou dois, até que nos deparemos com as terras de Sipar.

Enquanto Enkidu recarregou os odres com água, Gilgamesh embrulhou o resto de seus poucos pertences no pano da vela, e os dois amigos começaram sua jornada em direção ao Norte.

Por insistência de Enkidu, para não serem vistos por aqueles que cruzassem o rio, caminhavam atrás das dunas de areia. Mas, como a areia sobre a qual andavam era macia, Gilgamesh achou o caminho tedioso, e não passaram nem mesmo duas horas até que suas sandálias rasgassem. Agora, a areia quente queimava-lhe os pés e ele começava a ficar para trás de Enkidu. Pedia a Enkidu que parassem para descansar, mas este dizia que deveriam continuar.

Na parte da tarde, as nuvens começaram a escurecer o céu. Logo relâmpagos tomavam os céus e trovões abalavam a terra. A chuva seguiu, primeiramente leve e, em seguida, pesada. Os dois companheiros buscaram refúgio entre algumas rochas. Quando a tempestade de outono passou, eles estavam molhados e seus poucos pertences estavam todos encharcados. A areia molhada tornou-se lamacenta e, quando retomaram sua caminhada, os pés afundavam a cada passo.

Apesar de suas preocupações, Enkidu concordou que eles deveriam tentar caminhar ao longo da margem do rio, onde o solo era mais firme e macio. Mas mesmo lá Gilgamesh mal conseguia andar.

– Acho que meus pés estão sangrando – disse.

Eles se sentaram e Enkidu removeu a areia molhada dos pés de seu camarada, que estavam inchados e vermelhos, e sangravam. Ajudou Gilgamesh a ir até o rio e instruiu-o a mergulhar os pés na água refrescante.

– É uma sensação boa – disse Gilgamesh –, mas estou cansado e com sono.

– Vamos, então, para as dunas de areia, descansar por lá – Enkidu sugeriu.

Estavam perto das dunas quando Enkidu, de repente, agarrou Gilgamesh e jogou-o ao chão; em seguida, começou a cobrir aos dois com areia freneticamente.

– Qual é o problema com você? – Gilgamesh gritou.

– Lá! As naves negras estão de volta! – disse Enkidu, enérgico, apontando.

As naves estavam claramente fazendo um reconhecimento ao longo do rio, descendo e subindo de tempos em tempos enquanto avançavam.

– Eles nos viram? – Gilgamesh perguntou.

– Se não viram, logo estarão de volta, continuando a busca – respondeu Enkidu. –Temos de nos apressar.

– Não acho que consigo – Gilgamesh disse a ele.

– Vou levar você – decidiu Enkidu.

– Não antes de eu pedir ajuda – Gilgamesh respondeu. Puxou o cordão que estava em torno do pescoço e mostrou a Enkidu a pedra que estava anexada a ele.

– É uma Pedra Sussurrante – explicou –, um presente de minha mãe. Devo usá-lo se realmente precisar de ajuda.

Ele virou o talismã verde e preto de cabeça para baixo e, em seguida, esfregou-o entre as mãos. Segurando-o perto da boca, gritou:

– Oh, minha mãe! Nosso barco foi atacado e queimado, nossa comida acabou, estamos perdidos no deserto. Ajude-nos, oh, mãe, ajude-nos!

Enkidu pegou a pedra e esfregou-a entre as mãos.

– Aqui é Enkidu, com Gilgamesh, o rei de Erech – gritou. – Estamos na margem deserta do rio, perto de Borsippa, marchando em direção a Sipar. As naves escuras estão à nossa procura. Precisamos de ajuda, rápido!

Devolveu a pedra para Gilgamesh.

– Agora que já falei com uma pedra – disse –, é com meu próprio talento que tenho de contar.

Ajudou Gilgamesh a se levantar e colocou-o sobre os ombros.

– Vou carregar você enquanto eu conseguir – disse –, e que os bons deuses estejam conosco.

* * *

Quando a escuridão veio naquele dia, os dois camaradas encontraram algumas rochas que poderiam fornecer abrigo. Exausto, Gilgamesh foi o primeiro a cair no sono, com a cabeça inclinada sobre o ombro de seu companheiro. Logo depois, Enkidu também adormeceu.

Era meia-noite quando o sono deixou Gilgamesh. Despertando com um sobressalto, ele cutucou o amigo.

– Por que você me acordou? – perguntou a Enkidu.

– Como poderia despertá-lo quando eu estava dormindo e fui acordado *por você?*

– Se você não me despertou, quem o fez? – perguntou Gilgamesh. – Tenho certeza de que ouvi meu nome sendo chamado.

– Deve ter sido um sonho – disse Enkidu. – Volte a dormir.

Umas duas horas mais tarde, Gilgamesh acordou novamente. Balançou Enkidu para despertá-lo.

– O que é desta vez? – perguntou Enkidu.

– Além de meu primeiro sonho, um segundo eu vi – Gilgamesh respondeu. – Em meu segundo sonho um pedregulho veio rolando.

Então, quando parou, ele adquiriu pernas. Um vento tocou meu rosto; meu nome foi chamado!

Ouvindo o relato do companheiro, Enkidu, de repente, apertou a mão sobre a boca.

– Silêncio– sussurrou para Gilgamesh. – Sua visão não era um sonho!

Ele apontou para uma grande forma, difícil de se distinguir no escuro, descansando sobre as patas estendidas a alguma distância perto da margem do rio. O brilho avermelhado que era emitido de tempos em tempos de uma saliência em forma de bulbo entre as pernas do objeto revelou que era uma nave celeste, uma nave de cor preta.

Petrificados, os dois assistiram quando um dos olhos da nave de repente se iluminou. Em seguida, um potente feixe de luz começou a varrer o chão ao redor da nave. Os dois companheiros se encolheram, espremendo-se contra a pedra. Mas o facho de varredura os encontrou. Seu brilho era poderoso, e os dois levantaram as mãos para cobrir os olhos, imobilizados de medo.

O feixe se esmaeceu, mas não se extinguiu, e a escotilha da nave se abriu. Eles podiam ver, em silhueta contra a luz interior, a forma de um homem, usando trajes justos mas sem capacete. Olhando para eles, ele levantou a mão e fez um gesto.

– Gilgamesh – o nome do rei foi chamado, mas eles não tinham certeza se vinha do homem que viam, ou se o chamado emanava de dentro da nave.

Enkidu pressionou a mão contra a boca do amigo.

– Não responda! – disse.

Agora eles podiam ver uma escada começando a se estender da escotilha aberta, descendo até o chão. Quando ela tocou o solo, uma segunda figura apareceu na escotilha, e os dois começaram a descer.

Gilgamesh agarrou-se a Enkidu.

– Meu fim está próximo! – ele sussurrou.

As duas figuras da nave, com as mãos estendidas como se carregassem armas, começaram a caminhar em direção ao esconderijo dos dois companheiros. Enkidu empurrou Gilgamesh para trás de si, colocando-se na frente, e preparou-se para o encontro inevitável.

De repente, como que do nada, outra nave materializou-se sobre o rio. Sua forma não era semelhante a um globo, como a do outro. Era muito maior e achatada, como um prato de jantar, e não tinha som nem luzes. Somente os raios da lua emergindo por trás das nuvens revelavam sua presença. Então, de repente, muitos olhos luminosos se acenderam em torno da circunferência da nave. Quando começaram a girar, um raio brilhante foi disparado. Ele correu o solo até que veio de encontro aos dois tripulantes da nave negra. No momento em que os tocou, os dois pararam de caminhar e ficaram imóveis, como duas estátuas sem vida.

Outro raio, dessa vez na cor azul, agora emanava da grande nave. Uma voz que sacudiu o chão vibrou do aparelho.

– Gilgamesh, Enkidu, ergam-se e deem um passo à frente!

Hipnotizados pela visão, os dois não se mexeram. A voz ecoante chamou-os novamente, como um trovão, um terremoto. Um pedregulho na duna de areia por cima deles, solto pelas vibrações, rolou para baixo e provocou um deslizamento de areia, enterrando os dois companheiros pela metade.

– Como no meu sonho! – Gilgamesh sussurrou, tremendo.

O feixe azul se aproximou deles e, na frente de seus olhos incrédulos, um homem se materializou. Ele estava usando um capacete semelhante ao que Ishtar usava em seus voos. Seu corpo estava completamente coberto com um material prateado brilhante. O homem tirou o capacete enquanto se aproximava deles, tinha cabelos claros, em tons de ouro. Estendeu a mão.

– Venham – disse. – Estamos aqui para salvá-los.

– Quem é você? – Enkidu ousou perguntar. – E como sabe nossos nomes?

– Não tenha medo – respondeu O Homem Claro. – O grande Senhor Utu, nosso comandante, ouviu seu grito de socorro. Venham para a frente, deem um passo comigo para o raio azul.

Colocou o capacete de volta e conectou-se aos dois companheiros, dando os braços a eles. Assim unidos, os três entraram no feixe. Em um instante, Gilgamesh e Enkidu sentiram como se uma mão gigante lhes puxasse pelo cabelo. Foram erguidos e levados para a fonte do feixe azul, sugados para dentro das entranhas da grande nave.

Aterrissaram abruptamente. A luz azul sumira; no lugar dela, uma luz avermelhada preenchia a câmara para onde foram transportados. A porta se abriu silenciosamente na frente deles e O Homem Claro, ainda segurando os dois pelos braços, levou-os através de um corredor e, em seguida, a uma câmara maior, também banhada por uma luz avermelhada.

Outro homem de cabelos claros, mais velho do que aquele que os acompanhava, estava sentado em uma cadeira semelhante a um trono. Não era nem de madeira, nem de pedra ou de metal. Para sua grande surpresa, viram que o trono girava, como uma porta que poderia girar sobre o eixo do batente.

O homem levantou a mão direita para cumprimentá-los.

– Bem-vindos a bordo, Gilgamesh, rei de Erech, e Enkidu, o valente – disse. Estamos contentes por termos vindo em seu socorro a tempo. Sou Abgal, o comandante.

– Bem na hora certa – disse Enkidu. – Somos muito gratos.

Ele cutucou Gilgamesh para que falasse.

– Isso é um Barco Celeste? – perguntou Gilgamesh, olhando em volta.

– Sim – respondeu o comandante.

– Louvado seja o Senhor dos Céus! – Gilgamesh gritou, caindo de joelhos. – O presságio se tornou realidade! Fui içado para as alturas, como Etana de Kish, como Adapa de Eridu!

Abgal olhou para eles, confuso.

– Do que você está falando?

– O presságio está sendo cumprido! – disse Gilgamesh, quase gritando. – Anu enviou seu Barco do Céu para me levar para Nibiru! Que o Senhor dos Senhores seja louvado!

– Gilgamesh – Abgal disse –, este Barco do Céu, como você o chamou, é aquele que anda somente pelos céus da Terra. Não é uma Gir que pode subir para além deste planeta. E não é para os Altos Céus que o Senhor Utu, nosso comandante, ordenou-nos levá-lo, mas para o seu destino, a Floresta de Cedros.

– Mas o Campo de Pouso não fica lá? – disse Gilgamesh.

– Sobre isso não serei eu quem vai informá-lo –, disse Abgal. – Você será curado e alimentado antes que o deixemos na Floresta de Cedros.

Ele olhou para os pés descalços de Gilgamesh.

– E receberá sandálias novas – acrescentou.

– Mostre-nos as maravilhas da nave! – disse Enkidu.

– Ninguém além dos Águias tem permissão para ver seu funcionamento – Abgal respondeu. Ergueu a mão direita. – Que os grandes senhores estejam convosco!

O Homem Claro, que os havia acompanhado, novamente os tomou pelos braços para levá-los para fora.

– O Senhor Utu está a bordo, para que eu possa lhe agradecer? – perguntou Gilgamesh.

Abgal sorriu.

– Realmente me foi dito que você tem um espírito inquiridor e destemido, Gilgamesh. Sua gratidão ao Senhor Utu será transmitida.

– Venha comigo – disse O Homem Claro, levando-os para a saída.

–A caixa! – disse Abgal de repente.

Gilgamesh virou a cabeça.

– Um presente de despedida?

Um membro da tripulação se aproximou deles. Ergueu uma pequena caixa. Dela saiu um raio brilhante que foi direto para os olhos dos dois companheiros.

– Toda memória do que você acabou de ver agora será apagada – ele disse.

Capítulo 9

Era sempre uma emoção ver o Campo de Pouso de cima. Dessa vez Utu também absorvia a vista grandiosa com um sentimento de orgulho e satisfação; ali, a natureza e os Anunnaki haviam se unido para criar um dos locais mais coloridos da Terra.

Por todos os lados, exceto à frente deles, a Terra era de um castanho-amarelado, mas em seguida havia sempre o momento em que a nave líder, chegando do leste, avistaria as duas cadeias de montanhas paralelas erguendo-se para o céu como uma parede verde. E, momentos depois, o Mar Superior poderia ser visto para além – uma vasta extensão azul tocando o horizonte. Os raios do sol, ligeiramente avermelhados no início da manhã naquela época, aumentavam as cores que a natureza proporcionava à paisagem selvagem, aos cedros e às águas do mar.

Conforme a nave fez um arco para o sul, para começar a descida, um imenso campo branco surgiu em meio à imensidão verde. Era o Campo de Pouso – a imensa plataforma construída com grandes pedras de calçamento que havia resistido não só ao tempo, mas até mesmo à destruição do Dilúvio!

– Que visão, que lugar! – disse Utu ao comandante da aeronave.

– Sem dúvida – Abgal concordou.

A aeronave agora se alinhava à pista de aterrissagem norte-sul entre as duas cadeias de montanhas. A plataforma havia sido construída na encosta interior da cordilheira oriental; sua seção retangular se alongava na distância, do sul para o norte. À medida que a aeronave baixava para tocar o chão, ela passou à direita do pódio no campo de pouso. Era uma enorme plataforma secundária que descansava sobre gigantescos blocos de pedra, alocados em fileiras em ajuste perfeito um com o outro. Um foguete permanecia sobre ela, sustentado por uma estrutura cruzada, pronto para ser lançado.

A aeronave deslizou, passando pelo pódio até a parte norte da plataforma de desembarque. Lá ela pairou no ar até que se posicionou precisamente acima de uma marca circular. Em seguida, estendendo suas quatro pernas, aterrissou.

Havia uma alegria óbvia entre os Águias, que foram até a plataforma para cumprimentar seu comandante. Os seniores cruzaram braços com ele, e o comandante abriu um largo sorriso quando os acompanhou na passagem que os levou até o centro de operações e recintos do subsolo.

– Alguma mensagem? – perguntou Utu, tirando o capacete.

– Duas – um dos oficiais superiores disse. – Uma da Senhora Ishtar. "Eu virei, mas você irá me procurar", diz ela.

– Ela não mudou, sempre provocando, desafiando – comentou Utu. – E a outra?

– Mais obscura, do Senhor Nabu.

– Do próprio Senhor Nabu? Eu quero ouvi-la – Utu ordenou.

Eles o levaram a Dirga, o centro de comunicações interno a partir do qual era mantido contato constante com as naves no ar, com o espaço-porto e com o centro de controle da missão. A câmara em formato de abóbada, banhada em uma luz fosca avermelhada misturada com o brilho âmbar emitido pelo equipamento diverso e cheia do zumbido dos discos giratórios, sempre o lembrava do tempo em que ele, juntamente à sua irmã gêmea, Ishtar, foram levados ao alto para visitar a nave de Anu.

Assim que Utu entrou no Dirga, o oficial de plantão chamou a atenção dos Águias que manipulavam o equipamento.

– Salve o Senhor Utu! – os Anunnaki, vestidos com macacões justos em tons de prata, gritaram em uníssono.

– À vontade, à vontade! – disse Utu, impaciente. – Deixe-me ouvir a mensagem do Senhor Nabu.

Em um instante, o brilho de um disco que girava mudou de cor, e a voz de Nabu quebrou o silêncio.

– Para o grande Senhor Utu, filho ilustre do grande Senhor Sin, comandante dos Águias, os cumprimentos do Senhor Nabu, o primogênito do grande Senhor Marduk e senhor de Borsippa! Uma aeronave de vocês vem interferindo com minhas patrulhas sem que tenha havido nenhuma provocação de nossa parte. Houve transgressão em território do meu pai. Explique essas ações ou o Grande Conselho será convocado para ser seu juiz.

A mensagem terminou abruptamente e houve silêncio.

– O que você acha disso, Uranshan? – Utu perguntou ao comandante da base.

– Nós sabemos o que fizemos, mas o Senhor Nabu não sabe por que o fizemos. Ele sabe por que *eles* tentaram capturar Gilgamesh e Enkidu, mas *nós* não. Ele quer que demos explicações, para extrair de nós o que sabemos. Isso é o que penso, meu senhor.

– Bem falado – disse Utu. – O que sabemos até agora veio de termos interceptado a oração da Senhora Ninsun para o grande Senhor Anu e, em seguida, o chamado de Gilgamesh para obter ajuda. Sobre o que é todo esse assunto e a razão pela qual os Mardukitas intervieram, ainda não conseguimos descobrir.

– Será que isso tem a ver, de alguma forma, com o lançamento de amanhã? – disse Uranshan. – Ou talvez...

Utu olhou para seu colega.

– Venha para meus aposentos – disse.

– O que se passa em sua mente, Uranshan? – Utu perguntou quando estavam sozinhos.

– As naves negras – disse Uranshan – estavam voando em um grupo de três. Elas não poderiam ter vindo da pequena pista de aterrissagem em Borsippa. Devem ter vindo de uma base aérea maior.

– Tal como a de Marduk nas terras dos Shagaz?

– Precisamente... E, em caso afirmativo, por que Marduk se preocuparia com a viagem de um mortal e faria seu filho, Nabu, desafiá-lo com tal mensagem?

– Há conversas entre os grandes deuses, Uranshar, dizendo que Marduk está pressionando para alterar os termos de seu banimento. Ele alega que foi punido o suficiente pela morte acidental de Dumuzi. Agora, insiste no direito de fazer visitas periódicas à cidade da Babilônia. Eu me pergunto se isso tem a ver com essa acusação de transgressão.

– Nossa nave de comando tem o direito de voar livremente naquela zona – disse Uranshar.

– Certamente que sim... Mas não de lançar os raios paralisantes na tripulação das naves Mardukitas. A demanda de Nabu por uma explicação deve ser cumprida, Uranshar... Mas ainda não. Vamos esperar até a Senhora Ishtar chegar. Tenho a sensação de que uma pista para o quebra-cabeça pode ser encontrada em Erech.

* * *

Já era dia quando os dois amigos acordaram. Eles se encontravam em um campo repleto de rochas, em uma terra montanhosa. O Rio Eufrates e as dunas de areia que flanqueavam suas margens estavam longe de ser vistos.

– Andamos a noite toda? – Gilgamesh perguntou. – Escapamos da nave negra?

Enkidu riu.

– Você não se lembra de nada?

– Lembrar-me do quê?

– De nossas equipes de resgate – disse Enkidu. – Eles lançaram um raio em nossos olhos para nos fazer esquecer tudo o que tínhamos visto e ouvido a bordo de sua aeronave, mas minha memória não é a de um mortal.

– Não sei sobre o que você está falando – disse Gilgamesh. – Tudo o que lembro é daquela terrível nave chegando para nos capturar nas margens do rio. Devemos estar a alguma distância dela agora.

– Com certeza! Estamos na região montanhosa; fomos trazidos para cá pelos Águias de Utu.

– Eu lembraria de algo a respeito disso, mesmo exausto como estava, se houvesse alguma verdade em sua provocação – disse Gilgamesh.

– Olhe para seus pés, então – Enkidu disse a ele.

Gilgamesh o fez. Em vez de suas próprias sandálias, ele estava usando botas de formato estranho. As solas das botas eram chatas somente na frente, ao contrário da maioria das outras botas cujo solado era inteiramente plano para facilitar o andar. O calcanhar das botas era mais volumoso e a parte superior, em vez de ter as tiras de couro habituais, era sólida e cobria não apenas o pé, mas também a parte inferior da perna. De cima da bota, estendiam-se abas, como as orelhas de um burro, mas mais curtas.

Gilgamesh curvou-se e tocou o material prateado das botas. Embora parecesse metálico, era macio e flexível, mas não era nem couro nem pano. Olhou para Enkidu; ele estava usando o mesmo tipo de botas.

– Em nome de Deus – disse Gilgamesh –, que tipo de calçado é esse?

– Pule! – Enkidu respondeu.

Gilgamesh, intrigado, seguiu a sugestão do companheiro. Deu alguns passos rápidos e pulou, com o objetivo de pousar a alguns côvados de distância. Mas, inesperadamente, ele subiu alto, mais alto do que já havia saltado antes, e caiu duramente muitos côvados mais longe. Incrédulo por sua própria façanha, pulou novamente. Mais uma vez subiu alto e longe, e novamente pousou duramente e em seguida caiu de costas.

Enkidu morria de rir. Com um grande salto, ele estava ao lado de seu companheiro, ajudando-o.

– Essas botas têm magia – disse. – Um presente dos Anunnaki do Barco Celeste.

– Não sei do que você está falando – disse Gilgamesh, irritado.

– Assim seja – disse Enkidu. – Era previsto que você esquecesse tudo, e você o fez. O que eu *posso* dizer é que o Senhor Utu interveio, depois de ouvir nosso pedido de ajuda. Fomos levados até as proximidades da Montanha dos Cedros e recebemos estas botas mágicas para nos ajudar a chegar ao seu destino.

– O *meu* destino, como você diz, é o Campo de Pouso. Agora, em que direção ele fica?

– Fica a Oeste, disso estou certo. Mas, se devemos cumprir nosso caminho até lá, disso não estou certo – Enkidu respondeu. – Ele está escondido na Floresta dos Cedros, que se estende por 10 mil léguas.

Quem está lá para indicar a entrada? E a entrada, meu amigo, é guardada pelo terrível Huwawa.

- Huwawa?

- Um monstro! Como um terror para os mortais o Senhor Enlil o criou. Seu rugido é como a enchente da tempestade, a boca lança fogo, a respiração é a morte em si! O terror está lá para aquele que desafia Huwawa. Será uma luta desigual; morte certa!

Gilgamesh ficou em silêncio, lançando o olhar sobre as colinas circundantes. Suspirou, e havia lágrimas em seus olhos. A mão direita sacudiu estranhamente.

- O que é isso? - Enkidu perguntou.

- Um tipo de lembrete - Gilgamesh respondeu. Ele limpou as lágrimas e voltou-se para Enkidu. - Oh, meu amigo, devo temer Huwawa quando contados estão os meus dias? Tudo o que eu havia conseguido, nada mais é do que um punhado de vento...

- Eu falei por cautela, não para parar você - Enkidu retrucou.

- Não diga palavras temerosas para mim, Enkidu - Gilgamesh pediu, colocando a mão no ombro do companheiro. - Em vez disso, deixe que sua boca me intime: "Avance, Gilgamesh, não tema!", porque, mesmo se não alcançar minha meta, eu ainda vou fazer meu nome para ser sempre lembrado. "Gilgamesh", eles dirão nos próximos dias, "contra o feroz Huwawa caiu. De todos os homens, só ele escalou a Montanha dos Cedros". Isso, meu amigo, de Gilgamesh deverá ser dito, muito tempo depois de eu ter caído. Mas, se eu vencer o monstro, aos Céus eu certamente me elevarei!

Enkidu levantou a mão direita e os dois cruzaram os braços.

- Vamos, então - Enkidu disse. - E que Utu continue a cuidar de nós.

A princípio, os dois companheiros se divertiram ao andar com as botas mágicas. Foi emocionante ser capaz de dar um pequeno passo, mas cobrir a distância de cinco, ou dar um passo de gigante e voar em um arco, aterrissando 50 vezes mais longe. Como dois meninos, como crianças pequenas aprendendo a andar, Gilgamesh e Enkidu testaram e comprovaram sua habilidade adquirida, dando diferentes passos, mirando onde pousar, tentando não pousar muito duramente. Mas, por mais que tentassem, eles caíram muitas vezes; quando finalmente decidiram descansar, Enkidu calculou que haviam percorrido cerca de dez léguas.

– Estou com fome – disse Gilgamesh.

– E eu estou com sede – Enkidu respondeu.

Descansaram e, em seguida, retomaram a caminhada para oeste. O terreno estava se tornando mais montanhoso e arbustos foram dando lugar a árvores. Tornava-se cada vez mais difícil dar os passos de gigante sem bater com força contra uma árvore. Depois de ter sua cota de dor e hematomas, Gilgamesh tirou as botas.

– Prefiro andar descalço com menos pressa do que continuar caindo e quebrando meus ossos – afirmou.

Por um tempo, Enkidu continuou fazendo grandes progressos, parando a cada instante para deixar Gilgamesh alcançá-lo. Mas ele também foi indo mais lentamente em razão da falta de água, e 20 léguas depois os dois pararam para descansar. Enkidu também tirou as botas.

– Os presentes dos deuses – disse – são como flores que escondem seus espinhos. Dentro da bênção a maldição está escondida.

– Certamente – disse Gilgamesh. – Depois de vir a nosso socorro, por que o Senhor Utu não nos colocou na Floresta de Cedros, e não a miríades de léguas de distância?

– Meu criador, o grande Senhor Enki, ensinou-me isso – disse Enkidu. – "Mesmo quando os deuses tomam o homem sob sua asa, eles deixam bastante desafio para que ele se esforce e ganhe ou se renda e falhe." Os deuses, meu amigo, ajudam aqueles que se ajudam.

– Estou cansado, com fome e sede – Gilgamesh reclamou.

– E eu estou ficando sem meus fluidos – disse Enkidu. – Vamos cavar um poço.

– Não vejo nenhuma corrente, nenhuma fonte de água – disse Gilgamesh.

– No vale, onde os arbustos são densos, ali podemos cavar o poço – Enkidu respondeu, apontando para o lugar que tinha em mente.

Quando chegaram ao local, Enkidu quebrou um galho de um arbusto e começou a sondar o terreno.

– Quando as chuvas vêm e as águas que escorrem das montanhas formam riachos – explicou –, esse solo mais macio as absorve. Por vezes, dependendo das rochas abaixo da superfície, a água continua a ser capturada. Onde se aglomeram arbustos, embora a superfície esteja seca, meu amigo, a água pode ser encontrada.

Encontrando um local adequado com o galho, ele começou a cutucar mais fundo no chão.

– Aqui – anunciou a Gilgamesh.

Com um forte puxão arrancou um grande arbusto da terra. Em seguida, mostrou a Gilgamesh como ajudá-lo a remover as pedras e a terra da cavidade. Insatisfeito com o progresso, Enkidu arrancou os ramos do arbusto e usou o tronco nu como uma cunha para soltar as rochas e o solo, enquanto Gilgamesh habilmente os removia para ajudar no aprofundamento da escavação. Assim, foi Gilgamesh o primeiro a sentir o solo úmido, lá no fundo, onde as raízes alcançavam mais longe.

– *Há* água lá embaixo! – gritou.

Trabalhando com as mãos, eles removeram a última barreira de solo e atingiram a água subterrânea. Enkidu molhou a mão e umedeceu os lábios, e Gilgamesh fez o mesmo. Repetiram o gesto várias vezes, descansando alternadamente, e, aos poucos, sentiram as forças serem restauradas. Em seguida, usando apenas as mãos poderosas, Enkidu aprofundou o buraco até que pudesse recolher a água na palma da mão. Bebeu até estar satisfeito, e assim o fez Gilgamesh.

– Se eu tivesse um pouco de comida – disse Gilgamesh –, louvaria ao Senhor Utu sem reservas.

– Experimente os frutos que crescem dos arbustos – Enkidu respondeu. – Coma um ou dois e sinta seu gosto.

Eles tinham um gosto bom, e Gilgamesh comeu mais, até que havia consumido o suficiente. Olhou para Enkidu e sorriu.

– Os deuses de fato ajudam a quem se ajuda – disse.

– Bem lembrado – respondeu Enkidu. – Vamos pôr as palavras em prática. Ainda há luz do dia. Vamos colocar as botas mágicas e avançar para a Floresta dos Cedros!

Revigorados, e agora mais experientes em lidar com o poderoso impulso das botas, os dois amigos fizeram bom progresso. O terreno foi mudando à medida que eles seguiram o sol para o oeste. Montes foram dando lugar a montanhas, arbustos a árvores. Aqui e ali se deparavam com animais da floresta, e mais pássaros estavam presentes. A subida ficou mais íngreme, e eles perceberam que seria impossível fazer tal progresso sem a ajuda das botas mágicas.

E então, quando chegaram ao topo de um dos picos, conseguiram ver as Montanhas de Cedros, subindo como uma parede verde entre eles e o sol poente. Ficaram sem fôlego por um tempo, sem dizer uma frase. Então Gilgamesh soltou um grito sem palavras, um grito como um rugido de leão e, pulando e voando, correu encosta abaixo para o próximo pico. Eufórico, Enkidu seguiu o exemplo do amigo.

Correram até o topo do pico. Cedros verdes estavam crescendo em sua encosta voltada para oeste. Agora, os companheiros olhavam a seu redor e, onde quer que eles olhassem, viam o verde profundo e espesso dos cedros que cobriam pico após pico, abrangendo toda a cadeia de montanhas. Árvores altas em linha reta, com ramos e folhas exuberantes, subiam alto para o céu, e suas copas se perdiam entre nuvens nebulosas nos picos mais distantes.

Eles ficaram sem palavras por um longo tempo, apenas olhando. Em seguida, o frio do ar trouxe de volta seus sentidos e começaram a seguir seu caminho descendo a encosta vale abaixo. Passariam a noite lá, antes de escalar a próxima montanha no dia seguinte.

O frio os fez encolher um contra o outro quando se deitaram para descansar, e o sono os dominou logo após a caída da noite. À meia-noite, o sono deixou Gilgamesh quando ele foi perturbado por um sonho. Despertou Enkidu, pois o sonho o assustara.

– Meu amigo – disse –, enquanto dormia, eu tive um sonho. Vi uma montanha com árvores altas no cume. Dois pequenos juncos cresciam entre as árvores altas. Em seguida, veio uma tempestade, tão forte que derrubou a montanha. E tudo se foi, menos os dois juncos.

– É um sonho favorável – Enkidu afirmou. – As árvores altas são as árvores da Floresta de Cedros. A montanha é a Montanha dos Cedros. A tempestade é Huwawa, o poderoso guardião da floresta. E os dois juncos somos nós dois. Seu sonho, Gilgamesh, é um bom presságio: vamos chegar à Floresta de Cedros, sobre Huwawa prevaleceremos e, quando a batalha contra o monstro for terminada, nós dois deveremos permanecer incólumes.

Satisfeito com a interpretação do sonho, Enkidu voltou a dormir. Um pouco mais tarde, Gilgamesh também adormeceu. Perto do amanhecer, foi acordado por um banho de água fria. Então, para sua surpresa, as gotas de água haviam se tornado brancas, como se cevada da montanha estivesse caindo dos céus. Temendo a visão, ele colocou o queixo entre os joelhos, escondendo o rosto. Mas os grãos brancos continuaram a cair do céu, e logo ele e Enkidu, e tudo à sua volta, estavam cobertos pelas penugens brancas e macias. Gilgamesh tentou coletar o material, mas tornou-se água em suas mãos. Mais uma vez despertou Enkidu, que não sentia os grãos brancos sobre seu corpo.

– Isso é chamado de neve – disse Enkidu. – O frio do ar faz com que as gotas de chuva se tornem brancas.

Gilgamesh olhou para ele, incrédulo.

– Nunca houve nada assim em Erech – disse ele.

– Isso só acontece onde há altas montanhas – Enkidu respondeu. Ele colocou neve na boca e bebeu enquanto derretia. Gilgamesh fez o mesmo.

– De fato, essa neve se transforma em água – disse, sorrindo. – Mas agora eu sinto fome.

– Quando a luz do dia vier, podemos procurar por frutas silvestres – Enkidu respondeu. – Nesse meio tempo, eu poderia dormir um pouco mais, sem ser perturbado?

* * *

– Há uma nave entrando. O piloto se identifica como a Senhora Ishtar – a voz no alto-falante no quarto de Utu anunciou.

O sol nascera havia mais de duas horas.

– Já estava na hora! – disse Utu a Uranshan. – Vamos, eu quero encontrá-la na plataforma!

Com outros comandantes apressados atrás de si, o grupo correu para a plataforma. Eles chegaram a tempo de ver o globo prateado de Ishtar vindo rápido em direção ao ponto de pouso. Mas, para surpresa de todos, ele não diminuiu a velocidade para sobrevoar a área; em vez disso, deu um rasante sobre suas cabeças, forçando-os a se abaixar na plataforma.

– Você está quebrando as regras! – o Diretor da Plataforma gritou, a voz saindo de dentro do capacete.

A aeronave fez um círculo no céu e mergulhou novamente em direção ao grupo liderado por Utu.

– A Dama Ishtar tem uma mensagem para o meu senhor – disse o Diretor da Plataforma para Utu. – "Aquele que me espera, venha me buscar."

– Ainda brincalhona como um filhote de leão! – Utu exclamou enquanto o grupo recuperava o fôlego. – Dê-me seu capacete! – gritou para o Diretor da Plataforma.

Vestindo o capacete, rapidamente subiu em uma das aeronaves estacionadas e ligou os motores. Dentro de instantes a nave levantou e levitou no lugar. Então, com as pernas ainda não recolhidas, ele decolou em um ângulo ascendente na direção de Ishtar.

Manobrando seu aparelho mais e mais alto, Utu procurou a aeronave de Ishtar nos céus. Frustrado, gritou para a Pedra Sussurrante no capacete.

– Salve, irmã! Salve, irmã! Qual é seu paradeiro, Ishtar?

Não houve resposta, e ele continuou circulando os céus, subindo para as nuvens, descendo para as copas das árvores. Então, ouviu as risadas dela e o globo prateado de Ishtar de repente deu um rasante de algum lugar acima da aeronave de Utu. Depois, voou em círculos e desapareceu entre as nuvens. Por um segundo, quando ele levantou os olhos com espanto, viu o rosto da irmã através da vigia da nave, e a risada encantadora dela soou novamente em seus ouvidos.

– Venha me pegar, Shamash – ela gritou, chamando-o pelo apelido.

– Cadela – ele respondeu, manobrando sua aeronave nas nuvens atrás dela.

Ele avistou o ponto prateado contra o fundo de nuvens escuras e, em um instante, sua aeronave estava ao lado da dela.

– Asa a asa – gritou, triunfante.

– Venha me pegar! – Ishtar gritou de volta. – Há fome em meu corpo!

– Desça, então – disse ele, estendendo as pernas de sua aeronave como um sinal. Ishtar riu e, no instante seguinte, mudou a posição de sua nave, voando praticamente entre as pernas do aparelho de Utu.

– Venha comigo para o nosso lago favorito – disse ela. – Vamos brincar de novo, Shamash, como quando éramos jovens!

– Nós não tínhamos responsabilidades na época – respondeu Utu. – Agora, há uma missão que temos de cumprir.

E, quebrando o contato, dirigiu seu aparelho voador para a plataforma de desembarque.

Assim que ele desceu, Ishtar fez o mesmo. Ele se levantou para cumprimentá-la e, quando ela saiu da aeronave, Utu correu para a frente e os dois se abraçaram e se beijaram; Ishtar mal continha sua paixão.

– Deixe-me levá-la para baixo para se lavar e descansar – disse Utu.

Mas Ishtar alegou que não estava cansada.

– Vamos a seus aposentos – sugeriu, e ele a levou para lá.

Uma vez sozinhos, os dois se abraçaram novamente; Ishtar não conteve a paixão que queimava dentro dela.

– Oh, meu irmão, como eu ansiava por você, como nos dias de nossa juventude – sussurrou enquanto se beijaram novamente.

Mas Shamash, ela logo percebeu, não tinha a mesma paixão. Ele moveu a cabeça para trás para dar uma boa olhada na irmã.

– Bela como sempre! – ele pronunciou.

E de fato ela o era, mas ele podia ver, com a proximidade, que havia envelhecido desde que a vira pela última vez.

Pela primeira vez desde que se encontraram naquele dia, Ishtar contemplou o irmão – o jovem deus valente, o comandante das instalações espaciais, o piloto arrojado, seu companheiro desde o dia em que tinha nascido, seu parceiro em provar os frutos proibidos do saber, com quem havia descoberto e compartilhado as alegrias da vida amorosa.

Ela olhou e viu que Shamash estava diferente agora. Em vez de desafiador e instigante, havia um olhar de sabedoria, uma calma sabedoria em seus olhos, e lá estava a longa barba que ele havia deixado crescer desde que não tinha mais a necessidade de usar os capacetes para o espaço longínquo. "Oh, como ele envelheceu!", Ishtar pensou com um estremecimento, mas não disse nada. Em vez disso, sentiu os músculos dele, e com uma risadinha leve disse:

– Oh, que forte você ainda está, meu irmão valente!

Mas Utu notou o olhar da irmã e percebeu como ela expressou o elogio, como se o oposto fosse a verdade. Ele a pegou pela mão e puxou-a para seu lado.

– A maldição do nosso nascimento terreno está sobre nós, minha irmã – disse ele em voz baixa. – Embora a essência de Nibiru esteja dentro de nós, o destino da Terra está reduzindo nosso tempo de vida.

Ela acariciou a mão dele com a mão livre, mas a paixão de antes fora embora.

– Tenho notado em meu próprio corpo também – ela admitiu. – Nosso pai, que na Terra nasceu, parece quase tão velho quanto os Anunnaki muito mais velhos que vieram de Nibiru... E nós, a segunda geração nascida na Terra, embora mais novos, em breve pareceremos tão velhos quanto todos eles!

Ela fitou os olhos dele com tristeza.

– Espero que o Projeto Rejuvenescimento esteja indo bem!

Utu se assustou com a menção ao projeto secreto. Ele colocou o dedo nos lábios e, em seguida, moveu a mão em um círculo, apontando para as paredes circundantes.

– O segredo não foi bem mantido, meu irmão – disse ela. – Todos os deuses reunidos em Erech para o festival de Ano-Novo, nascidos na Terra, estavam falando sobre o novo projeto em que o Avô Enlil se envolveu. Dizia-se que envolvia não só a busca de novas fontes de ouro nas novas terras além-mar, mas também a construção de um novo porto espacial... Um espaço-porto não apenas para o transporte do ouro para Nibiru, mas também para o envio de alguns de nós para lá, para o rejuvenescimento!

– Não é possível! – Utu exclamou. – Quem sabia tanto sobre o que era para ser um segredo?

– Ninsun, a filha de Ninharsag, parecia saber mais.

– A mãe de Gilgamesh! Não é de espantar que ela tenha pedido ao filho para buscar a Vida Eterna, indo para o Campo de Pouso!

– O que Gilgamesh tem a ver com nossos próprios assuntos? Os assuntos dos deuses são para os deuses apenas considerarem – disse Ishtar.

– Mas não se Nabu e Marduk estiverem envolvidos! – Ele olhou para a irmã, preocupado. – Minha irmã, não há nada errado em Erech?

– Traição, talvez... Ninsun e seu filho foram coniventes contra mim.

– Conte-me tudo – pediu ele.

Ela contou sobre os eventos no Templo Branco de Anu durante a fixação dos destinos, a obra de Anu que havia caído para a Terra do céu, o desaparecimento de Gilgamesh, e seu confronto com Ninsun.

– Deixe-me dizer o que se seguiu – disse por sua vez Utu.

Relatou sobre como interceptaram a oração de Ninsun a Anu, sobre o resgate de Gilgamesh e Enkidu depois de ouvir seu pedido de ajuda, e a mensagem ameaçadora de Nabu.

– Tudo isso leva a duas perguntas – concluiu. – Como os Mardukitas sabem do paradeiro de Gilgamesh, e por que as tentativas descaradas de capturá-lo?

– Eles podem ter sabido pela mensagem de Ninsun, interceptando-a como você fez.

– Talvez – disse ele. – O estabelecimento de uma rede de monitoramento paralela à oficial seria cabível no esquema que se revela. Mas não houve menção sobre a forma ou momento da partida do rei no apelo de Ninsun.

– É verdade – respondeu Ishtar. – Ela não o sabia quando eu a confrontei no Templo Branco. Só mais tarde, no mesmo dia, o Sumo Sacerdote descobriu que Gilgamesh deixara Erech de barco, navegando em direção a Mari.

– O Sumo Sacerdote? O que ele tem a ver com isso?

– Parece que uma prostituta foi ao templo confessar seus pecados...

– Poupe-me dos detalhes – respondeu Utu, levantando a mão para interromper o discurso dc sua irmã. – Muito mais intrigante é a segunda questão. Por que o esforço Mardukita para localizar Gilgamesh e capturá-lo?

– Você tem uma teoria?

– Ainda não, minha irmã. Mas algo está acontecendo... Deixe-me enumerar alguns fatos. Quando o Projeto Terra foi iniciado, foi o gênio científico, Senhor Enki, quem liderou a expedição, configurando as operações de mineração de ouro, e planejou e construiu os assentamentos, o centro de controle e o espaço-porto. Quando, no rescaldo do Dilúvio, tudo teve de ser reconstruído, foram novamente Enki e seus filhos que planejaram e construíram as pirâmides, o espaço-porto e o centro de controle da missão. Agora é Enlil e o primogênito dele, Ninurta, que estão envolvidos nas novas instalações.

– Eles as construíram e nós, Enlilitas, operamos e comandamos as instalações – Ishtar comentou.

– Por quanto tempo? Essa é a questão – continuou Utu. – Marduk transformou uma mera pista de pouso nas terras dos Shagaz em uma grande base para suas naves. Nabu e seus missionários estão recrutando convertidos entre os ocidentais. Borsippa está construindo templos, celeiros, muralhas. Agora Marduk quer o direito de passagem na Babilônia para fazer incursões diretas em Edin. Eu digo a você, irmã, ele está planejando algo grande!

– Outra guerra? Pensei que a derrota vergonhosa nas Guerras das Pirâmides ensinara-lhe uma lição!

– Não – disse Utu. – Ele prefere rastejar, como a serpente que é. O incidente com Gilgamesh me convence disso.

– Você vai ter de explicar – disse Ishtar.

– Seu raciocínio foi guiado pela hipótese de que Ninsun e Gilgamesh conspiraram contra você. Porém, e se a trama não for *a favor* deles, mas *contra* eles? E se a derrubada de Gilgamesh faz parte da trama maior?

Ishtar se levantou, visivelmente perturbada.

– Um plano para tomar o reinado, levado a cabo por um seguidor de Marduk?

– Por que não? – disse Utu. – As cidades ocidentais estão em efervescência. Se Nabu for bem-sucedido, todas as pessoas que habitam a terra entre aqui e o espaço-porto na Quarta Região deverão se converter para o culto a Marduk. Se Erech puder ser tomada, o domínio de nosso pai sobre Ur ficará espremido entre Erech e Eridu. No norte, minha cidade Sipar será isolada, ladeada apenas por Borsippa e Babilônia dos Mardukitas e a adversária Kish. Se eles puderem se apossar de Erech, todo o Edin ficará indefeso.

Ele ficou em silêncio. Ishtar baixou a cabeça e, em seguida, olhou nos olhos do irmão.

– Meu ódio contra Ninsun me cegou e eu julguei Gilgamesh erroneamente – ela disse.

– Bem, bem – Utu respondeu, pegando a mão da irmã. – Não são conclusões definitivas, apenas um esboço de uma possível teoria que poderia explicar a busca Mardukita a Gilgamesh. Quando você retornar a Erech, conduza uma investigação discreta.

– Isso eu farei – disse Ishtar, sorrindo. – Agora, onde está esse meu rei, o que busca se tornar como um deus?

– Em seu caminho, aqui, nos arredores da Floresta de Cedros. Eu já o ajudei quanto eu deveria, talvez ainda mais do que é permitido pelas regras.

Ele piscou para Ishtar.

– Afinal de contas, sua deusa deve gostar de alguma coisa nele, não é?

Ishtar deu uma risadinha.

– E agora? – perguntou.

– Gilgamesh está por conta própria agora. Se entrar na floresta, a luta para ganhar ou perder é com ele. Não temos permissão para interferir.

– Tolo! – Ishtar gritou. – Se perder, é a vida que ele perderá, não é?

– Há os raios secretos e Huwawa... Mas você não deve interferir!

Ela pegou a mão do irmão.

– Meu amado irmão – disse suavemente –, de todos os amantes que tive desde a morte selvagem de meu esposo Dumuzi, não houve nenhum mais querido para mim do que Gilgamesh. Será que aqueles que fazem as regras têm isso em mente?

Utu olhou nos olhos da irmã. Eles brilharam com tristeza e desejo.

– Na verdade, você precisa de um companheiro, e não apenas na noite do Casamento Sagrado. – Com delicadeza, retirou a mão que Ishtar segurava.

– Por hora, eu tenho de apresentar uma resposta a Nabu e preparar o lançamento do foguete.

– Qual será sua resposta a ele?

– Palavras para ele decifrar – disse Utu com uma risada. – Palavras de duplo sentido, poderíamos dizer.

Capítulo 10

Quando amanheceu, foi novamente Gilgamesh quem despertou Enkidu, mas dessa vez foi a fome, não um sonho, que interrompeu o sono do rei.

Enkidu colocou neve na boca, bebendo-a conforme derretia; em seguida, esfregou o rosto e as mãos na neve. Gilgamesh fez o mesmo e sentiu-se revigorado.

– Venha – Enkidu disse –, vamos coletar frutos para você enquanto buscamos a entrada da floresta.

As botas mágicas não serviram para nada na vegetação densa de árvores e arbustos. Lentamente, eles subiram o pico seguinte, colhendo frutas silvestres até Gilgamesh estar satisfeito. A vista em todas as direções era de tirar o fôlego; a coloração branca adicionava um brilho exótico ao verde sem fim. Exceto pelo guincho de um grande pássaro, a tranquilidade era completa.

– Pelos grandes deuses! – Gilgamesh não coseguiu deixar de dizer. – Realmente, é o lugar onde a Terra toca o Céu!

Então, de repente, houve um estrondo, um som que preencheu não só o ar, mas também se espalhou pela terra sob seus pés. Os céus começaram a rugir e a terra a vibrar! Assustados, os dois companheiros agarraram um ao outro, sem saber o que estava acontecendo, e olharam para cima e em volta de si. Eles ouviam os animais, que não foram vistos antes, começarem a uivar de medo. E em seguida, do outro lado da montanha à frente, uma nuvem negra começou a se erguer. Ela se espalhou para cima e para os lados, e logo sua escuridão obliterou o sol, fazendo a luz do dia tornar-se noite. Em seguida, um relâmpago brilhou, de uma forma que os dois amigos nunca tinham visto antes, lançando-se não dos céus, mas do solo para cima.

– A Terra é o Céu, o Céu se tornará a Terra! – Gilgamesh gritou de terror. Seus olhos, como os de seu camarada, estavam fixos no espetáculo que acontecia.

Agora uma chama como a de mil tochas iluminava tudo de uma vez, lançada de trás da montanha, penetrando a nuvem escura como a lança de um gigante. A nuvem escura, pairando no ar, inchou, e a chama, subindo cada vez mais alto, logo foi engolida dentro dela. No momento seguinte, a chama desapareceu junto com seu brilho vermelho, e então os céus lançaram uma chuva não de flocos brancos, mas de cinzas negras.

– Os deuses falam contra nossa vinda! – Gilgamesh, tremendo de frio e medo, gritou. – Nós fomos avisados!

– Acalme-se – Enkidu respondeu. – Isso não foi um presságio, mas a visão de seu objetivo. Uma Embarcação Celeste começou sua jornada para o espaço. O Campo de Pouso, Gilgamesh, está além daquela montanha. Mas agora que você já viu o terror do lugar, ainda quer ir para lá?

Inicialmente, Gilgamesh ficou incrédulo. Mas, conforme o céu clareou e a tranquilidade voltou a reinar, sua autoconfiança retornou.

– Um presságio certamente foi, mas um bom presságio – disse ele, tranquilizador. – Agora um Barco do Céu com meus próprios olhos eu vi ascender, uma visão do meu destino os deuses me mostraram... Aos Céus eu subirei, meu amigo, do fim de um mortal vou escapar!

Enkidu contemplou o amigo.

– A partir de agora seu destino está em suas próprias mãos – respondeu.

Agora que o lançamento do foguete revelara a localização do Campo de Pouso dentro da vastidão da Floresta dos Cedros, os dois companheiros retomaram seu caminho com vigor extra. Caminharam, deslizaram, arrastaram-se e caminharam novamente pela densa floresta, cujo terreno estava escorregadio pela neve que caía.

Cruzando o topo da montanha, eles começaram a descer para o vale; mais à frente ficava o pico atrás do qual o Campo de Pouso estava situado. Deslizaram e escorregaram e enlamearam-se ao descer, mas a dificuldade do caminho foi compensada pela visão de gazelas saltando entre as árvores, animais de pelagem marrom cujos chifres se encurvavam quase artisticamente.

Quando os dois amigos chegaram ao vale entre as duas montanhas, perceberam a razão da proliferação de animais, pois ali corria um riacho da água mais pura. Eles se lavaram e beberam a água. Frutas silvestres cresciam ao redor do riacho; alguns de tamanho invulgarmente grande cresciam em árvores curtas, com cascas douradas mais espessas do que o normal e os interiores cheios de sumo.

– Que sabor divino! – Gilgamesh declarou. – Eu nunca comi nada assim antes.

Após se satisfazer, ele procurou em volta por Enkidu e viu o companheiro entre as gazelas. Elas não tinham medo dele. Algumas lhe lambiam as mãos e o rosto, e ele abraçava seus pescoços.

– Enkidu!

Gilgamesh gritou, mas Enkidu ignorou o chamado.

– Enkidu! – Gilgamesh gritou novamente, correndo em direção ao seu companheiro.

Enkidu olhou em volta.

– Meus amigos e companheiros – disse ele um pouco em tom de desculpa –, os únicos que eu tinha em meus dias de selvageria.

– Esses dias acabaram – Gilgamesh disse, enquanto pegou um galho, que usou para tocar as gazelas.

Um dos animais esfregou a cabeça contra o rosto de Enkidu. Aquele que ele estava segurando pelo pescoço se sacudiu, livrando-se de seu abraço. Enkidu olhou para Gilgamesh e virou-se.

Gilgamesh jogou fora o galho e abraçou Enkidu silenciosamente.

– Venha, vamos seguir em frente – ele finalmente disse.

O caminho dos dois agora os levava até a encosta da última montanha. Mas ali o cenário mudou. Carcaças de gazelas mortas estavam espalhadas, e mais acima ao lado da montanha algumas árvores haviam sido danificadas por algum fogo.

– É como um matadouro – Gilgamesh comentou, enquanto eles pararam para olhar ao redor.

Enkidu se abaixou para examinar um dos animais mortos, depois outro. Impaciente, Gilgamesh retomou a subida.

– Vamos – gritou para Enkidu. – Pare de perder tempo!

– Não vá em frente! – Enkidu gritou de volta. – Há morte por aqui!

Gilgamesh olhou para Enkidu, sem compreender.

– Olhe! – Enkidu disse, apontando para duas gazelas que haviam saído do rebanho e foram brincando até a encosta. Então, conforme elas corriam uma atrás da outra, um raio de fogo súbito veio por entre as árvores, atingindo um dos animais e as árvores atrás dele. Em um instante, o ar se encheu com cheiro de madeira e carne queimada, como um sacrifício em um altar, e a gazela brincalhona, incinerada, estava morta.

– Grande Anu – exclamou Gilgamesh. – O que foi isso?

– Um raio assassino – disse Enkidu. – Uma arma terrível, escondida entre as árvores.

– Como a arma de Ishtar que solta raios?

– Como aquela, sim, mas que só dispara quando o alvo vem à vista.

– Por si só, ou por um deus que não se vê?

– Quem sabe? – disse Enkidu. – Está claro que não podemos avançar aqui. Temos de contornar a montanha pelo vale e procurar um caminho de entrada.

– Como pode haver um portão de entrada se não há nenhuma parede, nenhuma cerca à vista?

– A muralha – Enkidu disse – é mais poderosa que uma feita de pedra, e a cerca, embora invisível, é impenetrável. A porta de entrada não será de pedra ou de argamassa, se existir. O Senhor Enki, meu criador, falou-me uma vez sobre isso. Existe um local por aqui em que a profundidade da floresta pode ser penetrada.

– Como vamos encontrá-lo? – Gilgamesh perguntou.

Enkidu sorriu.

– Pela ausência de árvores queimadas e animais chamuscados – respondeu, e puxou Gilgamesh pela mão para retornar ao vale.

Gilgamesh não se movia; ele permanecia encarando o animal morto.

– É carne queimada, o animal foi morto recentemente...

Enkidu levou um tempo para compreender.

– É muito arriscado – ele respondeu. – Você vai ser queimado até a morte tentando alcançar o animal.

– Preciso de comida de verdade – Gilgamesh retrucou.

Enkidu olhou para o companheiro e então para o animal morto.

– Na natureza – disse ele –, um bicho come o outro. A razão pela qual os deuses ensinaram o homem a fazer o mesmo, eu nunca vou entender... Em um momento a gazela é minha companheira; no instante seguinte, é sua comida!

– Oferecer sacrifícios de animais é, de fato, dever do homem para com seus deuses – disse Gilgamesh. – Mas comer e não morrer de fome é dever do homem para consigo mesmo!

Deixando seu companheiro, ele começou a rastejar em direção ao animal queimado, escondendo-se atrás das árvores para se proteger. Quando levantou a cabeça um pouco para se orientar, deitou-se de barriga para baixo com rapidez suficiente para escapar de um raio de fogo que foi disparado das árvores, atingindo o local onde sua cabeça havia estado apenas um momento antes. Colando ainda mais no solo, ele se arrastou até alcançar o animal morto e, agarrando-o pelas pernas traseiras, puxou a carcaça com segurança.

Enkidu assistiu Gilgamesh devorar pedaços de carne queimada e comer até que não conseguisse mais.

– Leve um pouco com você para amanhã – sugeriu. Ele se levantou e arrancou alguns galhos de árvores, dobrando-os para formar um recipiente improvisado.

– Aqui, leve um pouco da carne nisso – acrescentou.

Quando retomaram a marcha, eles circularam a montanha procurando a passagem de entrada. Passava do meio-dia quando chegaram a um trecho em que não havia carcaças de animais. E, conforme seguiram em frente, a uma curta distância, novamente havia animais mortos no chão.

– Esse é o local de entrada, nós o encontramos! – Enkidu gritou.

– Como podemos ter certeza disso? – Gilgamesh perguntou.

– Tenho certeza – Enkidu disse.

Deu um passo à frente. Não aconteceu nada. Deu mais um passo, depois outro. Não surgia nenhum raio de fogo para aniquilá-lo. Ele seguiu, e então virou-se para acenar para Gilgamesh.

– Vamos lá –gritou –, nós adentramos a Floresta de Cedros!

Primeiro hesitante, depois eufórico, Gilgamesh o seguiu. Pulou de alegria no meio das árvores, batendo palmas. Em seguida, parando para recuperar o fôlego, perguntou:

– Qual o caminho agora?

Enkidu não sabia.

– Vamos procurar o lugar; talvez nós encontremos alguma pista – ele respondeu.

Os dois olharam em volta por um tempo, sem saber o que procurar. A altitude e o ar rarefeito começaram a causar seus efeitos em Gilgamesh.

– Há algo no ar aqui que me deixa tonto – disse. – Vamos descansar um pouco.

Ele se sentou; o cansaço se espalhava pelo corpo. Em instantes Gilgamesh havia adormecido.

Deixando o amigo descansar, Enkidu decidiu inspecionar o local. Indo para cá e para lá, ele notou um afloramento de rochas elevando-se entre as árvores. Chegando mais perto, circundou as pedras e viu entre elas o que parecia ser a abertura de uma caverna. Inclinou-se para espiar mais atentamente; sons vinham de seu interior.

– Encontrei o túnel secreto – ele gritou para Gilgamesh. – Venha aqui, depressa!

Gilgamesh não respondeu. Em vez disso, Enkidu ouviu um estrondo que encheu o ar, tornando difícil julgar sua fonte. Alarmado, ficou imóvel, tentando escutar. Em seguida, o som tornou-se mais claro, como uma tempestade que se aproximava, acompanhada pelo som de algo batendo na vegetação. Alguém estava vindo até ele! Com o mínimo de barulho possível, Enkidu caminhou de volta para onde Gilgamesh estava dormindo. Cutucou e sacudiu o rei até ele acordar.

– Ouça – sussurrou.

O som sinistro estava se aproximando, deixando os dois amigos aterrorizados.

– O que é isso? – perguntou Gilgamesh, sussurrando.

– Deve ser Huwawa, o guardião da floresta – Enkidu sussurrou de volta.

Agora o rugido, soando como a investida de um poderoso rio que cai nas montanhas, ficava mais alto, e os dois amigos, escondendo-se entre os grandes cedros, conseguiram vislumbrar o guardião monstruoso da entrada. Ele era poderoso em sua estatura, o seu rosto feroz era como o de um leão. Os olhos eram tão grandes como a lua em sua plenitude, emitindo dois feixes brilhantes que sondavam o ambiente de um lado para outro, quando o monstro virava a cabeça. A boca soltava um fogo mortal; os dentes, brilhando como brasas em um forno, eram como os de um dragão. O ventre era como uma barriga brilhante; nos ombros ele tinha bocais que eram como portas gigantes. Na mão direita segurava uma arma, semelhante a uma espada enorme com dentes, e na mão esquerda trazia um espelho redondo com o qual podia dirigir um raio que devorava tudo que atingia. Os pés se moviam como se estivessem equipados com minúsculas carruagens que avançavam sobre suas rodas, e, quando o monstro parou para fazer a varredura da floresta, a cabeça girou sobre o pescoço como uma roda sobre seu eixo!

– É Huwawa, a máquina de segurança! – Enkidu gritou. – Um monstro criado pelo Senhor Enlil. Venha, vamos correr para fora de seu alcance!

Ele puxou Gilgamesh pelo manto, mas este não se moveu.

– Não, eu vou me levantar e enfrentar o terror! – exclamou. – Não deixemos que seja dito: "Gilgamesh, depois de alcançar a porta de entrada, como um coelho assustado voltou!".

– É morte certa – disse Enkidu. – Por que você deseja ficar e encarar Huwawa?

– Mesmo se eu cair perante o monstro – Gilgamesh respondeu –, terei construído meu nome. "Contra o feroz Huwawa, o terror de Enlil, Gilgamesh se levantou", eles ainda vão dizer muito tempo depois de meus descendentes nascerem. Mas, se eu vencer Huwawa, o caminho para a Vida Eterna eu vou alcançar!

Colocou a mão no ombro do companheiro.

– Você entende, então, que, se eu enfrentar o terror, eu ou meu nome perduraremos para sempre!

– Compreendo – disse Enkidu e abraçou o rei. – Avance, então. Não tema, porque estarei ao seu lado!

O monstro ouvira suas vozes, pois agora estava vindo diretamente para eles. A cabeça parou de girar e os fachos de seus olhos dirigiram-se ao local onde os dois companheiros estavam. Levantou a mão esquerda, e o raio ígneo queimou tudo à sua frente.

– Deixe-me ir em frente e confundir Huwawa – gritou Enkidu.

Olhando em volta, ele escolheu um cedro jovem e arrancou-o da terra. Arrastando a árvore atrás de si, cercou Huwawa. Alertada pelo barulho, a cabeça do monstro girou sobre seu eixo e os olhos dispararam raios em todas as direções. Encontrando um momento oportuno, Enkidu atingiu a virilha de Huwawa com a árvore e, em seguida, pulou para trás e correu.

O monstro soltou um grito de angústia, como o do touro branco abatido no altar. Com a mão direita, esmagou as árvores ao redor de si, derrubando-as ao chão como se fossem meros juncos. Ergueu a mão esquerda, e o espelho redondo lançou raios escaldantes que devoraram o solo ao seu redor. A cabeça virou-se como uma roda de fiar, e os feixes dos olhos vasculharam a floresta.

Em pé, lado a lado, os dois companheiros estavam prontos para a batalha desigual. Gilgamesh puxou sua adaga.

– Vou esfaquear o coração de Huwawa, se ele se aproximar – disse.

Enkidu agarrou a árvore.

– E eu vou esmagar o crânio!

Foi então que eles viram, através das copas das árvores, duas aeronaves prateadas pairando.

– Olhe! – Gilgamesh gritou. – O Senhor Utu veio em nosso auxílio!

Uma das naves baixou tanto quanto as árvores permitiam, posicionando-se entre Huwawa e os companheiros em apuros. Um vento forte começou a soprar debaixo da nave, criando um redemoinho no solo úmido. Sugando a lama, as folhas e pedras, o redemoinho lançou a sujeira nos olhos de Huwawa.

– Aahhuu! Aahhuu! – o monstro gemeu em angústia e agitou as mãos cegamente.

– Vamos atacar o monstro! – Gilgamesh gritou para Enkidu.

Liderando o ataque, ele avançou contra o guardião da floresta, que naquele momento não conseguia enxergar. Seguindo-o de perto, Enkidu alcançou o monstro e, com o tronco da árvore, bateu em sua cabeça. A cabeça parou de girar. Enkidu então dirigiu o segundo golpe para a mão de Huwawa, e a arma caiu ao chão, partindo-se. Gilgamesh mergulhou a adaga no coração do monstro. Houve um tilintar como quando metal atinge metal. Huwawa estava envolto em convulsões, batendo as mãos cegamente contra seus agressores. Outra vez e mais outra, os dois atingiram Huwawa até que ele caiu ao chão. Gilgamesh golpeou a testa de Huwawa com a adaga, e, de repente, as convulsões do monstro cessaram.

Enkidu estava prestes a desferir outro golpe, quando ouviram um assobio e um vapor avermelhado saiu da criatura.

– Huwawa está morto! – Gilgamesh gritou. – Sua alma se transformou em vapor!

– Vamos ter certeza – Enkidu respondeu. Administrou outro duro golpe na barriga do monstro. O golpe quebrou a criatura em dois, rompendo seus membros em muitas peças de metal retorcido.

– Venci Huwawa! – Gilgamesh gritou.

Enkidu cutucou o metal retorcido com o pé.

– Sim, você venceu – disse ele solenemente. – A obra do Senhor Enlil, a máquina guardiã da Floresta de Cedros está em pedaços, como um jarro de barro que se quebrou ao cair do telhado.

– Por que você está triste, quando deveríamos ficar alegres? – Gilgamesh perguntou. – Não só estamos fazendo nosso nome, mas o caminho para o Campo de Pouso está agora livre!

– Estou triste, na verdade – respondeu Enkidu –, pois, quando olho para o trabalho despedaçado do Senhor Enlil, não posso deixar de pensar em mim mesmo, a obra do Senhor Enki... No destino de Huwawa, não posso deixar de ver o meu.

– Bobagem! – disse Gilgamesh. – Você já viu com os próprios olhos que os deuses estão conosco!

Aquelas palavras os fizeram lembrar das aeronaves. Olharam para cima, mas elas haviam partido, estavam longe de ser vistas.

Gilgamesh coletou algumas pequenas pedras e empilhou-as.

– O Senhor Utu é minha rocha – declarou. – Este é o símbolo de minha gratidão.

Gilgamesh virou-se para Enkidu.

– Venha, vamos encontrar o Campo de Pouso! Os deuses desejam que atinjamos nosso objetivo!

– Certamente – disse Enkidu. – Antes que o monstro avançasse sobre nós, eu já havia encontrado o túnel secreto dos Anunnaki!

– Leve-me para lá imediatamente! – Gilgamesh gritou, animado.

Mostrando o caminho, Enkidu levou Gilgamesh ao afloramento de rochas e apontou para a abertura da caverna. Aproximando-se dela, Gilgamesh também ouviu sons vindos dali.

– Rápido, vamos limpar a entrada! – Gilgamesh exortou a seu camarada.

Os dois trabalharam febrilmente, arrancando o mato que crescia na abertura e removendo as rochas que estavam empilhadas contra ela. Quanto mais eles limpavam a abertura, mais claros os sons de dentro se tornavam, soando como os de um fole de ferreiro. Quando por fim conseguiram discernir o tamanho e a forma da abertura, viram que era perfeitamente redonda e barrada por grades.

– Pelos grandes senhores – exclamou Gilgamesh. – É a obra dos Anunnaki! Nós encontramos a entrada para o Campo de Pouso!

– Deixe-me retirar as barras para que possamos entrar no túnel – Enkidu disse a ele.

Agarrou as barras e puxou-as com toda a força, mas elas não se moveram. Mais uma vez ele puxou, e mais outra, respirando pesadamente, usando a força de todos os músculos de seu corpo. O esforço fez suas mãos esquentarem.

– Sinto uma queimação em minhas mãos – disse Enkidu. – As grades parecem produzir calor.

– Puxe mais forte, mais forte! – Gilgamesh insistiu.

Mais uma vez Enkidu agarrou as barras, apertando os dedos sobre elas como as garras de uma águia. Encheu os pulmões de ar e, soltando um grito, puxou com toda a sua força. Novamente as barras não se moveram nem dobraram, mas Enkidu não as largou. E, então, ouviram um estalo e Enkidu caiu para trás, com a grade nas mãos.

– Você conseguiu! – Gilgamesh gritou. – Vamos entrar no túnel!

Mas Enkidu permanecia deitado sem se mover. Gilgamesh correu para seu lado. Enkidu gemeu e jogou a grade longe.

– Minhas mãos! – disse. – Elas estão queimadas. Eu não posso mover os dedos!

Gilgamesh agarrou as mãos de seu companheiro. Elas estavam inchadas, e onde ele havia segurado as barras podiam-se ver listras vermelhas, como cortes profundos. Ele ajudou Enkidu a se sentar encostado em uma árvore, sem saber o que fazer.

– Há uma maldição sobre a entrada – disse Enkidu –, um fogo invisível... O túnel, Gilgamesh, somente aos deuses se destina.

– Isso nós vamos ver – disse Gilgamesh. – Agora, devo esfregar um pouco de terra em suas mãos ou cobri-las com folhas?

– Leve-me para o córrego no vale abaixo – respondeu Enkidu –, para que eu possa lavar as mãos na água pura, onde eu possa mergulhar meu corpo inteiro. É a única maneira que imagino poder remover a maldição de mim.

Ajudando o amigo e dando-lhe apoio, Gilgamesh lentamente levou o ferido Enkidu até o córrego no vale. Colocando Enkidu no chão, ele o despiu e em seguida se despiu. Assim nus, exceto pelos cintos dos quais pendiam a bolsa de Enkidu e o punhal do rei, respectivamente, os dois foram para a água. Enquanto Enkidu mergulhou completamente nela, Gilgamesh banhou o corpo do companheiro, especialmente as mãos. Aos poucos, a vermelhidão nas mãos de Enkidu foi passando e o inchaço diminuiu.

– Eu me sinto melhor – disse Enkidu. – Posso mover os dedos agora.

As gazelas, que antes haviam se dispersado, gradualmente começaram a retornar quando os companheiros chegaram ao riacho. Percebendo algo em Enkidu que as atraía, algumas delas se aproximaram. Ele as deixou lamber suas mãos.

– Minha energia está voltando – gritou para Gilgamesh.

Apoiando-se nos pescoços dos animais mais próximos, ergueu-se para fora da água e, em seguida, abraçou as duas gazelas carinhosamente.

Gilgamesh observava a cena em silêncio. "Elas são fêmeas?", ele se perguntou. Agora Enkidu esfregava a cabeça contra a cabeça de uma das gazelas. Incrédulo, Gilgamesh viu como a gazela ergueu-se nas patas traseiras e apertou as nádegas contra Enkidu.

Conhecendo seu camarada muito bem, Gilgamesh temia o que Enkidu poderia fazer em seguida.

– Enkidu, não – ele gritou.

– Vá embora! – Enkidu respondeu. – O apelo da natureza está em mim!

– Não, não! – Gilgamesh gritou. – Pense em Salgigti, seu colo quente, seus seios firmes! Com o conhecimento dos deuses agora você está abençoado, Enkidu. Não lance tudo ao vento!

– Não sou um homem mortal – disse Enkidu. – Suas leis não são minhas leis.

– Pense em Erech – disse Gilgamesh. – Pense nas moças do prazer, pense em nossa amizade!

Por alguns momentos, os dois amigos ficaram de frente um para o outro. Inseguro de si mesmo, Enkidu soltou os animais; uma das gazelas se afastou. Ele ainda estava segurando a outra, quando foram surpreendidos por uma gargalhada.

Olharam para cima e viram uma deusa, em trajes de piloto, de pé ao lado de uma aeronave. Absorvidos em sua discussão, os dois não notaram o pouso e sua chegada perto do córrego.

– Que cena, que visão! – disse a deusa. – O rei de Erech nu como seu camarada, e o camarada prestes a se deitar com um animal!

Gilgamesh reconheceu a voz.

– Ishtar – gritou. – A Rainha dos Céus!

Caiu ao chão e se curvou, e, depois de uma ligeira hesitação, Enkidu fez o mesmo.

– Louvados sejam os senhores – disse Gilgamesh –, por nos ajudar a vencer Huwawa.

– Graças ao Senhor Shamash – disse Ishtar. – Nós dois assistimos à batalha do alto, mas foi ele quem soprou o vento no rosto do guardião. Ele esperava que Huwawa fosse embora sem molestá-los. Em vez disso, vocês atacaram a obra de Enlil e destruíram-na! Por isso, a ira do grande senhor vocês trouxeram sobre si mesmos!

Gilgamesh se levantou para poder se dirigir à deusa.

– Grande Senhora da Erech – disse –, seja qual for meu destino, é o que tenho a intenção de atingir. Se ser dois terços divino me dá o direito à Vida Eterna, então esse será meu destino, não importa o que eu faça.

Ishtar lançou seu olhar sobre Gilgamesh. Ela nunca o tinha visto completamente nu à luz do dia.

– Venha aqui – ordenou. – Aproxime-se de mim.

A água pingava do corpo de Gilgamesh quando ele se aproximou de Ishtar. A deusa contemplou, encantada, a beleza dele.

– Venha, Gilgamesh, seja meu amante! – disse ela sensualmente. – Venha, conceda-me sua essência! – E, dizendo isso, com movimentos rápidos tirou as próprias roupas e ergueu os seios com as mãos como convite.

Gilgamesh, amante de muitas mulheres, ficou chocado com a beleza de Ishtar. Ele também nunca a tinha visto assim, nua à luz do dia.

– Oh, Ishtar, abençoada Irnina – disse enquanto caía de joelhos, agarrando a mão que ela lhe estendia. – Como eu desejei você, desejei sua pele quente, sonhei com seus lábios deliciosos!

Beijou-lhe a mão com fervor.

– Venha então – ela disse –, seja meu amante agora e alcance seu sonho! – Ela se curvou, baixando os seios até os lábios dele.

Gilgamesh estava prestes a beijar os mamilos quando se conteve.

– Não é a noite do casamento – afirmou. – Se eu fizer amor com você agora, a morte será meu veredicto.

– Não tema, Gilgamesh – respondeu ela. – Seja meu amante agora, e para sempre você será meu marido! Conceda-me seu fruto agora, e me tornarei sua esposa!

Gilgamesh estava perplexo.

– Você fala em casamento, mas o que eu tenho para oferecer?

– Silêncio, Gilgamesh que enche meus olhos – disse Ishtar. – Eu é que lhe darei coisas gloriosas... Uma carruagem de lápis-lazúli e ouro, a colheita de colinas e planícies, trazidas em sua homenagem!

Ishtar estendeu a mão para Gilgamesh.

– Venha, meu amado, vamos fazer da floresta nossa cama, dos cedros nossa fragrância!

Gilgamesh lançou um olhar a Enkidu, que estava ao lado do riacho, silencioso. Seu amigo não disse nada, apenas balançou a cabeça.

– Você é como um braseiro que surge no frio – disse Gilgamesh a Ishtar, recusando sua mão. – Nesse instante, você está queimando com amor, no instante seguinte você vai me descartar como um sapato que aperta o pé do dono. Qual dos seus amantes, além de Dumuzi para quem você faz seus lamentos anuais, você amou para sempre? Depois de amar o filho de Silili, você o amaldiçoou e transformou-o em um lobo. Você amou Ishullanu, o jardineiro de seu pai. Para ele, você também disse: "Oh, meu Ishullanu, deixe-me provar seu vigor! Estenda sua mão, toque minha modéstia", e então você o castigou também. Não; se eu amá-la agora, em um dia não destinado ao Casamento Sagrado, a morte, e não a vida eterna, encontrarei neste dia!

Ishtar soltou um grito de raiva.

– Não me desafie, Gilgamesh – ameaçou. – Seu reinado, sua vida, estão em minhas mãos!

Vendo o companheiro vacilar, Enkidu se aproximou.

– O momento para decisões imediatas não é oportuno – disse. – Não julgue Gilgamesh em sua resposta, pois ele está prestes a atingir a Vida Eterna.

Ele se curvou diante da deusa.

– Sim – Gilgamesh falou. – Nós encontramos a entrada para o túnel secreto dos Anunnaki.

– Do que você está falando? – Ishtar perguntou.

– Lá em cima, entre as rochas além da porta de entrada para a Floresta de Cedros – Gilgamesh disse, apontando para a direção que citava. – A entrada do túnel foi bloqueada com grades poderosas, mas Enkidu a abriu.

– Tolos! – Ishtar gritou. – Aquele não é um túnel dos Anunnaki, mas a caverna do Touro do Céu!

– O Touro do Céu?

– Você não é tão sabido, rei de Erech? – disse Ishtar, com zombaria na voz. – O Touro do Céu é o mais antigo animal vivo na Terra. De Nibiru pelo grande Senhor Anu foi trazido em sua visita, um presente para o filho, o Senhor Enlil, para ser um símbolo da estação estelar da Terra no Zodíaco. É diferente dos touros da Terra, não apenas em sua longevidade. Ao contrário dos terrenos, ele tem asas para voar!

– Eu vi a imagem de um touro alado em Nippur – disse Enkidu –, guardando a entrada do templo de Enlil.

– Sim – disse Ishtar. – Uma imagem teve de ser feita, pois o animal sagrado tornou-se demasiado pesado, desprovido de fêmeas de sua espécie. Para que não causasse estragos em sua ira, um pasto subterrâneo foi criado para ele dentro da Montanha dos Cedros. As grades que você removeu protegem uma das passagens de ar!

– Nós fizemos uma coisa tola, Enkidu – disse Gilgamesh, desanimado.

– Tola e desafiadora – confirmou Ishtar. – Vocês esmagaram Huwawa, a obra do Senhor Enlil. Contra mim, um desafio você lançou. Agora, a caverna do Touro do Céu você abriu. A ira dos deuses vocês certamente provocaram, Gilgamesh. Agora, vá embora e seja amaldiçoado!

Ela colocou as roupas e voltou para a aeronave. Gilgamesh e Enkidu também começaram a se vestir. Foi então que todos ouviram um ronco terrível e uma respiração como mil foles de ferreiros. Olharam montanha acima. Na porta de entrada havia uma fera branca gigante, raspando o chão. A cabeça estava abaixada como em um desafio e eles podiam ver os grandes olhos e a barba longa. Da cabeça não se projetavam apenas os dois chifres de um touro, mas um terceiro chifre, maior e mais arqueado, no meio. A cauda estava erguida com ira, e do corpo alongado abriam-se duas asas imensas.

– É o Touro do Céu! – Ishtar gritou, enquanto subia na aeronave. – Ele está fora de sua caverna. A calamidade da Terra você desencadeou!

– Grande dama! – Gilgamesh gritou, mas seu grito não foi ouvido, pois a aeronave já subia acima das copas das árvores.

– Rápido, coloque as botas mágicas! – Enkidu gritou.

Eles o fizeram com as mãos trêmulas, certos de que o Touro do Céu os havia visto, pois o animal se apressou em descer a montanha na direção deles. Conforme ganhou velocidade, o monstro abriu as asas e disparou para o ar na direção dos dois amigos. Eles se encolheram de medo, agarrando um ao outro.

O Touro do Céu aterrissou perto deles com um poderoso estrondo que abalou o chão, fazendo com que todos os animais fugissem. Bufando, o hálito quente subia ao ar como vapor no frio, e ele se preparou para investir.

Aterrorizados, Enkidu e Gilgamesh ficaram imobilizados por alguns momentos, enquanto o monstro os encarava.

– Corra, corra para salvar sua vida! – Enkidu finalmente gritou, e os dois decolaram, com as botas mágicas fazendo-os subir e pousar a uma grande distância.

Aterrissaram duramente, mais uma vez desacostumados de usar as botas. Eles mal haviam ficado de pé, o Touro do Céu, voando acima deles como uma vasta nuvem que cobre o dia com a escuridão, já estava sobre os dois. Aterrissou com um baque forte onde os dois haviam estado, mas eles conseguiram saltar de lado na hora certa. Agora, o Touro do Céu bufava ainda mais poderosamente do que antes, e cada bufada abria buracos no solo grandes o suficiente para enterrar 200 homens.

O touro circundou os dois companheiros encurralados, e eles circundaram o touro, procurando um ponto do qual saltar.

– Aaah! – Enkidu gritou quando de repente escorregou e caiu em um dos buracos.

Ao ouvir o grito, o Touro do Céu virou-se, baixando a cabeça em direção ao buraco. Naquele momento, com toda a coragem que ainda tinha em si, Gilgamesh saltou e caiu sobre as costas do touro, enfiando a adaga no pescoço do animal.

Enfurecido, o animal ferido se virou novamente para encontrar seu atacante. Aproveitando a distração do animal, Enkidu saltou para fora do poço e pegou-o pelo rabo, segurando firme, sem deixá-lo sacudir para lançar Gilgamesh de seu lombo. Em cima do touro, Gilgamesh enfiou a adaga no pescoço outra vez e mais outra. Em seguida, o Touro do Céu soltou um gemido como o de mil guerreiros morrendo e caiu de lado. Tentou se levantar e moveu-se um pouco, e, em seguida, tombou imóvel.

De cima, pairando em sua aeronave, Ishtar assistia aos desdobramentos da batalha. Com o Touro do Céu morto, Ishtar gritou em agonia, e sua voz alcançou os companheiros triunfantes.

– Que mal você fez! O Touro do Céu, o destino da era de Enlil, vocês mataram! A ira dos grandes deuses deve agora cair sobre vocês. Vão embora, malfeitores! Vão e aguardem sua punição!

Os dois olharam para a nave em turbilhão. Gilgamesh levantou as mãos em súplica e caiu de joelhos.

– Vão, pois na Floresta de Cedros vocês nunca entrarão! – A voz ressoou novamente para eles. E Ishtar mal terminara de falar, um raio brilhante emanou da aeronave para a passagem invisível da floresta. Pedras estouraram e árvores caíram, e, onde o raio atingiu a floresta, chamas se espalharam.

– Volte para aguardar sua punição ou meu brilho vai consumi-los também! – a voz de Ishtar ecoava da nave.

Gilgamesh ergueu-se, levantando o punho em direção à aeronave.

– É pela vontade dos deuses que vencemos Huwawa e o Touro do Céu! – gritou. – Em uma batalha justa matei a criatura de Nibiru. Agora sou digno de ser levado para Nibiru!

– A porta de entrada está para sempre fechada, e seu destino pelos Sete Que Julgam deverá ser determinado! – Ishtar anunciou. – Vá embora ou eu vou transformá-lo em vapor!

Enkidu puxou seu companheiro.

– Não há sabedoria em irritar os deuses – disse ele. – O seu valor foi estabelecido; não há nada que possa ser conseguido aqui. Venha, vamos retornar a Erech e lá estabelecer seu nome, e sua glória proclamar!

– Assim seja – Gilgamesh lhe respondeu –, mas primeiro vamos reivindicar nossos troféus.

Usando o punhal, ele cortou os três chifres do Touro dos Céus. Os dois mais curtos deu a Enkidu para transportar. O outro longo chifre, ele carregou.

* * *

Os dois amigos então retornaram para Erech. Com o auxílio das botas mágicas, completaram uma jornada de um mês e 15 dias em apenas três dias. Palavras de seu retorno e suas obras na Floresta de Cedros os precederam; pessoas saíram de suas aldeias para ver os camaradas e admirar seus troféus. No portão de Erech eles foram recebidos por 50 heróis da cidade, liderados pelo camareiro do rei, Niglugal. Mas os Anciãos não saíram para cumprimentá-los, e, nas ruas, muitas casas estavam fechadas.

De volta ao palácio, Gilgamesh convocou os arquitetos, ferreiros e todos os artesãos, para admirar os chifres do Touro dos Céus e ouvir suas sugestões sobre como os chifres poderiam ser mais bem preservados como troféus. Depois de diversas sugestões, o longo chifre do meio foi pendurado na parede atrás do trono do rei como um lembrete constante de seus feitos na Floresta de Cedros. Os outros dois chifres foram levados para ser revestidos com dois dedos de espessura de ouro, e adornados com contas de lápis-lazúli. Depois que isso foi feito, os chifres ornados foram preenchidos com vinhos perfumados. Embora dois homens fossem normalmente necessários para sustentar cada chifre, Gilgamesh levantava cada um sozinho. Do primeiro ele bebeu e elogiou os grandes deuses, agradeceu seu padrinho Utu e prestou homenagem à mãe, que, por seu ventre, tinha lhe feito dois terços divino. E do outro ele bebeu e prestou homenagem a seus antepassados por parte de pai, sacerdotes e reis, especialmente ao herói Lugalbanda.

– Divino eu ainda sou, a Vida Eterna eu ainda conseguirei – pronunciou. – Que haja celebrações no palácio!

Mas, no Recinto Sagrado, Ishtar reunia os sacerdotes e sacerdotisas, e proferia um grande lamento sobre o assassinato do Touro do Céu.

– Oh, Anu, grande pai, que aqueles que mataram o touro sagrado, que difamaram sua amada Irnina, paguem com a vida!

Capítulo 11

Durante a noite, após o banquete, Enkidu teve um sonho.

Seus gritos despertaram Gilgamesh. Eles estavam em duas camas lado a lado, e Gilgamesh levou alguns instantes para perceber que não estavam no palácio, mas na casa de prazer de Salgigti, onde haviam ido após o banquete por insistência de Enkidu.

Enkidu, sacudindo as mãos, estava gritando próximo à porta.

– Oh, porta, fui eu quem te fez, fui eu quem te ergueu – ele gritava. – Não deixes passar aqueles que vêm atrás de mim, sejam eles reis ou deuses! Que ninguém apague meu nome que está sobre ti e coloque seu próprio nome!

Gilgamesh estava intrigado com os devaneios estranhos de seu camarada quando Enkidu agarrou os umbrais e começou a destruí-los. Gilgamesh levantou-se e segurou o amigo.

– O que deu em você? – perguntou gentilmente. – Como alguém que tem sabedoria pode dizer coisas tão estranhas?

– Oh, Gilgamesh – disse Enkidu, com lágrimas nos olhos. – Foi um sonho que eu tive. No meu sonho eu vi meu nome inscrito na porta. Um ser brilhante, um rei ou um deus, apareceu perante ela. Apagou meu nome e substituiu-o por seu próprio nome... É um presságio ruim, Gilgamesh!

Enquanto ele falava, Salgigti apareceu, despertada pelo barulho. Ela viu os umbrais arrancados e soltou um gemido.

– Enkidu teve um pesadelo – explicou Gilgamesh. – Eu vou compensar os danos amanhã.

Mais calma, a mulher se aproximou de Enkidu e estendeu as mãos para abraçá-lo. Mas ele a olhou com estranhamento e empurrou-a para longe.

– Com você eu também sonhei – disse. – Foi você quem levou o homem que desfigurou meu nome à minha porta.

Salgigti recuou.

– Não deixei ninguém entrar, eu estava dormindo em minha cama. Não entendo suas palavras estranhas.

– Não, foi você! – Enkidu gritou, lançando-se para ela.

– O que há com você, Enkidu? – Gilgamesh gritou enquanto tentava conter o amigo, mas Enkidu lhe deu um poderoso empurrão também.

– Foi ela – gritou, furioso. – Ela levou a desgraça à minha porta!

Tomada pelo pânico, Salgigti se ajoelhou, humilhando-se diante de Enkidu.

– Perdoe-me – implorou. – Fizeram-me falar e quebrar meu juramento...

– O que você está dizendo? – Gilgamesh gritou. – Fale claramente!

– Os sacerdotes... Eles me capturaram após os guardas reais me questionarem... De sua muda de roupa e de Adadel eles já sabiam, eu não sei como. Eles bateram no meu rosto perante o Sumo Sacerdote, a ira dos deuses eles clamaram contra mim... Eu disse a eles o que eu sabia.

– Meu sonho era verdade! – Enkidu gritou. – A prostituta nos traiu!

Ele foi para cima dela, pegando-a pelo pescoço. Suas mãos começaram a sufocá-la como um torno.

– Morte, morte para você! – gritou.

Gilgamesh correu para puxar as mãos do companheiro da garganta da mulher. Mas, naquele momento, foi Enkidu, não a mulher, que soltou um grito.

– Minhas mãos – gritou, soltando a garganta de Salgigti. – Minhas mãos! Elas estão dormentes!

Gilgamesh puxou-o para longe de Salgigti.

– Vá embora, mulher – disse –, pois a ira dos deuses de fato cairá sobre você. Maldita será, e maldita será sua casa! Agora, vá abrir a porta para que possamos sair!

Ele examinou as mãos de Enkidu. Elas estavam vermelhas e inchadas como acontecera na Floresta de Cedros após Enkidu ter arrancado as grades da caverna.

– Venha, Enkidu, para o palácio – disse Gilgamesh. – Vamos lavar as mãos com água pura e restaurar sua força.

– Não adianta – Enkidu respondeu, sentando-se. – Agora eu sei que meu sonho era verdade, e o resto deve também se tornar realidade... Um emissário divino está a caminho para apagar meu nome... Pelos umbrais sem nome ele deve me levar à Terra Sem Retorno.

Tomadas por fraqueza, suas mãos caíram ao lado do corpo.

Uma grande ansiedade dominou Gilgamesh.

– Apressemo-nos, então, para a Casa da Ressuscitação de minha mãe Ninsun – disse. – Seja qual for seu mal, ela vai curá-lo.

Ajudou Enkidu a se erguer e deu-lhe apoio quando deixaram a casa de Salgigti. Na rua, a fraqueza se espalhou por todo o corpo de Enkidu e ele começou a tropeçar. Vendo uma patrulha, Gilgamesh saudou os soldados. Usando suas lanças e cintas, eles fizeram uma maca para transportar Enkidu para o hospital de Ninsun. Surpreendentemente, a multidão que normalmente se reunia antes do amanhecer, esperando o portão se abrir, não estava lá. Foi só depois de algumas pancadas que o portão foi aberto para Gilgamesh.

– Rápido, chame a Senhora Ninsun – gritou –, Enkidu está gravemente doente!

Conduziram Enkidu ao complexo hospitalar. Momentos depois, a serva de Ninsun, Ninsubar, apareceu.

– Sua mãe, a Senhora Ninsun, não está aqui – ela disse a Gilgamesh. – Ela foi convocada a Nippur para participar de uma assembleia dos deuses chamados pelo grande Senhor Enlil.

Ela não sabia quando Ninsun estaria de volta.

Levaram Enkidu para um dos prédios menores. Durante sete dias e sete noites ele permaneceu deitado em um leito, incapaz de se mover, de comer ou beber, delirando de tempos em tempos e tendo sonhos maus. Gilgamesh não saiu do lado de seu companheiro. De vez em quando, molhava a boca de Enkidu, e era nesses momentos que Enkidu movia os lábios, murmurando seus sonhos para o amigo.

Na sétima noite, antes de desmaiar completamente, Enkidu contou a Gilgamesh seu último sonho.

– Oh, meu amigo – ele murmurou em um lamento. – Tive um sonho. Os céus gritaram, a Terra respondeu. Eu estava de pé entre eles. Havia um rapaz cujo rosto estava escuro como o rosto de Zu, suas garras como as garras de uma águia. Ele me dominou... Ele me submergiu, no que eu não sei. Ele me transformou de modo que meus braços eram como os de um pássaro. Então me levou para a Casa das Trevas, da qual ninguém que entra consegue sair. Os moradores de lá são desprovidos de luz, a poeira é sua passagem e barro é seu alimento... Vestidos como aves, os responsáveis pela casa usam asas como vestuário...

E então parou de falar e desmaiou.

Por mais um dia e mais uma noite, Gilgamesh se aproximou do leito, tocou o amigo, esfregou suas mãos, colocou água em seus lábios. Enkidu não se mexeu, nem abriu os olhos, nem franziu os lábios, mas ele não estava morto.

Multidões se amontoavam fora do complexo, ansiosas pelas últimas notícias do rei e de seu companheiro. Os Anciãos da cidade estavam lá também, sussurrando coisas ruins a respeito deles. "Por eles terem matado o Touro do Céu, sete anos de cascas estéreis devem afligir a terra de Erech", diziam. "Não haverá grãos para o povo, nenhum pasto para os animais por conta do mal do rei e de seu companheiro."

No dia seguinte, a fiel serva de Ninsun transmitiu as palavras dos Anciãos para Gilgamesh: "Enkidu está morrendo. O rei está morrendo também. Assim Anu, o pai dos deuses, decretou".

Atormentado e irritado, Gilgamesh foi até o portão. Houve gritos de surpresa e pena quando ele se mostrou; o cabelo despenteado, as bochechas fundas, as unhas crescidas como as garras de um abutre, os olhos vermelhos de insônia e choro.

– Ouçam-me, oh, Anciãos de Erech! – disse o mais alto que pôde, para todas as pessoas ouvirem. – É por Enkidu, meu amigo, que choro, ele que foi como um escudo para mim, que comigo escalou as montanhas de pó branco, que trouxe condenação sobre Huwawa na Floresta de Cedros, e que de fato me ajudou a matar o Touro do Céu. E, agora, um sono sem fim tomou conta dele. Ele respira, mas não pode se mover; ele me ouve, mas não pode falar... Não vive, mas não está morto... Agora me diga, povo de Erech, devo cobrir Enkidu, meu camarada, com um véu e afirmar que seu batimento cardíaco terminou, ou devo clamar aos deuses que um herói como nenhum outro, uma criação especial do Senhor Enki, deva erguer-se novamente, comprovando assim, pelo seu reavivar, a glória dos deuses?

Houve um silêncio abafado no momento em que Gilgamesh concluiu seu lamento. Envergonhados pelo anseio por notícias trágicas, o povo dispersou e os Anciãos voltaram para suas residências. Um pouco aliviado, Gilgamesh retornou para o leito do amigo. Mas Enkidu jazia imóvel como antes. Gilgamesh tocou seu coração; ele não batia.

Com as mãos trêmulas, Gilgamesh velou seu companheiro como um noivo faz para com a noiva. Em seguida, rasgou suas vestes e, ao lado do leito, sentou-se no chão para lamentar.

Naquela mesma tarde, Ninsun retornou de Nippur. Ela viu Gilgamesh sentado no chão, parecendo um fantasma, e depois viu Enkidu deitado no leito, morto.

– Oh, minha mãe! – Gilgamesh gritou quando a viu. – Enkidu está morto, e minha própria morte está me esperando! – Ele estendeu a mão direita, que sacudia incontrolavelmente.

– Oh, meu filho, meu filho amado – disse Ninsun, enquanto abraçou sua cabeça contra o peito. – Quando você nasceu, em uma cama de honra fiz você se deitar. Quando seu sexto dedo era circuncidado, Utu o segurou nos braços. Quando você estava crescendo, para a realeza e heroísmo eu o criei. E agora, quando os temores mortais enchem seu coração, longa vida eu ainda alcançarei para você!

Ela colocou a mão na têmpora de Enkidu.

– Enkidu não está morto, Gilgamesh – disse. – Os grandes deuses, os Sete Que Julgam, decretaram algo diferente.

Regozijante, Gilgamesh por um momento deleitou-se com a notícia, e então perguntou:

– E eu?

– Venha comigo para meus aposentos, refresque seu coração com néctar, e vou lhe dizer o que aconteceu em Nippur – disse Ninsun, e levou o filho pela mão.

– Mas Enkidu...

Gilgamesh começou a dizer, relutante em deixar seu companheiro.

– Ele vai recuperar seus sentidos. Agora venha comigo – afirmou Ninsun.

Quando estavam nas câmaras de Ninsun, ela ordenou à camareira que trouxesse um certo néctar para Gilgamesh. Quando o cálice foi trazido, ele agarrou-o para saciar a sede, mas Ninsun admoestou-o a saborear o néctar lentamente. Logo um pouco de cor voltou ao rosto dele e o tremor da mão cessou.

– O pranto de Ishtar – Ninsun começou – alcançou Anu, o Pai Celestial. "Gilgamesh me insultou", ela queixou-se a ele. "O Touro do Céu, ele e Enkidu mataram; Huwawa, o guardião da Floresta de Cedros eles destruíram." O grande Senhor Anu, em seguida, mandou dizer ao Senhor Enlil: "Que Gilgamesh e Enkidu sejam condenados pelos Sete Que Julgam, que digam se eles devem viver ou morrer". Essas, meu filho, foram as palavras do grande Senhor Anu.

– Se devemos viver ou *morrer*? – Gilgamesh gritou. – Não foi com a ajuda divina que chegamos à Floresta de Cedros? Huwawa e o Touro do Céu não desafiaram, por desígnio divino, meu direito de estabelecer Vida Eterna?

– Meu filho, acalme-se – disse Ninsun. – Embora dois terços de você sejam divinos, você está longe de conhecer os assuntos dos deuses. Fique em silêncio para eu lhe contar sobre a assembleia divina.

Ela se sentou em sua poltrona favorita, e Gilgamesh em um banco baixo à sua frente. Era hora do crepúsculo, e os raios do sol que brilhavam através da treliça do teto eram avermelhados e difusos.

– Nippur, o Umbigo da Terra antes do Dilúvio, ainda é um espetáculo para se ver, Gilgamesh – ela começou. – Sua torre de sete estágios é resplandecente de longe, e impressionante de perto. Um jardim com todos os tipos de flores e um pomar com toda sorte de árvores frutíferas o rodeiam. Beija-flores cantam nas árvores e pavões caminham pelo jardim. Um canal leva dos grandes rios para o ponto de ancoragem, uma baía grande o suficiente para abrigar as barcas de todos os deuses visitantes. E em um abrigo magistral, que fomos autorizados a ver, fica o Barco Celeste de Enlil... A grande Senhora Ninlil foi uma anfitriã graciosa. Pai Enlil, convocado pela Terra para Além dos Mares, presidiu. Com ele veio seu filho primogênito, o Senhor Ninurta. O grande Senhor Enki, o criador de Enkidu, veio de Eridu. Sentado à esquerda de Enlil, ele insistiu que o trono ao seu lado permanecesse vago, pela ausência do exilado Senhor Marduk...

– Sobre os Sete Que Julgam, quem *eram* eles?

– Aqueles três: o Senhor Sin, o primogênito de Enlil na Terra; o Senhor Adad, o filho mais novo de Enlil, que viera de domínios ocidentais; e o Senhor Utu. E, mantendo a paz, como fizera antes, minha mãe, a grande Ninharsag.

– E Ishtar?

– Como Nabu, ela era uma acusadora.

– Como Nabu?

– Sim, mas a queixa dele era contra Utu, por interferência divina imprópria, a transgressão sendo seu resgate pela aeronave a oeste do grande rio.

– Mas nós fomos monitorados, atacados e quase capturados!

– Ou estavam perdidos no deserto e prestes a ser resgatados. Tudo depende de quem conta a história. Eu, é claro, disse a minha.

Gilgamesh olhou para a mãe; havia lágrimas nos olhos dela.

– O que há, minha mãe – perguntou com voz alarmada. – Que mal vem por aí?

– Gilgamesh – disse ela –, permanecendo em Erech tanto tempo, tudo o que importa parecia estar acontecendo aqui em Erech. Mas lá fora, nas terras antigas, bem como nas terras para além delas, o tempo não parou. Enlil e Enki, heróis impetuosos que partiram para dominar um planeta, estão cansados e velhos. Minha mãe, a beleza em pessoa pela qual os dois sucessores ao trono celestial competiram, agora está velha e pesada. E aqueles que na Terra nasceram estão começando a parecer ter a idade de seus pais. Quanto tempo e para que finalidade devemos ficar aqui na Terra? Essa foi a pergunta inconveniente...

– As lendas – Gilgamesh disse – falam de uma idade de ouro em que tudo começou. Não foi assim?

Ninsun pressionou a cabeça do filho contra o peito.

– De fato, há milhares de anos os Anunnaki se estabeleceram na Terra por seu ouro. Nibiru estava perdendo sua atmosfera, seu ar, e nossos cientistas o protegiam com partículas suspensas de ouro. Um grande projeto foi posto em andamento. O ouro era extraído na Terra e, em seguida, enviado ao alto para plataformas orbitais, para transferências periódicas por espaçonaves para Nibiru. Primeiramente, ele foi obtido das águas do Mar Menor; em seguida, das profundezas da terra no Mundo Inferior. Com o tempo, a tarefa se provou insuportável; os Anunnaki que extraíam os minérios se amotinaram. Foi então que o homem foi formado para ser um trabalhador primitivo. Minha mãe e meu Senhor Enki o criaram...

Ela fez uma pausa, perdida em pensamentos.

– Então, a humanidade aumentou em número, e os Anunnaki começaram a tomar as filhas do homem como esposas. E, quando o Dilúvio estava prestes a esmagar a Terra, Enlil decretou que apenas os Anunnaki poderiam se salvar, decolando em nossa nave espacial, deixando a humanidade perecer. Quando as águas voltaram a seus limites e os Anunnaki conseguiram pousar de volta na Terra, tudo o que havia antes fora varrido e enterrado sob um mar de lama. Um novo porto espacial deveria ser construído, dessa vez na terra chamada Tilmun. Um novo centro de controle da missão substituiu o de Nippur. Então as rivalidades levaram a guerras, e a Terra teve de ser dividida. E agora você e Enkidu perturbaram tudo, matando o Touro do Céu!

– Suas palavras são um enigma – disse Gilgamesh.

– O grande ciclo que a Terra faz em torno do Sol é dividido em Doze Eras – Ninsun respondeu. – Cada uma foi nomeada em homenagem a um grande Anunnaki. O Touro do Céu, um presente de Anu para Enlil, simbolizava a Era de Enlil. Por ele ter sido morto, a turbulência agora aguarda todos. A Era do Touro, de Enlil, foi mortalmente ferida.

– Não pode ser! – exclamou Gilgamesh. – O Senhor Enlil reinará para sempre!

– A sorte foi lançada – disse Ninsun tristemente. – Você foi o operário do destino, Gilgamesh. A Era de Enlil será substituída, mas o presságio é de violência e morte. E que era deverá seguir? Será a Era do Divino Arqueiro, assim chamada em função do primeiro filho de Enlil, o guerreiro Ninurta, ou será a Era do Carneiro, símbolo de Marduk, primogênito de Enki? Nada mais está claro. Com sua busca pela Vida Eterna, Gilgamesh, você despertou incerteza e apreensão entre os deuses. O que você tem feito tornou-se assunto dos deuses.

– E com razão! Sou um deles, sendo dois terços divino. Meu nascimento com seis dedos me reserva um destino divino!

– Sim, seu destino – disse Ninsun. – É hora de falar do que transpirou em Nippur. Ishtar exigiu a morte de vocês dois. Adad tinha a mesma opinião. Utu pressionava por sua defesa. Enlil disse: "Vamos deixar Enkidu morrer e Gilgamesh viver". O Senhor Enki defendeu sua criatura: "Enkidu não sabia matar até adquirir traços mortais em Erech", disse ele, "Deixem Erech ser punida com uma seca de sete anos; deixem Enkidu vivo, e que Gilgamesh morra". Minha mãe pediu que ambos fossem poupados. Então o Senhor Ninurta falou: "Que Enkidu seja poupado, mas banido para trabalhar para sempre nas minas de ouro, e que Gilgamesh termine seus dias como um mortal". E essa, meu filho, foi a sentença.

– Viver, mas perder meu camarada; viver, mas esperar a morte – exclamou Gilgamesh. – É um castigo pior do que a própria morte!

Sua mão sacudiu violentamente e Ninsun agarrou-a para firmá-la.

– Meu filho – disse ela –, à minha mãe, a grande Curandeira, eu já contei o segredo da Tábua dos Destinos. Embora não tenha sido destinada para você, por ela você foi predestinado. Depois que colocou as mãos dentro da obra de Anu, a morte invisível você tocou. Um mero mortal já estaria morto.

Ele puxou a mão.

– Continue – disse.

– Os espasmos em sua mão são um mau presságio, Gilgamesh. A doença, se não for combatida, vai corroer seus ossos e definhar seus músculos. Minha mãe falou-me a respeito de uma planta mágica... Ela pode preservar sua vida.

– Fale-me dela!

– É um segredo dos deuses, Gilgamesh. Você deve se purificar e fazer as pazes com os deuses que você ofendeu antes que possa ouvi-lo.

Ore para si e para Enkidu, e vá sentar-se ao lado dele, até que desperte. Então vou falar com você sobre um determinado plano.

– Vou fazer o que você diz, minha mãe – concordou Gilgamesh e beijou a mão de sua mãe.

– Não demore – ela advertiu. – Há uma grande multidão cercando a porta, uma multidão de pessoas em busca de cura. Elas foram mantidas longe por muito tempo. Cumpra seus ritos ao cair da noite, para que possamos deixá-las entrar pela manhã.

* * *

Os artesãos do palácio foram convocados para criar para Gilgamesh uma imagem de ouro do Touro do Céu, o símbolo do Senhor Enlil. Enquanto os artesãos e os servos estavam ocupados seguindo as instruções do rei, Gilgamesh lavou-se e purificou-se.

Antes do pôr do sol, ele saiu para o pátio usando uma vestimenta purificada de linho branco. A mesa de madeira de acácia que havia sido trazida do palácio foi colocada no centro do pátio. Sobre ela foram colocados o Touro do Céu de ouro e os emblemas dos outros deuses: o Disco Alado do grande Senhor Anu, o crescente do Senhor Sin, o disco irradiante de Shamash e o disco de oito pontas de Ishtar. O símbolo de Ninharsag, cujo segredo curativo seria conhecido, tinha a forma de um cortador de cordão umbilical.

Gilgamesh pediu uma tigela de cornalina cheia de mel e uma tigela de lápis-lazúli preenchida com coalhada e colocou-as sobre a mesa. Em seguida, um pombo dentro de uma gaiola também foi colocado sobre a mesa.

– Oh, grandes deuses – disse Gilgamesh –, perdoem minhas transgressões. Ofereço-lhes esse fruto do leite; não sequem os lábios que se amamentaram do leite dos deuses. Ofereço-lhes essa tigela de mel; não eliminem a doçura de minha vida. Pelo assassinato do Touro do Céu, aceite essa imagem como restituição.

Ele se curvou sete vezes e, em seguida, misturou o mel e a coalhada e colocou as taças perante a imagem do Touro dos Céus. Então, pegou a gaiola e soltou o pombo.

– Oh, grande Anu, Pai Celestial – suplicou –, da mesma forma que dou asas para esse pássaro, acolha-me sob a *sua* asa. Leve-me para o alto como uma águia, sua morada celestial!

Curvou-se novamente, sete vezes. Então ele se virou e foi ficar com Enkidu.

* * *

Quando amanheceu, Enkidu começou a se mexer. Levantou a cabeça e abriu os olhos. Ele viu Gilgamesh e estendeu a mão.

– Quanto tempo eu estive dormindo? – perguntou. Gilgamesh tomou sua mão, e depois a outra. A vermelhidão fora embora e os inchaços tinham desaparecido. Havia força nos braços de Enkidu.

– Na casa de Salgigti uma grande fraqueza dominou você – disse Gilgamesh. – Você dormiu sem cessar por 12 dias e 12 noites. Para curar sua fraqueza eu o trouxe aqui, à Casa de Ressuscitação da minha mãe. Agora você está bem!

Havia tristeza nos olhos de Enkidu, enquanto olhava para o amigo, segurando-lhe a mão.

– Houve mais que meu sono, não é? – questionou. – Sei algumas coisas de meus sonhos.

– Afaste todos os maus pensamentos – Gilgamesh respondeu. – Deixe-me colocar água pura em seus lábios e lavar seu corpo, e você deve ficar totalmente recuperado.

– O sonho – Enkidu disse – deve ter um significado. Em meu sonho vi dois emissários. Eles tinham asas em seu vestuário. Um veio para a frente, o outro ficou atrás. O primeiro me pegou pelo braço para me levar embora. "Siga-me", disse, "para a Casa das Trevas, cujos moradores são desprovidos de luz; argila é sua comida e poeira está em suas bocas". Mantive minha posição, recusando-me a ir. "Não vou abandonar meu camarada!", gritei. O outro emissário acenou com a cabeça. "Ide, pois ele também deve ir", ordenou. Em seguida, outra mão me tocou, e eu acordei.

– Não pense em sonhos maus, Enkidu – disse Gilgamesh. – Por nossas transgressões tenho orado e oferecido sacrifícios. Qualquer que seja a desgraça que nos aguardava, nós agora estamos sob a proteção da

Senhora Ninharsag, a grande Curandeira, e minha mãe elaborou um plano de salvamento... Agora, deixe-me correr para ela e contar sobre seu despertar.

Informada da notícia, Ninsun retornou até o leito de Enkidu com Gilgamesh. Ela tocou Enkidu, depois passou seu bastão sobre o corpo dele.

– Apesar de não ser um mortal, você estava muito doente, ela explicou. – Mas agora está totalmente curado. Evite exceder-se por algum tempo, apenas caminhe. E beba apenas água pura.

Ela se voltou para Gilgamesh.

– Nós podemos deixar as multidões entrarem agora – disse. – Venha tomar a refeição da manhã comigo no meu gabinete.

Voltaram para os aposentos de Ninsun. Lá a serviçal lhes serviu bolos de trigo, tâmaras e água pura. Quando estavam sozinhos, Ninsun virou-se para o filho, com o olhar sério.

– Meu filho, você já ouviu falar de Ziusudra?

– As lendas que ouvi falam de um homem de muito tempo atrás, quando o Dilúvio varreu a Terra.

Ela assentiu.

– Milhares de anos terrestres atrás. Ele era um homem de Shuruppak, cidade da minha mãe. Ele era justo em seus caminhos, e de linhagem divina, pois o Senhor Utu era o pai de seu pai. O Senhor Enki o salvou, com a esposa e tudo o que era dele, das enchentes.

– Ouvi as lendas – disse Gilgamesh. – Mas isso foi há muito tempo. Eles se foram e estão mortos para sempre, lembrados apenas em contos de homens velhos.

– Não é assim... É um segredo dos deuses, mas minha mãe me permitiu revelá-lo a você. Ziusudra e sua esposa ainda estão entre os vivos!

– Não pode ser! – exclamou Gilgamesh. – A esposa dele era mortal, e ele mesmo não era mais do que um terço divino!

– Esse é o segredo – disse Ninsun. – Através de anos inumeráveis, ele e a esposa permaneceram vivos, residentes em Tilmun. Lá, em um lugar isolado, eles estão escondidos. A planta que dá vida cresce lá, Gilgamesh. Quem come de seu fruto é constantemente rejuvenescido, adiando a morte constantemente. Você tem de ir até lá, Gilgamesh, pois só essa fruta pode desafiar sua moléstia!

– E como devo atingir esse objetivo distante, minha mãe?

– Tenho um plano – disse ela. – Venha e eu lhe mostrarei.

Seguiram para a câmara interna, onde o altar ficava, onde as tábuas e discos poderiam ser usados para exibir suas marcas. Ninsun pressionou o ponto de ativação no altar e, como antes, sua frente de pedra desapareceu no chão, expondo as prateleiras e os discos armazenados.

– Venho me perguntando, desde a outra vez, como este altar mágico funciona – disse Gilgamesh.

Ninsun riu.

– Você era uma criança curiosa e não mudou. – Ela se abaixou e escolheu um dos discos.

– Minha Tábua dos Destinos! – Gilgamesh exclamou com emoção na voz.

– Não, é um mapa do lugar a que você deve ir, com a rota.

– Deixe-me ver a minha tábua de novo – pediu Gilgamesh. – Mostre a escrita celeste para meus olhos a contemplarem mais uma vez!

– Não, não agora – Ninsun respondeu.

Ela fechou a frente do altar e colocou o disco que escolhera em uma cavidade do altar. O zumbido que Gilgamesh ouvira da outra vez foi ouvido novamente e o disco começou a irradiar um brilho dourado. Ninsun tocou outro ponto de ativação, e a folha branca apareceu do lado do altar, movendo-se lentamente até cobrir a face do disco. E, como antes, as marcas se tornaram visíveis. Era um mapa.

Ninsun usou a vara, apontando enquanto falava.

– Tilmun tem a forma de uma língua. O Mar Superior forma sua costa curva ao norte; dois chifres de água moldam a linha costeira no leste e no oeste. Em sua ponta estreita, montanhas altas erguem-se como dentes gigantes contra o céu, as rochas são ricas em veios de cobre e turquesa. Essa parte do sul de Tilmun é o destino de Enkidu, para trabalhar com outros homens condenados nas entranhas da Terra, na extração dos veios preciosos.

– Enkidu não sabe o veredicto ainda, mas teve um sonho sobre isso – disse Gilgamesh. – Será que minha oração o trouxe de volta à vida só para comer poeira na escuridão? Sem água ele perecerá!

– Um passo de cada vez – disse Ninsun a Gilgamesh. – Ao longo das margens do Mar Superior corre uma rota de caravanas que liga as terras do Senhor Adad com Magan e as outras terras dos Enkiitas. Ao sul da rota, escondida por uma cadeia de montanhas, encontra-se uma planície secreta. É o coração da Quarta Região, proibido aos homens. Nenhum mortal pode entrar naquela zona e viver, pois ali foi estabelecido o Local dos Foguetes.

Ela apontou para o local com a vara.

– Esse é o lugar da morada secreta de Ziusudra. É onde a Planta da Vida cresce.

– Como vou chegar ao local, entrar lá e ficar vivo?

– Existe uma rota de terra conhecida apenas pelos Anunnaki. Aqui, deixe-me indicá-la para você. Um rio, o Rio Cadente é seu nome, começa em lagos não muito longe da Montanha dos Cedros. Das montanhas ele flui para um mar interior, o Mar de Sal. Onde o mar começa e termina, há pontos de travessia que se conectam às rotas que levam a Tilmun. Apesar de desolado, este é o caminho que você deveria tomar, não fosse por Enkidu.

Ele olhou para a mãe, intrigado.

– Por causa da sentença imposta a Enkidu, você não deve tomar nenhuma das rotas terrestres. Em vez disso, você deve chegar ao seu destino pelo mar!

– Pelo mar?

– Sim. Você vai anunciar que, por conta de sua amizade com Enkidu, decidiu acompanhá-lo na última viagem dele. Ishtar, eu espero, será persuadida e permitirá. Você vai tomar um barco de Magan que navega pela costa oeste de Tilmun. – Ela apontou o caminho com a vara. – O porto de minério está aqui. Você vai deixar Enkidu lá, mas não vai voltar atrás. Continuará a subir pela costa, não todo o caminho para Magan, mas para esse ponto aqui. Lembre-se bem, Gilgamesh, porque o lugar é desconhecido para os navegadores. Lá você vai dizer adeus à tripulação e continuar sozinho. Os homens e o barco vão aguardar seu retorno ali, por isso certifique-se de que o barco tenha provisões suficientes.

– Entendo – disse Gilgamesh. – O que acontece então?

– A partir da costa, dirija seus passos em direção ao leste. Há uma passagem na cadeia de montanhas que circundam a zona proibida. Continue caminhando até que os guardiões do Lugar dos Foguetes o parem. Conte-lhes quem você é e que veio para encontrar Ziusudra, e eles vão direcioná-lo para ele.

– E eles, e Ziusudra, vão acreditar em mim?

– Mostre-lhes isso – ela respondeu.

Ninsun fez a frente do altar abrir e tirou de lá dois objetos.

– Minha Tábua dos Destinos, e outra exatamente igual! – exclamou Gilgamesh.

– Sim, exceto que a réplica perfeita é diferente. Nela, as marcações são visíveis e a escrita foi convertida à de Edin, assim Ziusudra poderá lê-la. É essa réplica que você vai levar consigo. A tábua verdadeira deve permanecer aqui, escondida nesse altar.

– Farei tudo como você diz, minha mãe – disse Gilgamesh, e pegou a réplica dela.

Ninsun estava colocando a Tábua dos Destinos autêntica de volta no esconderijo quando um ruído agudo os assustou. Ela se virou para olhar para a porta, vislumbrando uma figura desaparecendo.

– É alguém com vestes de metal – ela gritou. – Rápido, Gilgamesh, pegue o intruso!

Por um momento, Gilgamesh ficou sem entender. Em seguida, com passos largos, chegou à sala ao lado. Não havia ninguém lá, mas a porta externa estava aberta. Ele correu para fora, sem saber exatamente atrás de quem. Lá fora o pátio já estava cheio de pessoas, doentes, velhos, mães com seus jovens, de cócoras, em pé, fiando. Quem quer que fosse que havia entrado na residência privada de Ninsun agora estava escondido no meio da multidão. O portão principal do complexo estava aberto, repleto de pessoas que tentavam entrar e que estavam saindo.

Gilgamesh olhou para trás. Sua mãe estava em pé na porta.

– Quem quer que seja o intruso – disse enquanto se voltava para ela –, ele desapareceu.

– Eu me pergunto quem poderia ser – Ninsun respondeu –, e qual seu propósito.

– Provavelmente um mendigo, em busca de algo para roubar.

– Um mendigo com metal sobre si, roubar de uma deusa?

– Quem sabe? – disse Gilgamesh. – Algumas pessoas agarrarão qualquer coisa se puderem fugir com ela.

– Eu me pergunto – disse Ninsun. – A tentativa de Marduk e Nabu de capturá-lo, Gilgamesh, mostrou que Erech é também um prêmio na competição entre os clãs.

– Você não me contou como a reclamação de Nabu foi tratada – disse ele.

– Alegando que estavam apenas tentando salvar a você e Enkidu, Utu não tinha de prestar explicações e teve apenas que se desculpar. Mas todos sabiam que havia mais no incidente do que os olhos viam. Tenha cuidado em sua viagem, Gilgamesh. E seu filho enquanto você estiver fora? Gostaria que ele ficasse comigo?

– Você está realmente preocupada, minha mãe – disse Gilgamesh, beijando-lhe a mão. – Acho que Urnungal deve ficar no palácio, como convém ao príncipe herdeiro. Niglugal irá ficar de olho nele.

– Niglugal... Quanto você pode confiar nele, Gilgamesh?

– Ele vem me servindo bem e, antes disso, fez o mesmo a meu pai.

– Sim, mas seu pai era também o pai de Enkullab. Enquanto você assiste às intrigas no templo, não perca de vista o palácio, Gilgamesh!

Ela estendeu a mão e acariciou seu cabelo encaracolado.

– Agora, vamos ver como Enkidu está.

Em seu local de descanso, Enkidu dormia. Respirava com firmeza, ritmicamente.

– Ele está se recuperando bem – disse Ninsun.

– Quem deve lhe dizer sobre seu destino? – perguntou Gilgamesh. – Trabalhar nas entranhas da Terra?

– Você, pois é você quem o levará até lá – Ninsun respondeu.

Capítulo 12

Três dias depois, Ninsun mandou dizer a Gilgamesh que a grande Senhora Ishtar dera seu consentimento para a viagem marítima de Gilgamesh e Enkidu, e, em seguida, o palácio foi mobilizado para os preparativos.

Emissários foram enviados a Ur e Eridu para encontrar um navio de Magan grande e forte o suficiente para a viagem perigosa. Eles conseguiram um acordo com seu capitão, e assim o navio navegou rio acima, e em seguida foi puxado por fortes homens de Erech, que, usando cordas, manobraram o navio em um canal fora da cidade. Lá, os melhores carpinteiros e madeireiros reforçaram a quilha do navio com madeiras selecionadas, importadas de terras longínquas. Eles o adaptaram com novos mastros de troncos de árvores retas. Velas de três camadas, costuradas pelas melhores costureiras de Erech, foram anexadas aos mastros. Ferreiros da cidade também foram encarregados de produzir armas fortes para a tripulação do navio e um machado de desenho novo foi especialmente forjado para Gilgamesh. Ele nomeou a arma de Poder do Heroísmo.

Enquanto as preparações progrediam, Gilgamesh se tornou um visitante frequente do cais especial, onde o navio estava sendo equipado. Ele ia até lá escoltado por um pelotão de soldados da guarda do palácio. Normalmente o pelotão era comandado por um capitão da guarda, mas um dia Gilgamesh pediu a Kaba, o comandante de todas as tropas, para acompanhá-lo.

Apesar de a juventude ser a regra entre os soldados, Kaba era uma exceção. O corpo grande e musculoso escondia a idade. Só a barba grossa, cuidadosamente aparada, mas toda cinza, e as muitas rugas em seu rosto bronzeado pelo sol atestavam os anos passados. Ele, quando Gilgamesh era ainda um garoto, treinara o rei nas artes marciais, e agora estava treinando o filho de Gilgamesh, o menino Urnungal.

– É um bom barco – disse Kaba depois de terem chegado ao cais, enquanto circulavam o navio, examinando-o de todos os lados.

– Deve ser – Gilgamesh respondeu. – Está destinado a uma longa e perigosa jornada. Vamos precisar de um complemento de 50 soldados para ele, Kaba, porque uma boa parte da rota contorna as terras dos Shagaz. Você pode conseguir esse número de voluntários?

– Serei o primeiro a me oferecer – disse Kaba.

Gilgamesh colocou a mão no ombro do comandante da tropa.

– Não, não você, Kaba – disse. – Você serviu a meu pai, serviu a mim, e pode ter de servir ao próximo rei, meu filho, Urnungal. Seu lugar é aqui!

– Não entendo – respondeu-lhe Kaba. – O rei apenas levará Enkidu ao seu destino e retornará. Niglugal pode ser o regente temporariamente.

– O destino é imprevisível e o futuro é sempre cheio de surpresas, meu leal Kaba. Posso contar com você para guardar Urnungal com sua vida e protegê-lo, não importa de onde ou de quem venha o perigo?

– Por minha vida que pode – disse Kaba.

De volta ao palácio, Kaba convocou as tropas. Contou-lhes a respeito da jornada de Enkidu para a Terra das Minas, pedindo 50 voluntários. Como muitos se adiantaram, ele negou alguns.

– Quem tem uma casa a que ainda não foi dedicado – disse ele –, que possa ir para sua casa. Quem tem uma mãe que é viúva, que possa estar com sua mãe. Aquele que é casado, mas ainda não tem filho, que permaneça com sua esposa.

Tendo desconsiderado tais indivíduos, Kaba escolheu os melhores homens dos voluntários restantes. Ele os apresentou ao rei, que concedeu a cada um o epíteto “Filho Heroico de Erech”. Em seguida, os armeiros foram chamados. Equiparam cada um dos 50 heróis com uma armadura feita de couro seco e endurecido e colocaram novas armas nas mãos deles.

Quando tudo estava pronto, os 50 heróis, acompanhados por uma multidão de pessoas da cidade, saíram para embarcar no navio. Foram seguidos por uma caravana de carroças carregadas com provisões de alimentos, água, vários vinhos e óleo para cozinhar e para a luz.

Na multidão havia muitos, especialmente as mulheres que eram as mães, esposas ou namoradas, que choravam ao ver seus entes queridos marchando para uma viagem longa e perigosa. Mas os heróis estavam alegres, ansiosos pela aventura, confiantes de superar todos os perigos e inimigos, e garantir a bravura que os escribas iriam gravar e alunos recitariam em dias por vir.

* * *

Já estava anoitecendo quando Gilgamesh foi falar a Enkidu sobre a viagem da qual ele não voltaria.

Embora estivesse muito recuperado, ainda era mantido sob os cuidados de Ninsun no complexo médico. Gilgamesh o encontrou sentado em um banco de madeira no pequeno jardim do complexo, atrás da residência privada de Ninsun. Enkidu estava de frente para o sol poente quando ouviu os passos que se aproximavam. Ele ergueu os olhos e viu Gilgamesh, e sorriu.

– Gilgamesh, meu camarada – disse suavemente –, estive esperando por você.

– Aqui estou eu, meu amigo – disse Gilgamesh.

Pegou a mão de Enkidu para cumprimentá-lo e para verificar se os inchaços haviam diminuído.

– Você veio para me buscar? É hora de irmos? – perguntou Enkidu.

Gilgamesh foi pego de surpresa.

– Que conversa é essa?

Enkidu sorriu ironicamente.

– Meu camarada, deixe que eu fale as palavras que estão sufocadas dentro de sua garganta. Tive uma visão e não estou mais aterrorizado. O emissário dos deuses apareceu para mim na visão, uma imagem brilhante no ar na frente de meus olhos, movendo-se e falando em plena luz do dia, ainda que ninguém estivesse realmente lá! Eu lhe digo, Gilgamesh, era como se eu estivesse dormindo e sonhando, mas não era noite e eu estava bem acordado!

– Já ouvi falar de tais aparições. Elas são consideradas uma bênção.

– Talvez... Meu sonho com os alados, ele me explicou; meu destino de labutar nas profundezas da Terra, ele revelou para mim. Que você seria meu companheiro, ele me assegurou. Mas antes que eu pudesse perguntar por que você também iria e como seguiríamos nessa jornada, a aparição sumiu e a visão se foi.

Olhou para Gilgamesh, os olhos tristes exigindo uma resposta.

– A revelação divina não pode ser negada – disse Gilgamesh. – Mas não é sua jornada que irei acompanhar, ao contrário.

– Você fala em enigmas – Enkidu disse ao amigo.

– Depois de levá-lo ao local designado, Enkidu, não voltarei a Erech.. Em vez disso, vou continuar a viagem. Pretendo ir para o Local dos Foguetes, Enkidu. O que nós não conseguimos atingir no Campo de Pouso, lá em Tilmun vou alcançar!

Enkidu balançou a cabeça em descrença.

– É uma jornada imprudente. Você pode arriscar a vida por nada – comentou, e pegou a mão do amigo. – Meu camarada, quando os deuses criaram o homem, eles não concederam à humanidade a vida sem fim. Fique em Erech, e os muitos dias ainda por vir em sua cota vão contar como uma bênção! De cada dia restante, faça um banquete! Seja alegre, encha a barriga, tome banho em água das fontes, use suas vestes reais, preste atenção ao filho que segura sua mão! E, quanto à morte, não ligue para ela. Quando ela vier, abrace-a, sem medo!

A mão de Gilgamesh sacudiu, e Enkidu olhou para o companheiro. Gilgamesh puxou a mão para trás, mas Enkidu segurou-a com firmeza.

– Qual é o problema? – perguntou.

– Eu ia lhe dizer mais tarde – disse Gilgamesh –, mas posso revelar meu segredo para você agora. Embora tenha sido poupado de uma sentença de morte, os meus dias, Enkidu, estão contados. Toquei um objeto divino, a obra do grande Senhor Anu, e, portanto, fui amaldiçoado.

A mão tremeu novamente.

– Há morte em meus ossos, Enkidu. Por isso estou empreendendo a viagem para Tilmun. A grande Curandeira, a Senhora Ninharsag, revelou um segredo para minha mãe. Uma fruta que protege da morte cresce em Tilmun. Se eu a conseguir, meus dias ela vai prolongar.

Enkidu olhou para o amigo.

– Se não fosse por esse segredo, eu teria insistido para você desistir dessa viagem imprudente – afirmou. – Nunca ouvi falar dessa fruta antes, mas, se a grande Senhora Ninharsag sabe disso, deve ser verdade. Onde é o lugar que ela cresce?

– Minha mãe apontou para mim em um mapa – disse Gilgamesh.

– Um lugar secreto dos deuses?

– Fica além do lugar em que vamos desembarcá-lo.

– Bem, então – disse Enkidu –, deixe-me agradecer à sua mãe por ter me curado, antes que seja hora de partir.

* * *

Uma penumbra após o pôr do sol prevalecia quando os dois foram conduzidos pela serva à presença de Ninsun. Ela estava sentada em sua poltrona favorita, vestindo uma roupa feita de lã fina de cordeiro. Um colar de lápis-lazúli adornava seu peito e uma tiara de dentes de marfim coroava seu cabelo. Lâmpadas de óleo lançavam luzes vermelho-douradas sobre ela, projetando sombras atrás de Ninsun.

Os dois se inclinaram para o chão.

– Eu estava esperando por vocês – disse Ninsun, e acenou-lhes para se sentar em frente a ela.

– Chegou a hora, mãe divina – Gilgamesh murmurou.

– Grande rainha celestial – Enkidu disse –, eu vim para lhe agradecer e dizer adeus.

– Tenho orado para os grandes senhores pelos dois – respondeu ela. – Para o grande Senhor Anu, que está nos Céus, e para o grande Senhor Enlil, que governa a Terra, e ao Senhor Utu, que comanda os Águias. Agora, Gilgamesh, antes de sair, vá para a sala do altar e faça suas orações também.

Gilgamesh se levantou e foi para a sala interior. Havia um brilho dourado estranho pairando como uma névoa sobre o altar. Ajoelhou-se diante dele, ergueu as mãos e falou devagar e com suavidade.

– Oh, grande Anu, perdoe minhas transgressões. Oh, grande Enlil, prolongue sua misericórdia para comigo. Oh, Utu, o Senhor dos Águias, abra suas asas protetoras sobre mim. No Local dos Foguetes desejo entrar. Sejam meus aliados! Onde os foguetes espaciais se elevam, inscrevam meu nome para sempre!

Ele se levantou e voltou à presença de Ninsun. Ela se curvou, beijou-o na testa. Então estendeu a mão e colocou-a sobre a cabeça de Enkidu.

– Seja abençoado, Enkidu – disse. – Ainda que as orações não sejam para seus lábios, os meus não deixarão de pronunciar seu nome. Talvez um dia o Senhor Enki encontre uma maneira de redimir sua sentença.

Ela fez sinal para eles se levantarem. Gilgamesh agarrou a mão da mãe e beijou-a. Ela o abraçou e, em seguida, afastou-o.

– Você não fez uma oração para a Senhora Ishtar – disse. – Mas ela tem sido injustiçada por você por conta da Tábua dos Destinos que para ela se destina. Depois que você se for, vou fazer as pazes com Ishtar.

– Não, a tábua... – Gilgamesh começou a falar.

Ninsun levantou a mão para silenciá-lo.

– Vá, e que os deuses estejam com vocês – disse quando se virou em direção à sala interior.

Eles podiam ouvir seus soluços. Gilgamesh ainda deu um passo para o outro quarto, mas Enkidu o puxou de volta.

– A sorte está lançada – disse. – Vamos.

* * *

Em comparação aos banquetes que costumavam ser realizados no palácio, aquela última refeição da noite foi solene e austera. Ela ocorria não no Grande Salão, mas nos aposentos privados do rei, e não havia comemoração ou cantos ou consumo de vinho e cerveja, mas apenas uma conversa tranquila e um pouco de vinho para uma digestão melhor.

Tampouco notáveis do palácio, heróis, emissários de perto e de longe, e sábios de conhecimento variado vieram se juntar ao rei. Nessa última noite antes da partida decisiva apenas quatro pessoas participavam da refeição: Gilgamesh, Enkidu, que só bebia água, Niglugal e o único filho do rei, Urnungal. Pela conversa e pelos olhares trocados, era evidente que o centro das atenções era o adolescente entre eles.

– Meu filho – Gilgamesh disse quando a refeição terminou e os serviçais foram dispensados –, em uma longa e perigosa viagem embarcarei no dia seguinte ao amanhecer. Essa não é uma partida às pressas, mas realizada com grande ponderação e preparação. A tarefa imposta por um julgamento divino eu devo executar. É para acompanhar meu fraternal camarada, Enkidu, que vai habitar a partir de agora a terra sem retorno.

– Ele nunca vai voltar? – perguntou Urnungal. – Isso é um absurdo!

– Esse é o julgamento dos deuses por causa da morte do Touro do Céu – disse Gilgamesh.

– Sempre pensarei em você, Urnungal – disse Enkidu, estendendo os braços para ele –, e você pode sempre me manter ao seu lado com a visão de sua mente. Lembre-se de nossas partidas de luta, das conversas na estepe e as criaturas de lá, os contos de magia dos deuses... Você se lembrará de tudo isso, Urnungal?

O menino se levantou e aproximou-se de Enkidu. Ele usava um robe simples curto, e somente suas franjas coloridas indicavam sua posição nobre. O cabelo preto era tão grosso quanto a juba de um leão e a estatura e ombros largos estavam próximos aos de seu pai. Estendeu o braço para Enkidu e os dois cruzaram braços no cumprimento à moda dos heróis.

– Enkidu – disse o menino –, contarei histórias a seu respeito até o fim de meus dias!

– Isso é o suficiente para mim! – disse Enkidu, e abraçou Urnungal.

– E você, pai, quando vai voltar? – Urnungal perguntou.

– É difícil prever – disse Gilgamesh –, pois a viagem é longa e perigosa... – Sua mão sacudiu enquanto ele falava.

Urnungal pegou a mão do pai que tremia.

– Você está com esse demônio na mão desde o final do festival de Ano-Novo – observou. – Você está bem, meu pai?

– É claro! – disse Gilgamesh, olhando para os outros. – É apenas esforço excessivo. Agora, meu filho, uma conversa séria. – Ele apontou para o filho, e o garoto colocou as mãos nas do pai. – Ainda que você não seja dois terços divino como eu, o sangue dos deuses corre em suas veias, Urnungal. Para a realeza você está destinado desde o dia em que nasceu!

– Urnungal é o príncipe – exclamou Niglugal.

– Mais do que isso – disse Gilgamesh, sem olhar para Niglugal e focando o olhar sobre Urnungal. – Meu filho, a partir do momento em que eu sair, você não deve ser apenas o Príncipe da Coroa, mas o Herdeiro por Direito. Apesar de jovem em anos, um homem você deverá ser! Ouça os conselhos de Niglugal, consulte minha mãe, Ninsun, e então faça o que seu coração lhe disser para fazer.

– Sábias palavras – disse Niglugal. – Se o menino fosse um pouco mais velho...

– A realeza está em seu sangue – Gilgamesh respondeu, com seus olhos buscando os de Niglugal.

Niglugal estendeu o braço e cruzou-o com o de Urnungal.

– Vou atendê-lo tão fielmente quanto tenho servido ao seu pai – prometeu.

Havia lágrimas nos olhos de Urnungal. Gilgamesh passou os dedos pelo cabelo encaracolado preto e grosso do filho.

– Assim como os de sua mãe, pretos como de um corvo – disse suavemente. Então ele virou Urnungal para encará-lo. – Meu filho, quero que você ouça isso antes de eu partir. Desde que sua mãe morreu, fui inquieto. Por causa da ausência dela ao meu lado, os colos de muitas mulheres compartilhei. Havia sempre muitas, mas nunca uma. Nenhuma a substituiu no trono de meu reinado, nem no meu coração. Nenhuma mulher eu tomei como esposa!

– Obrigado por me dizer isso – Urnungal disse, beijando o pai na bochecha.

– Agora vá para seus aposentos e durma até tarde como você deseja – disse Gilgamesh.

Relutante, mas obedecendo, Urnungal deixou a sala; os olhos deles o seguiram enquanto ele partia. Niglugal foi o primeiro a quebrar o silêncio que se seguiu.

– Uma despedida triste, como se a separação devesse ser longa... Você não disse nada sobre um regente, nem por quanto tempo devemos aguardar seu retorno, meu rei.

Gilgamesh levantou uma sobrancelha.

– O próximo Festival de Ano-Novo, que é o tempo previsto acordado com Ishtar. Se até lá eu não retornar, Urnungal deve juntar-se à deusa em sua cama e tornar-se rei de Erech.

Niglugal ergueu a cabeça.

– O menino não teria 18 anos – disse ele.

– Ele é o Herdeiro! – Gilgamesh respondeu. – Além disso, você está subestimando as habilidades de Ishtar...

Enkidu explodiu em gargalhadas. Niglugal sorriu.

– Nunca é cedo demais? – ele perguntou.

– Nesse tom alegre, vamos nos retirar para a noite – disse Gilgamesh.

– Eu vou para o meu quarto de dormir, Enkidu. Você pode dormir onde quiser. Saímos pela manhã.

Quando o rei e Niglugal deixaram os aposentos, Enkidu permaneceu sentado, com um olhar vazio.

– Vejo uma águia de asas abertas, imóvel no céu, por todo o caminho no horizonte – sussurrou.

* * *

A partida de Gilgamesh e Enkidu foi um acontecimento moderado. Niglugal enviou vários mensageiros com o navio; eles voltaram para Erech sucessivamente para relatar o progresso do navio ao sul. No sétimo dia, o último batedor voltou, relatando que o navio deixara Eridu e partira para o Mar Menor. A partir dali, o navio e seus passageiros e tripulantes estavam por conta própria, sem que se esperasse qualquer outra palavra sobre seu progresso e fortuna até o retorno ao Edin.

No palácio, o clima manteve-se moderado. Urnungal, fugindo das lições de armas, perambulava sem rumo pelo palácio.

Niglugal convocou Kaba à sua câmara.

– O rei Gilgamesh embarcou em uma jornada perigosa – disse ele –, deixando para trás uma população inquieta e um Sumo Sacerdote conspirador.

– Estou ciente disso – disse Kaba. – É por isso que o rei está contando com nossa lealdade.

– Bem falado, Kaba – disse Niglugal. – Mas e se o Sumo Sacerdote fizer um movimento para depor o rei em sua ausência?

– Só a Senhora Ishtar pode fazer isso – respondeu Kaba.

– O Sumo Sacerdote não deve ser subestimado, Kaba. Ele poderia espalhar boatos, influenciar a deusa...

– Depor Gilgamesh vai apenas colocar seu filho no trono. Por que Enkullab faria isso?

– Urnungal é apenas um menino – Niglugal respondeu. – Maturidade e experiência podem se tornar necessárias...

Kaba se levantou.

– O rei mal partiu.

– Só estou pensando em precauções, Kaba. Só estou tentando estar pronto, se os outros fizerem alguma jogada. Nós não precisamos de motins, revoltas ou desordem, não é?

Kaba concordou com a cabeça.

– Você entende que como camareiro é meu dever e prerrogativa conduzir os negócios reais... – Niglugal pausou. – No entanto, se uma emergência surgir, vai ser minha intenção constituir a mim mesmo, o menino, e a você, como um conselho de regência. De acordo?

Kaba estava inquieto.

– Concordo – ele finalmente respondeu.

– Bom – disse Niglugal. – Agora deixe seus espiões na cidade e no templo aguçarem os olhos e ouvidos para que não enfrentemos surpresas... E isso inclui a Casa de Ressuscitação de Ninsun.

– Nós removemos a vigilância de lá ontem. Após a notícia da passagem do navio além de Eridu ser recebida, a deusa se mudou para sua residência no Recinto Sagrado.

– Entendo – disse Niglugal. – Diga a seus homens que a mantenham sob observação lá, então.

* * *

Foi no dia seguinte que um sacerdote jovem correu para os aposentos de Ninsun com um pedido do Sumo Sacerdote para que ela viesse rapidamente, para socorrer um sacerdote de alta posição.

Era um pedido muito incomum, e Ninsun sugeriu que o sacerdote doente fosse levado para a Casa de Ressuscitação, onde ela o examinaria quando fosse tratar dos outros pacientes. Mas o jovem sacerdote era persistente.

– Uma doença muito peculiar tomou conta dele – insistiu. – Uma praga incomum... Ninguém vai tocá-lo, grande senhora, ninguém vai entrar em seus aposentos. Venha depressa, antes que a praga se espalhe!

Impressionada com o medo e a emoção genuína do jovem sacerdote, Ninsun colocou um xale e seguiu o rapaz. Sacerdotes caíram de joelhos e curvaram-se quando ela passou por seus aposentos. Em uma pequena sala foi recebida pelo Sumo Sacerdote; em vez de inimizade, havia medo nos olhos dele. Curvou-se até o chão e beijou a orla do manto de Ninsun.

– A peste, uma praga das mais incomuns, atingiu-o – explicou, com a voz tremendo. – A ira dos grandes deuses Anu e Enlil está sobre este lugar! Salve-nos, salve a todos nós!

– Onde está o sacerdote adoecido – ela perguntou secamente, olhando para Enkullab com óbvio desdém.

– Ele é Anubani, e está lá dentro, passando pela porta...

Ninsun entrou na sala à meia-luz, a única iluminação vinha através de treliças no topo de uma parede perto do teto. Anubani estava deitado de costas em cima de uma cama de madeira, seminu. Ele se mantinha imóvel, mas os olhos seguiram Ninsun quando ela olhou para ele. Havia grandes manchas vermelhas por todo o seu corpo; as mãos estavam inchadas e vermelhas como sangue fresco.

Ela lhe tocou a testa, mas surpreendentemente não havia febre. Tocou a mão dele com a unha e a sacudiu. Ninsun virou as mãos do homem para examinar as palmas; elas estavam marcadas como se tivessem sido queimadas. A deusa olhou nos olhos de Anubani, mas só podia ver o medo extremo.

– Anubani, você pode me ouvir? – perguntou

Ele piscou os olhos.

– Posso ajudá-lo somente se você me disser a verdade... Você foi atingido depois de carregar um objeto nas mãos?

Ele piscou os olhos.

– Um objeto divino?

Os lábios se torceram em um esforço mudo. Então, piscou novamente.

– O que foi?

O sacerdote estava imóvel, incapaz de responder.

– Onde ele está? Você vai morrer, a menos que me diga! – Ninsun gritou.

Anubani soltou um gemido abafado. Dirigiu o olhar a um canto da sala, onde havia um baú.

Ninsun se aproximou e abriu-o. Estava cheio de objetos domésticos, tábuas de argila e vestuário. Ela jogou tudo no chão enquanto examinava o baú. Na sua parte inferior, suas mãos sentiram um pacote embrulhado. Ela o trouxe para fora e desembrulhou.

– Grandes deuses! – exclamou.

Estava segurando a Tábua dos Destinos! Incrédula, virou a tábua nas mãos, olhou atentamente para ela e tocou sua superfície. Não havia nenhuma dúvida. Era a Tábua dos Destinos que fora escondida em seu altar.

Ninsun voltou para Anubani e segurou a tábua na frente de seus olhos, mas ele os fechou em resposta.

– Olhe para mim – ordenou. – Essa é a tábua que você roubou, que suas mãos profanas tocaram?

O homem abriu os olhos, mas não os moveu.

– Você a roubou de minha casa, de dentro do altar sagrado! – Seus olhos se arregalaram mais e ele gemeu.

– Vou fazer-lhe bem o suficiente para que possa falar – disse Ninsun, enquanto envolvia a tábua de volta no pano.

Foi até a porta, onde os outros sacerdotes estavam amontoados.

– Preciso de água – ordenou. – Tragam-me três jarros cheios e panos limpos... E enviem uma mensagem imediatamente para o palácio para que alguns soldados venham para levar esse homem à Casa de Ressuscitação.

Quando os jarros e os panos foram trazidos, ela colocou um jarro em cada lado da cama e mergulhou as mãos de Anubani neles. Mergulhou o pano na água do terceiro jarro e limpou o corpo do homem. O tratamento parecia ter um efeito calmante sobre o sacerdote, pois ele fechou os olhos e adormeceu.

Ninsun usou a pausa para examinar a sala sombria. As paredes estavam nuas, sem qualquer decoração. Um pequeno altar foi criado em um canto, e lá estava o baú. Ninsun abaixou-se para recolher os itens que jogara às pressas ao chão e começou a colocá-los de volta no baú. Pegou uma tábua de argila com escrita sobre ela, e estava prestes a jogá-la no baú também, quando percebeu que a impressão de seu selo parecia familiar. Olhou com mais atenção. Representava um sacerdote de pé ao lado de uma mesa de oferendas perante uma deusa sentada. A inscrição dizia: "Enkullab, Sumo Sacerdote, servo da divina Ishtar".

Ninsun se perguntou o que essa tábua estava fazendo na posse de um sacerdote, mas começou a colocar os pertences de Anubani de volta no baú. Pegou uma placa de terracota. Trazia as imagens dos emblemas de Marduk e Nabu, e Ninsun ficou chocada!

Horrorizada, olhou para Anubani. Os olhos dele ainda estavam fechados. Freneticamente Ninsun procurou a tábua inscrita e, encontrando-a novamente, levou-a para onde a luz era melhor. Suas mãos começaram a tremer quando leu o texto inscrito.

– Convoquem a Senhora Ishtar – ela gritou para os sacerdotes que se reuniam na porta. – Tragam-na aqui imediatamente!

Não houve reação imediata à ordem de Ninsun; em seguida, houve ruídos de comoção e sussurros. O Sumo Sacerdote apareceu à porta.

– Isso é altamente incomum – disse. – E você não disse a nós, grande Curadora, se Anubani vai viver ou morrer.

– O fato de ser altamente incomum não o impediu de me chamar! – Ninsun respondeu com raiva. – A doença é muito grave. Se você não quer que a praga se espalhe, convoque a Senhora Ishtar agora!

– Que assim seja – disse Enkullab. Deu um passo para trás e ordenou a um sacerdote que transmitisse o desejo de Ninsun à deusa Ishtar.

Passou algum tempo até Ishtar aparecer à porta. Ela estava vestida em trajes de piloto, trazia o bastão emissor de raios na mão.

– Por que eu fui perturbada? Por que fui convocada para este lugar sombrio? É melhor você ter uma boa explicação, Ninsun! – disse Ishtar ofensivamente ao entrar na sala.

Ela parou quando viu o sacerdote imóvel na cama, com o corpo coberto de manchas vermelhas, as mãos imersas nos jarros.

– Você me chamou aqui para que eu possa contrair a peste – disse.

– Não é nada que possa prejudicá-la – Ninsun respondeu calmamente.

Pegou a Tábua dos Destinos para Ishtar ver.

– Ele foi atingido por ter tocado a obra de Anu.

– Deixe-me ver isso! – disse Ishtar. Tomou a tábua e a examinou. – É realmente uma Tábua dos Destinos. Como é que esse sacerdote a encontrou?

– Ele não disse, mas acho que sei – Ninsun respondeu. – Foi de dentro da obra de Anu que desceu do céu quando o festival de Ano-Novo terminou.

– Por que um sacerdote meu estaria de posse de uma tábua sagrada?

– Se ele é ou não um sacerdote da Senhora Ishtar, não temos certeza – respondeu Ninsun. – Encontrei isso entre seus pertences, naquele baú.

Entregou a Ishtar a placa de terracota.

– Os emblemas de Marduk e Nabu!– Ishtar gritou. – Meus inimigos jurados!

Ninsun assentiu.

– Um traidor, um espião dentro do Recinto Sagrado.

– Trair a própria deusa e seu Sumo Sacerdote!

– Disso também não se pode ter certeza – respondeu Ninsun. – Eu também encontrei isso escondido no baú...

Ela entregou a Ishtar a tábua inscrita.

– É melhor lê-la antes de proferir outra palavra.

Ishtar reconheceu de imediato o selo do Sumo Sacerdote. Suas mãos começaram a tremer de raiva enquanto lia a inscrição. Olhou para

Ninsun, que assentiu com a cabeça na direção da porta; em seguida, entregou os três objetos de volta para ela.

– Diga a Enkullab para entrar, agora! – Ishtar ordenou. Em um instante, o Sumo Sacerdote entrou hesitante na sala. Ele caiu de joelhos e curvou-se para Ishtar, e em seguida baixou a cabeça em direção a Ninsun.

– Grande senhora, Senhora de Erech – disse ele. – A praga atingiu o Recinto Sagrado. Deve haver transgressão em volta... Isso será expiado.

– Quem é esse sacerdote e como ele contraiu a peste? – Ishtar exigiu, sem indicar para o Sumo Sacerdote se levantar.

– Anubani é seu nome, e a tarefa dele é lidar com suprimentos. Um sacerdote desimportante, pouco conhecido para mim, pessoalmente – disse Enkullab. – Sua doença para mim é um mistério, grande dama. Se a Senhora Ninsun tem uma cura, com certeza ele mesmo poderia nos dizer mais.

– Ele vai ficar bem o suficiente para nos dizer mais – disse Ninsun, olhando para Ishtar.

– Por enquanto, então – Ishtar disse –, talvez você possa explicar isso?

Ela pegou a placa que Ninsun estava segurando e colocou-a perante o rosto de Enkullab.

– Sacrilégio! – Enkullab gritou e cobriu os olhos com as mãos.

– Sim – Ishtar respondeu. – Como é que esse lixo vem contaminar meu próprio Recinto Sagrado?

– Eu deveria ter me informado melhor – disse Enkullab rapidamente. – Uma mensagem chegou para mim dizendo que as idas e vindas de Anubani não eram comuns. Mas ele foi ordenado para o sacerdócio no seminário de Nippur e, assim, foi considerado acima de qualquer suspeita.

– Realmente – disse Ishtar. – E quanto a isso, então? – Pegou a tábua inscrita e ergueu-a. – Este é seu selo, não é?

Instintivamente ele tocou o selo que pendia da corda de couro em torno de seu pescoço.

– É meu selo – afirmou.

– E a mensagem sobre a tábua, também é sua mensagem?

Ela enfiou a tábua nas mãos dele. Enkullab mudou de posição como se fosse levantar, mas Ishtar pressionou o bastão sobre os ombros do homem.

– De joelhos! – ordenou.

Ficando de joelhos, ele começou a ler a tábua. Depois de ler as primeiras linhas, as mãos começaram a tremer e o suor cobriu-lhe a testa.

– Não é o que parece – disse com uma voz trêmula. – Ele escreveu. Pergunte a ele!

– Será que ele forjou o selo, sua assinatura? – perguntou Ishtar com raiva.

– É tudo um engano! – Enkullab implorou. – Foi ele quem me contou sobre Gilgamesh... A interceptação foi ideia dele!

Em seu leito, Anubani soltou um gemido abafado. Os três voltaram para olhá-lo, a tempo de ver suas mãos sacudindo tão violentamente que um dos jarros caiu, quebrando-se em pedaços e derramando água sobre o chão. Ninsun inclinou-se sobre ele, e, em seguida, levantou-se.

– Ele nunca mais vai falar – afirmou.

– É um presságio! – Enkullab gritou. – O maligno foi derrubado! Eu não traí você, minha senhora. Deixe que o grande Senhor Anu seja minha testemunha! – Houve uma comoção na porta, causada por um capitão do palácio com vários soldados.

– Fomos convocados para remover um sacerdote doente... – Ele começou a dizer, então viu as deusas e caiu de joelhos. – Perdoem-me, eu não sabia...

– O sacerdote doente está morto – disse Ishtar. – Agora se levante e prenda esse aqui.

Apontou o bastão para Enkullab.

– Ele será julgado por traição.

– Não, não é verdade! – Enkullab gritou, estendendo as mãos trêmulas. – Eu sou seu servo mais fiel... O pecador foi Gilgamesh, não eu!

– Leve-o daqui antes que eu o transforme em vapor! – Ishtar gritou. – Leve-o ao Templo Branco e convoque os sacerdotes e os Anciãos. Deixe-os testemunhar o julgamento do grande Senhor Anu!

Saltando a seus pés, o capitão colocou a mão no ombro de Enkullab.

- Levante-se e venha conosco - ordenou.

Mas, em vez de se levantar, Enkullab prostrou-se no chão.

- Levante-se! - o capitão gritou. Mas Enkullab permaneceu estirado no chão.

Ninsun se inclinou sobre o Sumo Sacerdote. Ela o tocou e, em seguida, olhou para Ishtar.

- O julgamento do Senhor Anu foi rápido - anunciou-, o Sumo Sacerdote está morto.

Ishtar olhou com descrença para Enkullab morto. Voltou a olhar para o corpo sem vida de Anubani. Então, encarou Ninsun, o capitão e os objetos espalhados no chão molhado.

- Por que estão olhando para mim? Por que estão aqui? - De repente, ela perguntou em voz alta. - E o que são todos esses objetos sujos?

Pegou a placa com os emblemas de Marduk e Nabu e atirou-a ao chão, esmagando-a com o pé.

- Saiam, saiam! - gritou com eles.

Ninsun saiu às pressas, seguida pelo capitão. Ishtar jogou a tábua inscrita contra a parede, quebrando-a em pedaços.

- Traidores! - esbravejou. - Malfeitores, que sujeira! Deu um passo para trás em direção à porta e deixou um raio brilhante explodir de seu bastão. Houve um barulho ensurdecedor, seguido por um incêndio. Em um instante, toda a sala estava em chamas. Ishtar deu um passo para trás, observando as chamas engolirem o corpo de Anubani e, em seguida, o de Enkullab. De repente, sentindo o calor das chamas em seu rosto, virou-se e saiu do prédio.

Os sacerdotes e os soldados que estavam dentro agora haviam saído, amontoados em grupos. Eles logo foram acompanhados por outros sacerdotes que correram para fora do edifício. Todos podiam ver a fumaça subindo através da treliça do teto do quarto de Anubani, então em chamas.

- Deixem o fogo purificar esse lugar do mal! - Ishtar gritou. - Que esse lugar seja queimado até o chão!

Os sacerdotes e os soldados se curvaram ao ouvir aquelas palavras.

Ishtar olhou ao redor do grande pátio. Ela viu Ninsun e andou a passos largos para encará-la. Na mão esquerda, Ishtar carregava a Tábua dos Destinos, e ela a levantou para Ninsun ver. Na mão direita segurava a Arma de Brilho, que apontou para Ninsun.

– Agora me fale sobre a Tábua dos Destinos – ordenou.

– Gilgamesh a encontrou dentro da obra de Anu, na noite das estrelas cadentes – respondeu Ninsun. Ela falou com calma, medindo as palavras. – Pensou que era um presságio de Anu para ele. Sendo dois terços divino, ele tinha direito...

– Foi um presságio para ele? – Ishtar interrompeu.

– Não... Era uma mensagem para você. Eu ia lhe entregar assim que Gilgamesh estivesse em segurança em sua viagem.

– Não posso acreditar em meus próprios ouvidos! – disse Ishtar com raiva. – Em primeiro lugar seu filho pegou um objeto divino não destinado a ele, então você ousou impedir que eu recebesse a mensagem de Anu?

– Foi tudo por causa de Gilgamesh – disse Ninsun, inclinando a cabeça.

– Malditos sejam você e seu filho! – Ishtar gritou, apontando o bastão para a Ninsun.

– Puna a mim, mas deixe Gilgamesh viver – Ninsun implorou, levantando os olhos para enfrentar Ishtar.

Ishtar hesitou, depois abaixou a arma.

– Este será o castigo – declarou. – Condenada a permanecer na Terra, você verá Gilgamesh sempre buscar a vida eterna, mas nunca a encontrar!

E, tendo dito isso, ela se virou e foi embora.

Capítulo 13

Foi por volta do momento em que Enkullab, o Sumo Sacerdote, era derrubado pela mão invisível do Senhor do Céu que uma visão peculiar apareceu para aqueles a bordo do navio do rei.

Até então, a navegação havia sido tranquila, exceto pela emoção e novidade de eles se encontrarem sobre a superfície de águas aparentemente intermináveis, sem nenhuma terra à vista de ambos os lados. Essa era uma experiência e uma visão nunca antes vivida por Gilgamesh ou Enkidu ou pelos 50 heróis que os acompanhavam. Estes últimos haviam começado a cantar quando o navio deixara os pântanos de Eridu e entrara no Mar Inferior, e Gilgamesh, relembrando seus tempos de juventude, juntara-se a eles. Então, conforme os ventos passaram a cessar de vez em quando e os heróis tiveram de emprestar uma mão aos marinheiros e ajudar nas remadas, a rotina caiu sobre os passageiros e tripulantes. Para aliviar, Gilgamesh organizou exercícios com armas, e Enkidu, embora subjugado e não participante, passou a dar aulas de luta.

E assim, conforme noite seguiu dia e dia seguiu noite, o navio fez um bom progresso em direção ao sul.

O ex-proprietário do navio, chamado Lugulbal, que fora contratado para continuar como capitão e navegador do navio, ocasionalmente o levava para mais perto da costa direita para se orientar. Explicou que eles seguiriam os contornos da Terra dos Shagaz, primeiro pelo Mar Inferior até chegarem ao local onde suas extremidades se uniam, e então seguiriam paralelamente à costa até que o Mar dos Antigos fosse alcançado. Então, disse, eles navegariam com o sol nascente não à sua esquerda como no início, mas à direita. Na ponta do Mar dos Antigos, segundo ele, estava Magan. Perto do fim da viagem, à direita, navegariam por Tilmun. Lá, Lugulbal advertiu, não deveriam se atrasar em nada, e se Enkidu devesse ser levado para fora, isso deveria ser feito logo após o nascer do sol, quando os espíritos dos mortos e os demônios dos deuses condenados tinham seu descanso.

Foi em uma dessas aproximações da costa, ao mesmo tempo em que os acontecimentos fatídicos estavam ocorrendo em Erech, que os céus foram subitamente preenchidos por nuvens pesadas, lançando sombras escuras sobre o navio. Normalmente, o capitão explicou, essas nuvens indicavam a aproximação de uma tempestade. Mas, dessa vez, até mesmo a brisa que soprava as velas do navio morrera, e um estranho silêncio se estabeleceu sobre o mar.

– Pelos grandes senhores! – disse Lugulbal. – Nunca vi algo tão contraditório... Nuvens de tempestade no céu e uma quietude mortal sobre as águas.

Ele ordenou que a tripulação e os heróis assumissem os remos.

– Vamos nos aproximar da terra. Pode ser mais seguro lá.

Mas, conforme eles começaram a remar, o medo cresceu, pois, à medida que o navio se aproximava da costa, as nuvens pesadas pareciam mover-se da mesma forma, de modo que as sombras escuras continuavam a cobrir o navio. A distância, em todas as direções, eles podiam ver os raios brilhantes do sol iluminando as águas. No entanto, o navio, mesmo enquanto se movia, estava sob a escuridão. O som das remadas também era peculiar, pois os remos, que entravam e saíam da água, mal emitiam algum som.

– Pelos grandes senhores! – disse Lugulbal. – Um demônio está engolindo os sons!

– Leve-nos de volta para o meio do mar – Enkidu, que pouco havia falado até então, disse de repente.

– Estamos quase perto da praia, vamos pôr âncora e ficar perto da segurança da terra – disse Lugulbal, apontando com a mão.

E, de fato, eles estavam perto da costa plana.

– Eu vejo um homem! – o vigia, que subira em um dos mastros, gritou.

Todos olharam na direção indicada por ele. À frente, à esquerda, um promontório surgia da planície do litoral, e sobre ele era possível distinguir a silhueta de um homem. Era alto e largo, seu imenso corpo coberto com um xale preto. Quanto mais se aproximavam, maior o homem parecia. Usava um capacete de formato estranho, cuja aparência nenhum deles tinha visto antes, cobrindo a maior parte do rosto.

– É um gigante! – um dos heróis gritou.

– É um demônio! – gritou um dos marinheiros.

– É um deus, não um homem – disse Enkidu.

– Pare o remo! Não cheguem mais perto da costa! – Lugulbal ordenou.

Abandonando os remos, todos lotaram o convés, esforçando-se para ver a aparição estranha. O silêncio ainda estava ao redor deles; o mar estava calmo e as velas penduradas, retas, sem nem mesmo uma brisa para movê-las. O homem, ou quem quer que fosse, estava no topo do promontório, imóvel como uma estátua.

Com medo dos deuses, alguns dos marinheiros caíram de joelhos e começaram a orar por suas vidas.

– Estamos condenados! Estamos condenados! – gritaram, ignorando as ordens do capitão para parar. Os heróis, cheios de apreensão, olhavam para Gilgamesh, buscando sua segurança e liderança.

– Pela vida de Ninsun, minha mãe que me deu à luz! – disse Gilgamesh em voz alta para todos ouvirem. – Por acaso me transformei em uma criança desnorteada no colo da mãe? Pela vida de meu antepassado Lugalbanda, herói dos heróis! Dê-me minha arma e vou lutar contra esse homem, se um homem ele for, ou contra esse deus, se um deus ele for!

Mas, mesmo antes que a armadura e as armas de Gilgamesh pudessem ser trazidas a ele, o vigia gritou novamente.

– Olhem! Vejam! Ele... O homem... – o vigia estava sem palavras, mas seu grito alertou-os para fixar os olhos no promontório. Lá, o ser tirou acapa, revelando um par de asas. Em cada uma das mãos segurava um objeto circular pela alça. A parte superior do corpo estava nua; a parte inferior estava coberta por uma roupa apertada. Enquanto todos ficaram estarrecidos no convés, o ser alado virou o objeto que trazia na mão direita. Os homens no navio viram um brilho saindo dele, e em um instante o navio estava inundado por uma luz como a do sol. Em seguida, o brilho esmaeceu, e o ser alado virou o objeto na mão esquerda. Um brilho semelhante ao primeiro engoliu o navio. E então, depois que esmaeceu, a luz inicial brilhou mais uma vez. Mais uma vez e mais outra, os brilhos se alternavam, e, conforme eles o faziam, o navio começou a virar lentamente, depois mais e mais rápido, até que ele estava em um giro vertiginoso.

Quando as cordas, equipamentos, bolsas e frascos começaram a balançar, todos os que estavam a bordo tiveram de se agarrar a algo para não cair. Houve gritos de medo e desamparo conforme os marinheiros e heróis caíam e se machucavam.

Segurando um ao outro e aos mastros do navio, Gilgamesh e Enkidu tentavam ficar firmes, mesmo quando o navio virou mais e mais rápido, atraído cada vez mais para perto da costa.

– É um furacão! – Gilgamesh gritou para Enkidu.

– Um furacão de areia, mas não de água! – Enkidu gritou de volta. – A água está subindo!

Soltou uma mão do mastro e apontou para o mar. Gilgamesh olhou com espanto. A água estava subindo ao redor do navio!

– O navio está afundando! – Enkidu gritou. – Pule! Pule para fora do navio!

Como Gilgamesh não o compreendia, Enkidu gesticulou com as mãos. Mas, por ter soltado as mãos, Enkidu foi arremessado e imediatamente envolto na pilha giratória de objetos e homens. Tentando ajudar o companheiro, Gilgamesh também deixou seu apoio e foi imediatamente capturado pelo redemoinho. Balançou as mãos sem rumo até que sentiu a mão forte de Enkidu pegando-o pelo braço. Eles estavam a poucos passos da lateral do navio e, com um poderoso tranco, Enkidu empurrou a massa de pessoas, objetos e detritos emaranhados para fora de seu caminho, puxando Gilgamesh consigo. A água já estava no nível do convés quando Enkidu saltou, ainda segurando Gilgamesh firmemente.

– Nade para longe! – Enkidu gritou, golpeando a água com a mão livre.

– Não consigo! – Gilgamesh gritou de volta. – A água está me puxando para baixo!

Por um momento, os dois estavam abaixo da superfície, mas as braçadas poderosas de Enkidu os levaram para cima, permitindo que respirassem. Mais uma vez afundaram, e novamente foram levados à superfície por Enkidu. Então, abruptamente, a correnteza da água parou, e tudo ficou sereno.

Eles olharam em volta. O navio não podia ser visto. Mergulharam e viram que ele afundara. Na água clara, eles podiam ver os marinheiros e heróis enredados nas cordas e detritos, flutuando em posições grotescas, de olhos bem abertos, como se ainda estivessem vivos. Mas estavam todos mortos.

Subindo para a superfície do mar, Enkidu puxou Gilgamesh e começaram a nadar em direção à costa. Não estavam tão perto quanto parecia do convés do navio, mas eles finalmente chegaram.

Jogaram-se sobre a areia amarela, exaustos e sem palavras por um tempo. Então Gilgamesh, sentindo-se mais forte, levantou-se para examinar o lugar. A praia se estendia indefinidamente em ambas as direções, até onde seus olhos podiam ver. O mar estava calmo, as nuvens haviam ido embora, uma brisa soprava suavemente. Ele virou-se para observar a terra. A alguma distância da costa as dunas de areia se erguiam, e um pouco para a esquerda ele podia ver o promontório onde o demônio estivera.

– O Alado, o demônio, se foi – disse a Enkidu.

Enkidu não respondeu. Gilgamesh se aproximou dele. Ao contrário de Gilgamesh, ele ainda estava exausto. Os lábios se moviam, mas, em vez de falar, cuspia repetidamente.

– O que o aflige? – perguntou Gilgamesh.

Enkidu cuspiu de novo.

– Havia sal na água – murmurou.

– Salgado e amargo, não como as águas de nossa terra – disse Gilgamesh.

– É minha perdição, Gilgamesh! – Enkidu gemeu. – Meu criador, o Senhor Enki, me avisou. "Não toque sal em seus lábios, pois será sua ruína", ele disse!

– Vou procurar um pouco de água doce para lavar seus lábios – Gilgamesh disse ao amigo.

Ele voltou para a praia, mas nada havia chegado à terra do navio afundado. Subiu as dunas de areia, mas tudo o que podia ver além era um deserto. Havia arbustos crescidos sobre as dunas, com uma fruta semelhante à uva, e, saboreando-a, Gilgamesh viu que era comestível e suculenta. Comeu um pouco e trouxe algumas para Enkidu, espremendo o suco na boca do companheiro. O suco da fruta fez Enkidu se sentir um pouco melhor.

– Quem poderia ter feito essa maldade? – Gilgamesh perguntou.

– Alguém que nos perseguiu quando subimos o rio – disse Enkidu.

– Cada vez que você sai de Erech, cada vez que você viaja em busca da Vida Eterna, seu navio é atacado! Volte, Gilgamesh, aceite aquilo a que o homem está destinado!

– Derrota não vou aceitar – disse Gilgamesh. – Para o Local dos Foguetes seguirei viagem, mesmo se tiver de caminhar até lá! E você, Enkidu, marchará até lá comigo!

Enkidu levantou o braço com fraqueza.

– Volte – disse, apontando na direção da qual tinham vindo. – Quanto a mim, meus músculos estão derretendo, minhas entranhas estão queimando, a fraqueza ataca meus membros... Esse é meu fim, Gilgamesh.

Enkidu balançou a cabeça enquanto falava. O corpo começou a tremer descontroladamente. Gilgamesh o abraçou. Havia medo nos olhos de Enkidu.

– Não tema, Enkidu! – disse Gilgamesh –, pois vou convocar a ajuda do Senhor Utu!

Colocou a mão em seu pescoço para tirar a Pedra Sussurrante, mas não havia nada pendurado no cordão. Freneticamente, Gilgamesh procurou dentro de suas vestes e, em seguida, tirou-as para melhor procurar.

A Tábua dos Destinos, bem presa a um bolso interno, estava lá, mas não a pedra que sussurra.

– Ela deve ter sido arrancada durante o vendaval –, disse Gilgamesh.

Os olhos de Enkidu seguiram a busca frenética.

– Rezarei para seu Senhor Utu – disse –, com ou sem a pedra.

Enkidu virou o rosto para os céus.

– Oh, grande senhor, brilhante Shamash, o protetor dos que viajam. Uma mãe que dá à luz eu não tive, um pai não me gerou. Em uma câmara fui criado artisticamente pelo Senhor Enki... Se meu destino veio para me devorar, meu fim vou encarar em paz. Mas, a Gilgamesh, meu camarada, a Senhora Ninsun a ele deu à luz, e você foi seu padrinho! Dê-lhe a Vida Eterna a que ele tem direito!

Gilgamesh sentiu um aperto no coração.

– Oh, meu amigo – disse ele. – Meu verdadeiro e leal companheiro!

Mas Enkidu já não o ouvia, pois o coma havia se apoderado dele. Os tremores cessaram e ele estava duro e imóvel. Os olhos estavam abertos, abaulados e imóveis. A morte o devorava por dentro.

– Enkidu! – Gilgamesh gritou. – Você conquistou comigo as criaturas mais incríveis, você escalou comigo as montanhas! Não se renda ao demônio que o devora! Lute, lute!

Mas Enkidu ficou imóvel. Gilgamesh levantou a cabeça de seu companheiro, mas ela caiu solta de volta. Ele tocou seu coração; não havia nenhuma batida. Enkidu estava morto.

Durante sete dias e sete noites Gilgamesh lamentou a morte de Enkidu, negando-se a aceitar a fatalidade. Foi só quando viu um verme sair da narina de seu camarada que ele se curvou à vontade de Namtar, o portador da morte. Ajuntou pedras e seixos e cobriu o corpo sem vida de Enkidu com eles.

– Que este seja seu túmulo, um monumento a um herói caído – disse ele.

Depois ele se sentou e chorou amargamente.

– Quando eu morrer, será como Enkidu, com um verme em meu nariz? – gritou, sem ninguém para responder.

* * *

Gilgamesh se afastou da costa naquele dia. À noite, ele ficou acordado, olhando para o céu cheio de estrelas. Não tendo sido treinado no sacerdócio, sabia pouco sobre os caminhos dos Céus. Qual era a estrela de Anu e qual era a de Ishtar? Ele não sabia. A lua, que se situava nos Céus para Sin, o pai de Utu, era o único deus celestial da noite que ele reconhecia. Depois de um tempo, ocorreu a Gilgamesh que aquilo também tinha um significado: a Casa de Sin, cuja prole foram Ishtar e sua estrela noturna e Utu e seu sol que governa o dia, aceitaria suas orações e poderia lhe conceder proteção.

Dirigiu a a eles uma breve oração.

– Grandes senhores do céu e da terra, não me deixem morrer em uma terra deserta. Deem-me força para continuar minha viagem e mostrem-me o caminho para o Local dos Foguetes, para que eu possa encontrar meu antepassado Ziusudra!

Depois de fazer a oração, sentiu uma fadiga tranquilizadora e ele dormiu a noite toda. Despertou e viu o nascer do sol, indicando onde estava o leste. Suas orações, Gilgamesh sabia, foram respondidas. Utu, viajando nos céus para o oeste, acabara de lhe indicar o caminho para Tilmun.

Arrancou do chão o maior arbusto que pode encontrar e do caule fez uma bengala. De um ramo mais curto, fez outra vara em que, equilibrada nos ombros, pendurou o maior número de cachos da fruta parecida com uva que conseguiu. A experiência que ganhou em sua viagem anterior no deserto com Enkidu era de ajuda vital para ele agora. Gilgamesh seguiu as ravinas, sabendo que poderia encontrar água subterrânea abaixo dos leitos secos. Comeu frutas de todos os tipos. O deserto, cheio de vida, especialmente à noite, possuía roedores que ele matou com um golpe e cuja carne crua ingeriu. Encontrou descanso de dia na sombra das rochas, e avançou em direção ao seu objetivo à noite, vendo repetidas vezes na mente o mapa em que sua mãe lhe mostrara o caminho em terra para Tilmun.

O terreno de dunas ondulantes perto do mar mudou de formas e cores para um avermelhado-rochoso conforme ele progrediu. Gilgamesh alcançou e escalou montanhas de formações cinza e pretas, entre as quais encontrou riachos de água doce onde matou a sede e se banhou, conseguindo alívio para os pés inchados e a pele seca.

A vida em torno dele também mudava. Além de roedores, cobras, lagartos e escorpiões, ele via agora lebres e pequenas cabras da montanha, e os lobos e chacais que os atacavam. Também se deparou com veados, antílopes e gazelas selvagens, e os leopardos e panteras selvagens que os caçavam; e os leões que a todos dominavam.

Os caminhos que trilhava estavam intocados, as montanhas que escalou não tinham nome. Os dias que se passaram, ele parou de contar. Então, um dia, viu ao longe uma caravana de camelos e, temendo que fossem do povo Shagaz, escondeu-se para que não o vissem. Mas percebeu que estava perto de habitações humanas e que a travessia do deserto a pé logo seria finalizada.

Viu ao longe uma trilha nas montanhas, e voltou seu curso em direção a ela. Mas, antes que tivesse chegado, ouviu o rugido de leões. Ele se escondeu contra uma pedra, mas os leões o tinham visto; um macho e uma fêmea. Gilgamesh puxou o punhal para se defender quando a fêmea se apoiou sobre as patas traseiras para saltar sobre ele, mas tropeçou e caiu para trás e a leoa errou o salto, caindo bem ao lado dele. Com toda a força, Gilgamesh enfiou a adaga em seu coração quando ela rolou de lado para se levantar. O animal soltou um rugido angustiado e caiu morto.

Agora, o leão macho atacava Gilgamesh. Ele estava desarmado, pois a adaga permanecera presa na leoa. Sua mão encontrou uma pedra e ele acertou o leão entre os olhos com ela; em seguida, lutou contra o animal com as mãos nuas, como Enkidu lhe ensinara a fazer.

O animal o arranhou e mordeu, mas Gilgamesh fechou as mãos em torno de seu pescoço e não o deixou sair, não importava quanto o leão se contorcesse. Mais e mais apertou o abraço em volta do pescoço do animal, até que o estrangulou.

Levantou-se e olhou as duas feras mortas, imensas. "Agora, eu sou o rei do deserto", disse para si mesmo. Puxou a adaga da leoa morta e, esfolando a pele majestosa, fez um casaco para si. Corvos e outras aves selvagens começaram a encher o céu acima do lugar, e ele decidiu seguir em frente.

Na passagem da montanha, viu pedras amontoadas que davam base a uma coluna em que o símbolo da lua crescente havia sido esculpido, e percebeu que atingira o domínio do Senhor Sin. Ele havia cruzado a Terra dos Shagaz e os domínios de Marduk!

Fez do lugar seu ponto de parada para a noite. Enquanto dormia, teve um sonho: ele estava em uma festa, pessoas estavam cantando e dançando, regozijando-se na vida. Quando acordou, sabia que o sonho era um bom presságio. Acrescentou uma pedra à pilha de pedras que sustentava a coluna e, dirigindo uma oração silenciosa aos Senhores Sin e Utu, prosseguiu através do caminho pela montanha.

Agora, do alto, ele podia ver uma grande planície. Montanhas de tons avermelhados cercavam um corpo esverdeado de água. Através da névoa subindo do grande lago era possível avistar a imagem de uma cidade murada, sua brancura cintilante a distância. Recordando o mapa de sua mãe, Gilgamesh sabia que havia chegado ao Mar de Sal, onde os caminhos poderiam levá-lo a Tilmun.

A descida foi mais quente e mais árdua do que ele esperava. As montanhas íngremes aproximavam-se do Mar Interior, que dava a impressão de estar ainda mais abaixo do que parecera inicialmente. A fartura de aves nas montanhas estava ausente aqui, e Gilgamesh percebeu que o lugar estava imerso em um silêncio assustador, que não era quebrado por gritos de pássaros ou animais. A neblina que subia das águas agora era tão espessa quanto vapor, e o sol a pino lançava sobre sua cabeça um calor mortal.

Um grande temor tomou conta de Gilgamesh, pois sentiu como se estivesse descendo ao inferno. O medo o fez acelerar os passos. Ele estava ao pé da montanha, no início da planície. No calor e em meio à neblina não conseguia mais ver a cidade. Mas, enquanto avançava, de repente, viu uma casa solitária, rodeada por tamareiras.

Empolgado pela visão, Gilgamesh se dirigiu à casa. Ao se aproximar, notou uma mulher sentada em um banquinho do lado de fora. Ela estava comendo de uma tigela e tomando goles de um jarro. Havia cabras e porcos em volta.

– Oh, mulher! – Gilgamesh gritou, enquanto seu passo se transformou em uma corrida. – Há cerveja em seu jarro, mingau em sua tigela?

A mulher ficou surpresa ao ouvir aquelas palavras. Olhou para cima e se assustou com o que viu: um homem vestido em pele de animal, segurando um comprido cajado na mão, com cabelo longo e desgrenhado, a barba longa e emaranhada, o rosto escuro como o barro, e as unhas grandes e afiadas como as de uma águia. Ela soltou um grito de medo e correu para dentro da casa, trancando a porta atrás de si.

– Oh, mulher! – Gilgamesh gritou, seguindo até a porta. – Não tenha medo! Eu sou um viajante de longe. Minha barriga encolheu. Deixe-me saborear sua cerveja e comer de seu mingau e logo tomarei meu caminho!

– Vá embora, homem selvagem! – a mulher gritou por trás da porta. – Volte para o seu deserto!

Só então Gilgamesh percebeu quão horrível ele parecia. Jogou fora a pele do leão e com as mãos endireitou o cabelo e a barba, da melhor maneira que podia. Em seguida, bateu com o cajado na porta.

– Mulher – disse em voz alta –, eu não sou nem selvagem nem um morador do deserto. Sou Gilgamesh, rei de Erech! Houve silêncio por trás da porta, e Gilgamesh bateu com mais força. – Abra, ou eu vou derrubar sua porta! – ele gritou.

– De Gilgamesh e suas façanhas na Floresta de Cedros muitas histórias são contadas – respondeu a mulher por trás da porta trancada. – Se você é Gilgamesh, diga-me o nome do vigia da floresta, a natureza da fera morta!

– Sou aquele que venceu Huwawa, guardião da floresta, e matou o Touro do Céu. Sou Gilgamesh!

– Por que então sua pele está ferida e o rosto fundo? Por que você está aqui?

– Abra e salve-me da fome – Gilgamesh lhe disse –, se você quer saber minha história.

Cuidadosamente, a mulher abriu a porta. Ela o olhou de novo e então o deixou entrar. Derramou água sobre as mãos dele para que pudesse lavar o rosto e, em seguida, deu-lhe leite de cabra para beber. A mulher serviu um mingau de aveia e ele satisfez a fome. Em seguida, ela trouxe uma jarra de cerveja, e, tomando-a com um canudo, ele saciou a sede.

– Sou Siduri – disse ela –, a mulher da cerveja. Vivo aqui por minha conta desde que fiquei viúva. Agora me conte sua história.

– Sou Gilgamesh, rei de Erech, uma grande cidade no Edin. Em minha cidade, o homem morre. O homem, mesmo o mais alto, não pode alcançar os céus, e a Vida, que os deuses mantiveram para si - assim dizem. Mas eu, Gilgamesh, sou dois terços divino. A descendência do Senhor Utu eu tenho, filho da Ninsun divina eu sou...

Calou-se, afundando-se em memórias silenciosas.

- Continue - disse Siduri. - Você me prometeu contar toda a história.

- Os deuses me enviaram um camarada, um companheiro valoroso. Enkidu ele foi chamado, pois o Senhor Enki habilmente o criou. Mas mesmo ele encontrou o destino da humanidade! Desde sua morte, não encontrei nenhum descanso. Vaguei pela estepe e atravessei o deserto. - Ele fez uma pausa novamente. - Agora que você já ouviu minha história, mulher da cerveja, pode entender a razão de minha aparência.

- De sua aparência, mas não de sua itinerância - Siduri respondeu, olhando para ele. - Quanto tempo faz que você não banha seu corpo, não lava a cabeça, não usa roupas limpas... Não sente o calor em sua cama?

Pela primeira vez desde que o navio tinha afundado, Gilgamesh riu.

- Vou compartilhar sua cama, Siduri, mas não por muito tempo. Há um propósito para a minha caminhada. Em busca de um antepassado, Ziusudra ele é chamado, eu vim para cá. Gostaria de falar com ele sobre a Vida Eterna.

- Onde está esse homem a quem você chama Ziusudra, e como você vai chegar até ele?

- Em Tilmun - disse Gilgamesh. - Eu estava para chegar a essa terra de navio, mas ele afundou. Já fiz meu caminho a pé... Vi uma cidade ao longe. Seus comerciantes devem ter caravanas.

- Essa cidade é chamada Cidade da lua. Para o Senhor Sin ela foi dedicada, mas seu povo foi convertido para o culto a Marduk. Para aqueles que permaneceram fiéis à Casa de Sin, foi dada uma escolha: partir ou morrer! Meu marido e eu construímos esta casa, para cultivar sementes aqui e transformar o suco das tâmaras em cerveja. Mesmo depois que ele morreu, eu continuei a viver aqui, uma pária. E ainda assim as pessoas da cidade vêm para beber minha cerveja, dando-me minhas necessidades em troca.

– Se as pessoas se converteram ao culto de Marduk – disse Gilgamesh –, elas são um anátema para mim. Eu preciso encontrar alguma outra maneira de atravessar o mar e alcançar a terra além dele.

– Nunca houve um mortal que conseguisse isso – Siduri afirmou.

Abriu a porta e apontou para as águas cintilantes.

– É um mar de morte; nada pode permanecer vivo nele. E as montanhas à sua volta são estéreis também, são como um forno de dia e mortalmente geladas à noite. O deserto que você cruzou é como um jardim florido, em comparação.

Voltou-se para ele.

– Por que você não fica aqui, Gilgamesh? Seja meu esposo, e dê-me a alegria de gerar um filho.

Gilgamesh tinha o olhar fixo sobre o mar, em silêncio.

– Deve haver uma maneira de atravessá-lo... – murmurou. – Uma jangada...

Siduri segurou a mão dele.

– Fique aqui por um tempo, e lhe contarei um segredo.

– Mulher! – Gilgamesh gritou. – Ficarei com você por sete dias se me mostrar um caminho para atravessar o mar!

Ela lhe tomou a mão e apertou-a contra seu seio.

– Uma criança, um filho para segurar minha mão... Você vai ficar o tempo suficiente para eu conceber?

Tocar os seios de Siduri despertou em Gilgamesh um calor que ele não conhecia havia muitos meses. Ele colocou as mãos em volta da cintura da mulher.

– Diga-me o segredo e vou conceder seu desejo.

– As águas são de fato águas da morte – ela disse –, e ninguém nunca chegou do outro lado do mar... Exceto por Urshanabi.

– Urshanabi?

– O barqueiro dos que vivem para sempre. Ele tem rochas que flutuam e cruza o mar sem tocar na água. Uma vez por mês, quando a lua está totalmente brilhante, ele vem. Ele me traz gemas de turquesa e cornalina; eu lhe dou leite de cabra e cerveja. Fique comigo, Gilgamesh, até que ele venha. Deixe-o ver seu rosto. Se ele gostar de você, vai levá-lo através do mar.

– Assim seja – Gilgamesh respondeu. – Agora venha, ajude-me a lavar e cortar o cabelo e a barba, e cortar as unhas, para que eu seja um parceiro adequado.

– Para isso, você vai ter de se despir – ela disse, e caiu em uma gargalhada.

* * *

No dia marcado, Urshanabi chegou. Ele era baixo e de ombros largos, o que fez com que Gilgamesh se lembrasse de Enkidu. Mas as mãos, apesar de musculosas, eram mais finas e ele era mais velho do que qualquer um que Gilgamesh já havia visto. O cabelo e barba comprida eram brancos como a prata mais pura. Trouxe para Siduri contas de cornalina translúcidas e turquesa verde-azulada, e não disse uma palavra.

– Este é Gilgamesh, rei de Erech – Siduri o apresentou quando Gilgamesh deu um passo para a porta.

Urshanabi não disse nada.

– Vim para cá para ver meu antepassado Ziusudra – explicou Gilgamesh. – Transitei e vaguei por terras incontáveis; atravessei montanhas difíceis que não têm nome. Meu corpo não descansou o sono doce; eu me preocupava com a vigília. Enchi minhas articulações com tristeza. Minha roupa foi usada até o fim. Matei o urso, a hiena e a pantera. Dos répteis do deserto comi; da carne do veado e do íbex tive minha parte. Então, matei os leões. Comi a carne deles e as peles enrolei sobre mim como um manto...

– Por quê? – Urshanabi o interrompeu.

– O homem morre – disse Gilgamesh –, mas Ziusudra não morreu. Essa é a questão que gostaria de discutir com ele, pois eu também não pretendo morrer!

– Ele é filho de Ninsun, a deusa; o Senhor Utu é seu avô – Siduri interveio quando Urshanabi manteve o silêncio. – Ele é dois terços divino.

– Por que então você quer procurar Ziusudra? – Urshanabi perguntou, intrigado.

– Isso é o que foi destinado para mim – Gilgamesh respondeu. Ele pegou de seu manto a Tábua dos Destinos. – É a obra da Senhor dos Senhores, o grande Anu.

Os dois olharam para o curioso objeto.

– O que as marcas querem dizer? – perguntou Siduri.

– Elas representam o caminho para o céu – respondeu Gilgamesh.

– Por que então você procura Ziusudra? – perguntou Urshanabi novamente.

– Ele conhece o segredo de ser levado ao alto pelos deuses – explicou Gilgamesh. – Você fala como se soubesse dele...

– Talvez – respondeu Urshanabi.

– Se você sabe, mostre-me o caminho! – gritou Gilgamesh. – Eu sou filho divino, eu lhe garanto! Aqui, olhe minhas mãos! – Estendeu as mãos para que eles pudessem ver a cicatriz do sexto dedo.

– Pelos grandes deuses! – exclamou Siduri, admirada. – Ele é um dos Curandeiros, e com um filho dele eu sou abençoada!

Urshanabi examinou as mãos estendidas do rei e acenou com a cabeça.

– Desde que o tempo é lembrado – disse –, ninguém ousava atravessar o mar. Venenoso é o local de partida, e assim é o lugar de chegada, e entre eles se estendem as águas da morte. Mas, sendo dois terços divino, talvez você consiga sobreviver à travessia. Há pedras que flutuam na costa, negras como a noite mais escura. Você deve caminhar sobre elas entre a costa e o barco. Então, conforme navegarmos, vou remar, e você com longas varas deve impulsionar o barco. Mas certifique-se de que as mãos não toquem a água, porque a morte está nela.

– Entendo – Gilgamesh respondeu.

– Venha então, vamos – disse Urshanabi.

Siduri colocou um pouco de mingau em uma tigela e cerveja em um frasco e entregou-os a Gilgamesh.

– Você vai voltar? – perguntou. – Você vai ver seu filho?

– Devo ir para onde estou destinado a ir – disse Gilgamesh, e saiu com Urshanabi.

Capítulo 14

Tomando cuidado para pisar somente as pedras que flutuavam, Gilgamesh seguiu Urshanabi no barco. A quilha tinha a forma de uma crescente e havia apenas um assento, para aquele que rema. Urshanabi sentou-se e pegou os remos, apontando para duas longas varas que também eram mantidas no barco.

– Viajando só – Urshanabi disse –, atravesso o mar e chego do outro lado ao anoitecer. Mas com um passageiro os remos por si sós não vão dar conta. Você vai ter de ajudar a empurrar com uma vara, e nós vamos ter de contornar a linha da costa, de modo que você possa alcançar o fundo. O tempo de navegação vai depender de sua força ao empurrar.

Gilgamesh examinou as varas. Elas eram de madeira e extraordinariamente retas e longas. Ele se perguntou por que o barco estava equipado com aquilo.

– Pensei que ninguém além de você cruzasse as águas – comentou.

– Sou apenas um barqueiro – respondeu Urshanabi. – Dê-nos um empurrão e vamos velejar.

Viajaram durante todo o dia, contornando a costa. O sol, até se pôr, batia neles sem piedade. Urshanabi ficou em silêncio o tempo todo, fazendo apenas uma careta de vez em quando para mostrar seu aborrecimento com o progresso lento.

– Sozinho, eu já teria atravessado – disse finalmente. – Nós vamos ancorar aqui para a noite.

Amarraram o barco a uma grande rocha que se projetava da água. Urshanabi adormeceu imediatamente, mas Gilgamesh ficou acordado a maior parte da noite. Enquanto dormia, não teve sonhos, e, portanto, não vieram presságios do que estava reservado para ele.

Na manhã seguinte retomaram a viagem. Urshanabi, resmungando para si mesmo, levantava-se de vez em quando para olhar para a distância. Percebendo que a paciência de seu anfitrião estava se esgotando, Gilgamesh começou a empurrar as varas com mais força. Também tentou fazê-lo mais rápido, contando os empurrões em voz alta.

– Um e dois, três e quarto, cinco e seis... – No 26º empurrão a vara quebrou.

Urshanabi olhou para Gilgamesh, com desespero nos olhos, sem dizer nada.

Gilgamesh estava prestes a pegar a segunda vara, quando, sentindo uma brisa e vendo as ondas, uma ideia lhe ocorreu. Tirando o manto, segurou o pano no alto com os braços abertos, criando, assim, uma vela improvisada. Levou alguns momentos para posicionar a vela corretamente, mas depois a brisa encheu o pano e o barco começou a se mover.

Urshanabi sorriu e abandonou a costa, dirigindo o barco mar à frente. Ao cair da noite, eles haviam chegado ao outro lado.

– Teria sido uma viagem de um mês e 15 dias por terra, se você algum dia conseguisse fazê-la – disse Urshanabi. – Nós vamos ficar aqui à noite, mas você tem de partir pela manhã.

– Eu lhe agradeço – Gilgamesh disse –, e que os deuses o abençoem muito. Agora me diga, Urshanabi, que caminho devo seguir a partir daqui?

– Vá na direção do sol poente – Urshanabi respondeu. – Depois de uma marcha de três dias, você vai alcançar os Portais do Céu, como alguns os chamam. São colunas de pedra erguidas como um portão. Um caminho leva de lá para o oeste, em direção à cidade de Itla e o grande mar além. Vire à esquerda e passe pelo portal, e seus pés devem levá-lo a uma cadeia de montanhas. Sete são seus picos e seis suas passagens. Eles cercam a planície onde os foguetes espaciais sobem e descem. Mas esteja avisado! Os caminhos são guardados por seres divinos. Seu terror é incrível, o olhar deles é a morte. Seu feixe temido varre as montanhas e seu toque faz os mortais derreterem!

– Não sou mortal, sou dois terços divino – disse Gilgamesh. – Estou determinado a buscar Ziusudra, a chegar ao Local dos Foguetes.

– Faça como quiser – disse Urshanabi. – Vou navegar de novo na próxima lua cheia. Esteja aqui, se você quiser atravessar de volta comigo.

Depois de dizer isso, deixou Gilgamesh na costa e foi sozinho para passar a noite no barco.

Não demorou muito para Gilgamesh adormecer. Sonhos vieram-lhe à noite, visões de naves celestes e estrelas cadentes. Acordou completamente descansado ao nascer do sol.

O barco e Urshanabi haviam ido embora.

Gilgamesh olhou em volta de si. Exceto pelo mar cintilante, a paisagem era desolada em todas as direções. Ele se sentou e, completamente desanimado, lágrimas vieram-lhe aos olhos. E se tivesse sido enganado pelo velho homem Urshanabi? E, pensando sobre isso, quem era Urshanabi e o que ele estava fazendo naquele deserto?

Sede e fome sacudiam Gilgamesh para fora de seus pensamentos sombrios. Ele comeu e bebeu das provisões que Siduri lhe preparara, deixando um pouco para outra refeição. O sol estava se movendo no céu e Gilgamesh decidiu seguir seu curso, como Urshanabi havia indicado.

No terceiro dia, Gilgamesh viu os Portais do Céu. As duas colunas, ligadas por uma pedra horizontal como um lintel, realmente pareciam um portão. Ao aproximar-se do portal, ele viu que havia uma escultura na pedra do lintel, um Disco Alado. Era o emblema de Nibiru, o planeta natal dos deuses.

No horizonte oeste, o sol estava se pondo, avermelhando os céus. Nessa direção, de acordo com Urshanabi, estava a cidade de Itla. Uma cidade! Casas, templos, pessoas, comida, até mesmo uma cama para dormir! Será que ele deveria abandonar a busca arriscada e ir para lá ou deveria continuar buscando seu destino na natureza selvagem? Gilgamesh não sabia o que fazer, e desejou que Utu lhe enviasse um presságio.

Encontrou uma grande pedra, fez dela seu travesseiro e deitou-se para a noite próximo às silenciosas colunas de pedra.

Foi acordado de manhã pelos gritos de uma águia. Ela voava sobre o céu em grandes círculos, gritando para um companheiro invisível.

Logo ela deve ter percebido Gilgamesh, pois baixou e, depois de circular o lugar onde ele estava, pousou no topo do portal. A ave olhou Gilgamesh por alguns instantes e, em seguida, alçou voo novamente, dessa vez em linha reta em direção à cordilheira que se erguia para além do portal.

Gilgamesh observou o pássaro gigante até ele desaparecer e então entendeu que aquele era um presságio de Utu, o comandante dos Águias. Ele ergueu as mãos em oração.

– Oh, Utu, grande senhor – implorou –, lance sua proteção sobre mim, deixe-me andar na sombra de suas asas! Leve-me com segurança para o Local dos Foguetes, deixe-me encontrar Ziusudra!

Em seguida, atravessou cautelosamente o portal e tomou a direção da cadeia de montanhas.

O terreno estava coberto por um caminho pouco usado, e ficava mais e mais inclinado à medida que ele avançava, e o terreno mudou de areia e cascalho para pedras e rochas. Ao meio-dia, quando o sol estava bem em cima dele, Gilgamesh encontrou sombra debaixo de um afloramento de rochas e sentou-se para descansar. Foi então que percebeu brilhos avermelhados na montanha. Levantou-se e observou a vista com espanto, pois o que viu foi como um fogo que irrompia sem parecer consumir nada.

Impressionado e animado com a visão, Gilgamesh dirigiu seus passos a ela. Quando se aproximou, a chama se acendeu e seu brilho, terrível e avermelhado, atingiu Gilgamesh. Ele protegeu os olhos, mas o fez tarde demais para evitar ficar temporariamente cego. Mais de uma vez o raio brilhante o golpeou, cegando-o, mas depois sua visão retornava.

– Que tipo de estrangeiro é você? – uma voz gritou para ele. – Avance para que possamos observá-lo!

A voz veio da mesma direção que a chama. Gilgamesh avançou em direção a ela, subindo pelas rochas. Enquanto subia, um promontório veio à tona. Dois seres estavam sobre ele, usando capacetes peculiares com saliências como bastões surgindo do centro, e cintas muito longas penduradas como caudas. Eles manuseavam um dispositivo circular preso a uma vara.

– Quem é você – um dos seres gritou para Gilgamesh –, que nossos raios não fazem sua carne derreter? Você é um deus, não um homem?

– Sou Gilgamesh, rei de Erech – respondeu, avançando em direção a eles. – Eu sou filho da deusa Ninsun. Sou dois terços divino.

– Você realmente deve ser, ou estaria morto agora – um dos seres concordou. – O que o traz aqui? Esta é terra proibida, é a Quarta Região dos deuses!

– Este na verdade é o meu destino – disse Gilgamesh. – Se você é guardião da terra, um sinal do grande Senhor Anu tenho comigo para lhe mostrar.

Pegou a tábua que sua mãe havia lhe dado e mostrou-a para os guardiões, que a examinaram.

– Parece a Tábua dos Destinos, mas não é – disse um deles. – Ela é marcada com a escrita das pessoas, e o material é da Terra, não de Nibiru. – Jogou a tábua no ar, lançando contra ela um raio luminoso oriundo do dispositivo circular. A tábua caiu intacta, mas agora estava queimada e deformada de um lado.

– De fato – disse Gilgamesh quando recuperou a tábua. – É uma réplica, feita por minha mãe, a deusa, de uma Tábua dos Destinos de verdade, que foi dirigida a mim, em uma obra de Anu que desceu dos céus. A original, sagrada demais para ser transportada, é mantida sob os cuidados da Senhora Ninsun.

– Mesmo assim – um dos guardiões disse –, ninguém pode entrar na zona proibida sem permissão.

– Tenho a bênção do Senhor Utu – disse Gilgamesh. – De sua prole eu venho, com um sexto dedo divino fui dotado.

Mostrou as mãos.

– Nem mesmo um deus pode entrar sem permissão – disse um dos guardiões. – O Local dos Foguetes pode ser alcançado apenas por aeronaves autorizadas.

– Ziusudra, meu antepassado, está lá – insistiu Gilgamesh. – Preciso falar com ele. É uma questão de vida ou morte! Peço-lhes, deixem-me passar!

– Ziusudra – um dos guardiões respondeu – vive nesta região, mas não no Local dos Foguetes. Ele vive em um vale isolado, sozinho com a esposa.

– Se não posso chegar ao Local dos Foguetes, permitam-me entrar no vale de Ziusudra, então!

– Não se pode viajar pelos caminhos da montanha! – um dos guardiões disse enfaticamente.

– Mas há outra maneira, um túnel... – o outro redarguiu.

– Somente aquele que procura a morte certa passará por lá! – o primeiro explicou. – Ele se estende por 12 léguas dentro da montanha. Densa é a escuridão e sufocante o ar. É um túnel de tempos idos, quando o rebelde Senhor Zu procurou refúgio naquelas partes.

– Se eu não encontrar Ziusudra, vou morrer de qualquer maneira – Gilgamesh disse. – Levem-me para o túnel!

O guardião olhou para o companheiro, que assentiu.

– Siga-me – disse a Gilgamesh.

Ele o levou a um caminho ao longo da beira da montanha, até que chegou a uma grande rocha sólida que bloqueava a passagem. Lá, o guardião pegou um bastão de seu cinto e apontou-o para a pedra. Sem qualquer som, uma abertura se revelou, como se uma mão invisível estivesse abrindo uma porta.

Gilgamesh ficou perplexo e maravilhado.

– Nunca vi tal mágica.

O guardião levantou a mão.

– O caminho começa com uma escadaria – explicou –, mas muito escorregadios são os degraus. Vá com cuidado!

E, antes que Gilgamesh pudesse agradecê-lo, virou-se e partiu.

Apoiando-se nas paredes da abertura estreita, Gilgamesh começou a descer as escadas. Entrou em uma área cavernosa; pela luz vinda da entrada podia ver um túnel à frente. Seguiu em direção ao túnel, mas, no momento em que chegou ao local, a abertura exterior fechou tão silenciosamente como havia aberto, e Gilgamesh se encontrou na escuridão total. Tateou as paredes até encontrar o túnel. A largura era tal que ele podia tocar ambas as paredes com as mãos estendidas; as paredes eram suaves ao toque. O chão também era suave, mas seus pés sentiram sulcos que faziam a caminhada menos escorregadia. O teto era muito alto para ser alcançado, e Gilgamesh não tinha como saber a altura do túnel.

Como um cego, ele andava com cautela, tocando as paredes com as mãos e sondando o chão com os pés. Depois do que Gilgamesh estimara ser umas duas horas, ele chegou a um cruzamento onde o túnel se dividia em dois. Quando parou para pensar a respeito de qual caminho seguir, viu - ou imaginou que viu –, em uma direção, uma luz vibrando, como a de uma lâmpada a óleo que se extingue. Seguiu nessa direção, encontrando-se novamente na escuridão total. Sentia, no entanto, que o túnel parecia encurvar-se e inclinar para baixo. Ele caminhou por pelo menos, pensou, mais umas duas horas, chegando a lugar nenhum, e começou a se perguntar se não estava seguindo um círculo que o traria de volta à entrada do túnel...

Andou por muito tempo, escorregando de vez em quando, ou tropeçando em uma pedra que provavelmente caíra do teto. No quinto par de horas, ele se sentou exausto, ponderando a situação. Cochilou e, em seu estado semiconsciente, deparou-se com as portas secretas se abrindo nas paredes do túnel, revelando deuses estranhamente vestidos, desempenhando funções mágicas. Quando abriu os olhos, não estavam mais lá, e Gilgamesh não sabia se estava vendo coisas ou apenas sonhando com elas.

Descansado, levantou-se e retomou seu caminho, cauteloso. Depois de mais umas duas horas, começou a sentir um mau cheiro, e depois de algum tempo viu um brilho à frente. O odor se tornava insuportável à medida que Gilgamesh se aproximava do brilho, mas ele continuou, no entanto. Chegou a uma enorme caverna, cujas paredes de rocha arqueavam suavemente para formar um teto sobre um lago subterrâneo. O cheiro e o brilho vinham das águas, que tinham uma cor amarelada. Espantado, Gilgamesh tocou a água com a mão; sentiu que ela queimava e rapidamente a retirou.

Do outro lado do lago, ele enxergava, sob a luz misteriosa, a continuação do túnel, e se perguntou como poderia atravessá-lo. Procurou uma maneira de ir ao redor do lago, mas na maioria dos lugares as paredes cavernosas eram tão lisas na superfície das águas que não havia nenhuma maneira de continuar sem pisar na água. Gilgamesh encontrou uma pequena pedra e atirou-a para medir a profundidade, mas não conseguiu ouvi-la bater no fundo, e concluiu que o lago era muito profundo. Estava quase desistindo quando, ao procurar pela circunferência do lago, viu um nicho na parede rochosa. Olhou, e havia um pequeno barco de madeira ali, com um único pequeno remo dentro dele. Ele arrastou o barco e colocou-o na água; em seguida, soltou-o e pulou para dentro. Com o remo, moveu o barco para o outro lado do lago, espantado que nem o colocar do barco na água nem seu remo faziam nenhum som. Era como se a caverna, ou as águas misteriosas, engolisse todos os sons...

Era um lugar assombrado e, talvez, amaldiçoado, e Gilgamesh ficou muito aliviado quando saiu do barco do outro lado. Arrastou o barco para fora das águas e puxou-o para onde o novo túnel começava. Ele correu para o túnel, longe do mau cheiro que, agora, o fazia tossir fortemente.

O túnel do outro lado do lago também fora construído em uma curva, e depois de um tempo a luz misteriosa e o mau cheiro do lago tinham desaparecido. Mas, ao contrário da primeira parte do túnel, esta se inclinava para cima. Embora a inclinação fosse muito gradual, Gilgamesh, já cansado, esfomeado e exausto, sentia que o caminho era extenuante. Parou muitas vezes para se sentar, e até mesmo para se deitar. Foi então que percebeu que o chão, ao contrário das paredes, estava surpreendentemente quente, e o calor de algum modo restaurou-lhe a energia e a confiança. Ele continuou seu caminho, chegando a um lugar onde o túnel terminava. Tateou as paredes ao redor e não teve dúvida: não havia nenhuma maneira de ir mais longe.

Freneticamente, Gilgamesh tateou as paredes e o chão. Tentou alcançar o teto.

– Oh, Utu! – gritou. – Eu vim até aqui em vão? Esse é meu destino? Perecer nas entranhas da Terra?

Seu grito teve um efeito mágico, ele não sabia como. De repente, sentiu uma brisa fresca vinda de sua frente, onde no momento anterior havia apenas uma parede sólida!

O ar fresco o reanimou e o milagre da abertura da parede o encorajou. Andando para a frente com renovado vigor, ele chegou a um lugar onde ouviu água caindo. Sentiu as paredes até encontrar o lugar em que gotas escorriam do teto. Lambeu a parede úmida; era água, mais doce do que qualquer outra que já havia experimentado.

Gilgamesh juntou as mãos e começou a pegar as gotas que caíam, bebeu até ficar saciado. Então se deitou para descansar e logo adormeceu.

Quando ele finalmente acordou, bebeu um pouco mais de água e continuou o caminho. O túnel agora fazia uma curva, inclinando para baixo, e ele deslizou e caiu algumas vezes. Mas o ar fresco que vinha na direção dele indicava que estava indo no caminho certo, e isso lhe deu força e vontade para continuar. Finalmente, a brisa leve virou uma onda de ar fresco e havia um brilho à frente.

Quando chegou ao local, ele conseguiu ver que havia uma passagem no teto do túnel.

Ao olhar para cima, Gilgamesh viu o céu!

A passagem tinha saliências irregulares, como se propositadamente fornecesse apoio para os pés. Lentamente Gilgamesh subiu e, quando chegou ao topo, jogou-se para fora. Estava em uma montanha. Abaixo podia avistar um pequeno vale, completamente cercado por montanhas com picos arredondados. O céu estava claro e o sol brilhava. Ele tinha viajado um dia e uma noite, 12 horas duplas!

Lá embaixo, no vale, Gilgamesh viu uma casa de pedra rodeada por um jardim e rapidamente seguiu em direção a ela. Ao se aproximar do local, também viu vários animais domésticos, mas suas peles tinham cores estranhas. Quando chegou ao jardim, ele parou, maravilhado. Havia as mais belas árvores, arbustos e trepadeiras, mas não eram reais: a folhagem fora esculpida em lápis-lazúli, os belos frutos na cornalina. Enquanto caminhava de árvore em árvore e de arbusto em arbusto, Gilgamesh percebeu que todos eram feitos de pedras preciosas. Olhou para os animais, que também estavam imóveis, eram esculpidos em pedras. Ele os tocou em descrença.

– Os deuses fizeram este jardim e a cena da vila para mim – Gilgamesh de repente ouviu uma voz atrás de si.

Gilgamesh se virou para ver quem falava. Deparou com um homem de ombros largos, vestido com uma longa túnica branca e com um cinto azul. O cabelo era todo branco, tal como a longa barba. A pele do rosto e dos braços era áspera e morena. A testa era alta e os olhos, grandes, embora fundos. Os olhares de Gilgamesh e do homem se cruzaram.

– Quem é você e o que está fazendo aqui? – o homem perguntou.

– Procuro Ziusudra, aquele do Dilúvio – respondeu Gilgamesh.

– Eu sou Ziusudra – disse o homem –, mas há uma miríade de anos desde que fui chamado por meu nome. Os deuses me chamam Napishtim, que significa "aquele que vive", pois eu vivo, vivo e vivo...

– E eu sou Gilgamesh, rei de Erech.

– Erech? Não conheço tal lugar.

– É uma grande cidade, com muros e cais e praças, e um palácio e um recinto sagrado de templos altíssimos. Na terra do Edin está situada, perto do Rio Eufrates.

– Daquela terra eu mesmo fui um rei, mas nunca ouvi falar de uma cidade de nome Erech – disse Ziusudra. Olhou para Gilgamesh com uma expressão de dúvida.

– Você é uma mera aparição, uma visão passageira?

– Velho homem – Gilgamesh disse irritado –, uma cidade com o nome de Erech existe e eu sou seu rei! Mas veio a existir depois do Dilúvio, e não em seus dias. Em honra de Anu, o senhor dos senhores, seu Recinto Sagrado foi estabelecido, e agora a Senhora Ishtar é sua dama.

– Então, você é um servo daquela deusa travessa? – perguntou Ziusudra em um tom mais amigável.

– E um descendente do irmão dela! O Senhor Utu é meu padrinho! – Gilgamesh anunciou com orgulho.

– Eu também – disse Ziusudra. – Meu pai Ubartutu, que era rei de Shuruppak antes de mim, era filho do Senhor Utu.

– E isso ouvi de minha mãe, a Senhora Ninsun. É por isso que o tenho procurado, pois, como você, sou parte divino. – Estendeu as mãos para Ziusudra, mostrando-lhe as cicatrizes reveladoras.

Ziusudra olhou para as mãos estendidas de Gilgamesh. Então, encontrando as próprias cicatrizes semelhantes, apesar da pele bronzeada e enrugada, encostou as mãos nas de Gilgamesh. Voltou-se para a casa e gritou.

– Amzara! Um descendente do Senhor Utu, um rei da terra distante, veio nos visitar!

Uma mulher aproximou-se para cumprimentá-los. Ela vestia uma longa túnica branca. Ela era tão alta quanto Ziusudra, mas muito mais magra. A pele também era áspera e bronzeada, os cabelos também puramente brancos. Os olhos eram grandes e fundos como os de Ziusudra, mas o rosto, embora com marcas fundas, mantinha uma beleza juvenil.

– Esta é minha esposa, Amzara – disse Ziusudra a Gilgamesh.

Ziusudra voltou-se para a esposa.

– É um rei de uma nova cidade com o nome de Erech, e o nome dele é Gilgamesh. Como ou por que ele veio para cá, eu não sei.

– Tenho procurado você, Ziusudra, pois estou procurando a Vida Eterna – Gilgamesh respondeu.

– Daquilo que você chama Vida Eterna eu tive minha cota – disse Ziusudra com descaso. – Agora, venha para nossa casa e refresque-se, e conte-nos sua história.

Uma vez lá dentro, eles colocaram Gilgamesh sentado em uma esteira e deram-lhe uma almofada para apoio. A mulher serviu-lhe bolachas de trigo fino e água fresca, e ele comeu e bebeu.

– Agora nos conte – disse Ziusudra – a história de sua viagem e sua finalidade.

– Deixei minha casa de navio – Gilgamesh começou –, mas ele foi destruído por uma mão invisível. Continuei a pé, atravessando o deserto, escalando montanhas, atravessando vales. Comi frutas e lagartos, bebi gotas de orvalho e água escondida. Matei um urso e dois leões, e a pele deles enrolei sobre mim como um casaco. Assim, cheguei ao lar da mulher da cerveja. Ela me apresentou a Urshanabi, o barqueiro. Ele me levou através do Mar da Morte e disse-me que caminho tomar. Os guardiões da região me surpreenderam com seus raios, mas não fui afetado. Percebendo que eu era dois terços divino, eles abriram para mim a porta de entrada para as entranhas da Terra... Andei pelo túnel circulando por 12 horas duplas, na escuridão total. Então lancei um grito e a saída se abriu, trazendo-me ao seu vale.

– Uma história plausível! – disse Amzara.

– Por minha vida, é a verdade! – exclamou Gilgamesh.

– E por que você veio até aqui, suportando todas as dificuldades? – perguntou Ziusudra.

– Por conta do presságio do Senhor Anu, o pai dos deuses – disse Gilgamesh.

Pegou a Tábua dos Destinos de seu manto.

– Essa é uma Tábua dos Destinos. Foi-me enviada dos Céus, a obra do Senhor Anu.

Eles pegaram a tábua e a examinaram.

– Nunca vi algo assim – disse Ziusudra.

– A obra de Anu, queimada e danificada? – disse Amzara, com dúvida na voz.

Gilgamesh fez uma careta de aborrecimento.

– A tábua que veio dos céus foi escondida por minha mãe, Ninsun; é sagrada demais para ser tocada. Essa é uma imagem dela, e a escrita foi tornada visível em nossa língua. Um artesão da mãe de minha mãe, a grande Senhora Ninharsag, a grande Curadora, o fez. Está danificada porque um dos guardiões a testou com seu raio.

A mão de Gilgamesh sacudiu quando pegou a tábua, e ele percebeu os olhares do casal.

– Quando eu peguei a tábua celeste da obra de Anu que descera do céu, fui afligido por uma doença. Está dentro de meus ossos, consumindo minhas entranhas... É por causa disso que tenho de alcançar a Vida Eterna antes que a morte tome conta de mim.

Ziusudra e a esposa trocaram olhares.

– Se é isso que você procura... – Ziusudra começou.

– Conte-nos mais sobre seu povo, sua cidade, sua terra – Amzara pediu, de súbito. – A última vez que vimos a Terra, ela foi arrastada por uma avalanche de água.

Embora seu cansaço fosse esmagador, Gilgamesh contou-lhes sobre Erech e as outras cidades da terra entre os rios, das pessoas e os templos e os deuses que nela habitavam. Quanto mais ele falava, mais eles queriam saber.

– Faz muito tempo – diziam.

– Ninguém aparece aqui para nos dizer tudo isso – repetiam.

– Ninguém? – Gilgamesh perguntou.

– Nenhum mortal pode vir aqui – disse Ziusudra. – Os Águias nos trazem provisões a cada lua nova, mas eles falam pouco conosco, quando falam.

– Que terrível! – Gilgamesh respondeu. – Vocês podem sair e ir para onde outros transitam?

– Não, a este lugar estamos confinados, pois nós estávamos no meio da contenda entre Enlil e Enki...

– Eu tenho de ouvir isso! – exclamou Gilgamesh.

Ziusudra olhou para a esposa; ela assentiu com a cabeça. Ele tomou um gole de água e, em seguida, inclinou-se sobre uma almofada, para ficar mais confortável.

– Um assunto secreto vou revelar a você, Gilgamesh, um segredo dos deuses – começou. – Quando eu era rei em Shuruppak, Anu, o pai dos deuses, governava no céu. Na Terra, Enlil e Enki, embora irmãos, tinham ciúmes um do outro. Shuruppak dedicava-se à irmã deles, Sud, que você chamou Ninharsag. Mas as pessoas estavam divididas: alguns veneravam Enlil; outros, Enki. Eu mesmo era um adorador do Senhor Enki, que, com Sud, criara a humanidade... – Parou, envolto em memórias. Gilgamesh estava em silêncio, com os olhos fechados.

– Eis o herói que busca a Vida Eterna – disse Amzara. – O sono tomou-o como uma névoa! Acorde-o para que ele possa retornar através da porta pela qual veio!

– Não, deixe-o dormir – disse Ziusudra. Tomou a mão da esposa.

– Os deuses o mandaram para nós, com a notícia do passado. Deve ser um presságio de nosso futuro!

Ela o olhou nos olhos e assentiu. Deitaram Gilgamesh no tapete e colocaram a almofada sob sua cabeça.

– Em corpo e aparência ele não é muito diferente de você – Amzara disse ao marido.

– Miríades de anos, e nós somos parecidos, falamos da mesma forma, filhos da mesma semente! – disse Ziusudra. – A humanidade floresce novamente, antigas cidades foram reconstruídas e novas foram estabelecidas. Nossos três filhos fizeram bem... Não será o tempo, minha querida esposa?

Amzara não disse uma palavra, apenas acenou com a cabeça positivamente.

* * *

Gilgamesh acordou com um sobressalto. Olhou em volta e lembrou de onde estava.

– Eu caí no sono, estava tão cansado. Por que vocês não me despertaram logo que fechei os olhos?

– Você despertou, e dormiu por sete dias e sete noites! – Ziusudra respondeu. – A cada dia, minha esposa fez um bolo de trigo fresco para você, conte-os! Sete eles são em número!

– Perdoe-me, então, por minhas palavras precipitadas – disse Gilgamesh, envergonhado. – Foi como se apenas um instante houvesse passado desde que você começou sua história... Um segredo dos deuses você estava prestes a me dizer?

– Coma seu bolo e beba um pouco de água, e tenha paciência com minha história – Ziusudra respondeu.

Olhou para a esposa, que estava sentada por perto, e então, depois que Gilgamesh havia comido sua refeição, começou a falar devagar.

– Naquela época, a Terra havia se ampliado e a humanidade multiplicado. Os Anunnaki, aqueles que à Terra dos céus vieram, eram em sua maioria do sexo masculino, e depois de um tempo tomaram um gosto pelas filhas dos homens. Até mesmo os grandes, como Utu, tiveram filhos com mulheres terráqueas. Enki, o criador da humanidade, estava satisfeito que os deuses e suas criaturas eram capazes de se miscigenar e ter filhos. Sud estava satisfeita, e em sua cidade, Shuruppak, um semideus, foi ungido como um rei. Mas o grande Enlil estava com raiva. As distrações foram afastando os Anunnaki de sua missão, e ele reclamou. Aqueles que vieram de Nibiru não deveriam se envolver nos assuntos dos terráqueos, insistiu ele. Nada era de seu agrado!

Ziusudra fez uma pausa para tomar um gole de água.

– Em seguida, quando o tempo da passagem de Nibiru estava se aproximando, Enlil convocou um conselho dos deuses.

– A passagem de Nibiru por perto da Terra poderia causar um maremoto que varreria a Terra toda. O Senhor Anu ordenou que todos os Anunnaki deixassem a face da Terra em sua nave espacial. "E o que acontecerá com a humanidade?", perguntou Enki. "Que a humanidade pereça!", Enlil disse, e ele fez todos jurarem manter segredo sobre a calamidade que se aproximava.

– O fim de toda a vida na Terra! – Gilgamesh exclamou.

– Esse era o desejo de Enlil. Mas o Senhor Enki, embora preso a um juramento, chamou-me ao seu templo. Falando através de uma tela, ele se certificou de que eu ouvia suas palavras. "Uma enchente mortal está chegando", ele disse, "e vai limpar tudo da face da Terra. Os Anunnaki vão escapar em suas aeronaves. Enlil nos fez jurar segredo, para que a humanidade pereça. Mas Sud e eu escolhemos você para conservar a semente da humanidade, a semente de tudo o que vive na Terra... Construa um barco", disse ele. Deu-me as dimensões, planta para que pudesse resistir sob as ondas, a calafetagem para que pudesse flutuar quando afundasse. Então, o Senhor Enki insistiu para eu me apressar e, quando a construção estivesse concluída, para aguardar um sinal. "Quando Utu lançar um tremor ao entardecer, você verá uma chuva de erupções", disse ele, "você deverá embarcar no navio com todos os seus filhos, todos de sua família e parentes, e os artífices que ajudaram com a construção, e um navegador que o Senhor Enki lhe enviará, e todos os animais do campo, e toda sorte de outras criaturas, para que todos vocês sobrevivam ao Dilúvio vindouro."

Estava ficando quente dentro da casa, e Ziusudra enxugou o suor. Amzara, sentada em silêncio, balançava a cabeça de vez em quando. Gilgamesh permanecia sentado e encantado.

– No dia em que foi dito, um dia memorável, com o primeiro brilho da aurora, uma nuvem negra surgiu nos céus do sul. Uma tempestade começou a trovejar, movendo-se sobre colinas e planícies. Em seus postos os Anunnaki foram para as espaçonaves, deixando o terreno em chamas com seu brilho, sacudindo a Terra como um pote. Corremos para dentro do barco e fechei as escotilhas. Encolhidos como cães nós nos agachamos contra as paredes do barco. Durante seis dias e seis noites a tempestade varreu a Terra. Em seguida, o mar ficou em silêncio; a tempestade cessou. O barco subiu para flutuar sobre a água. Abri uma escotilha e olhei para fora. Onde a terra havia estado, agora havia água.

Tudo fora coberto pela água, tão plano quanto um telhado reto, e tudo o que existia havia sido varrido. Toda a vida pereceu e a humanidade foi transformada em barro!

As memórias trouxeram lágrimas aos olhos de Ziusudra e a voz estremeceu quando ele continuou.

– Para onde quer que eu olhasse, via apenas água. Mandei pássaros a procurar terra, mas não havia nenhuma. Sentamos e lamentamos por muitos dias... Mas, em seguida, as águas começaram a retroceder, e um dia a pomba que eu enviara não voltou, e nós sabíamos que havia terra em algum lugar. Puzuramurri, o navegador nomeado por Enki, conduziu o barco para o Monte Nisir, de dois picos, como o Senhor Enki nos havia instruído. Lá, à noite, o barco estremeceu e parou. Tínhamos atingido terra firme!

– O dilúvio terminara – exclamou Gilgamesh.

– A maré alta, sim, mas não a calamidade. Deixei todos os que estavam no navio saírem e ofereci um sacrifício. Quando os dois picos surgiram, majestosos, por completo diante de nós, pudemos ver o desembarque das aeronaves, uma após a outra. Sentiram o cheiro da carne queimada e vieram, como moscas atraídas por um pote de mel. Um a um, eles desembarcaram, até os Senhores Enki e Enlil vieram também. Enlil nos viu e ficou furioso. "Quem quebrou o juramento e revelou o segredo a um terráqueo?", gritou... A sábia Sud acalmou sua raiva e levantou a questão de minha semente divina. Os outros falaram muito, pedindo clemência. No fim, Enki falou, admitindo que ele poderia ter me revelado o segredo dos deuses. "Valente Enlil, meu irmão", disse, "os terráqueos são necessários para lavrar a terra, cuidar dos pomares, pastorear as ovelhas e minerar o ouro. Sem a humanidade, os deuses não podem permanecer. Se na Terra os Anunnaki estão para ficar, com a humanidade devem compartilhá-la!".

– E Enlil concordou? – perguntou Gilgamesh.

Ziusudra levantou a mão, indicando que não deveria ser interrompido.

– Ele acatou as palavras sábias, mas não foi compassivo. "Que a prole de Ziusudra multiplique e se espalhe, mas com doenças e morte seja afligida. Que a humanidade compartilhe a Terra com os Anunnaki, mas seja dividida em regiões. Que alguns adorem minha casa e alguns a de meu meio-irmão, Enki, mas os dois não se misturarão... E quanto a Ziusudra e sua esposa, que estavam apenas seguindo as orientações de Enki, deixe-os vir e viver entre os deuses!". Ele nos levou cada um pela mão à sua aeronave: "Você vai residir em uma região dos deuses", disse, "até a próxima aproximação de Nibiru, quando os foguetes espaciais se levantarem para atender as naves que navegam entre os planetas".

A voz de Ziusudra sumiu e ele ficou em silêncio. Amzara também ficou em silêncio.

– Essa calamidade, o incrível Dilúvio, há quanto tempo foi isso? – Gilgamesh perguntou.

– Nibiru já veio e foi duas vezes desde então.

– Mas Enlil disse... – Gilgamesh começou e não completou a frase.

– Houve guerras e guerras entre os deuses – disse Ziusudra –, batalhas impressionantes, aqui nos céus da zona proibida, no momento da primeira travessia... E então, na segunda, não havia espaço para nós. Entenda, Gilgamesh, este é o verdadeiro segredo dos deuses: mesmo eles envelhecem e morrem, exceto que os anos deles têm uma contagem diferente da nossa... Sim, Gilgamesh da terra distante, para tudo e para todos há um tempo determinado, tanto na Terra como nos Céus. Um tempo para nascer é a contrapartida de um tempo para morrer!

– Mas vocês têm vivido todo esse tempo; como os deuses vocês se tornaram! – Gilgamesh insistiu. – É esse segredo que eu vim para desvendar, Ziusudra!

– É a água de nosso poço que nos mantém sempre rejuvenescidos – Ziusudra explicou.

– É uma planta, o fruto da Árvore da Vida, minha mãe disse! – Gilgamesh protestou.

– É a água – disse Ziusudra enfaticamente. – Há de fato uma planta, e seu fruto é o Fruto da Vida. Mas, se a consumirmos, ela não crescerá novamente. Por isso os deuses a plantaram no fundo do poço, ela nunca murcha. Bebemos água e banhamo-nos nela, pois é pela força do fruto que ela é a Água da Vida.

– Onde está o poço?

– No jardim esculpido. Os Anunnaki o escavaram. Sua água é a mais pura, vinda de dois rios que fluem abaixo da Terra. E a própria planta foi trazida de Nibiru.

– É realmente uma maravilha – disse Gilgamesh –, pois viver e viver sem fim é realmente uma bênção divina!

– Viver e viver, isolado, ao saber que seus filhos e netos e todos os que seguem foram morrendo... Você chama isso de uma bênção?

– Essas são palavras de desespero – Gilgamesh respondeu. – O isolamento confundiu sua razão... Quanto a mim, sempre vou escolher a vida sobre a morte. Leve-me para o poço, para que eu possa compartilhar de sua água e viver para sempre!

Ziusudra olhou para a esposa. Ela assentiu.

– Para viver para sempre você deve ficar aqui para sempre – disse ele a Gilgamesh. – Você deve beber constantemente a água, ou os efeitos dela cessarão.

– Mostre-me o poço! – Gilgamesh insistiu.

– Venha comigo – disse Ziusudra.

Levou Gilgamesh para o jardim artificial e mostrou-lhe o poço.

– É profundo, muito profundo – disse. Então,voltou para a casa e deixou Gilgamesh sozinho no jardim.

Gilgamesh olhou para o poço, mas não conseguia ver o fundo. Ele arrancou a bainha do manto e fez tiras dela, e com as tiras amarrou pedras pesadas aos pés. Ele olhou de volta para a casa. Ziusudra e Amzara estavam de pé na soleira da porta, olhando para ele a distância. Viu Amzara levantar a mão, como que para lhe dar adeus.

"Mas eu só vou mergulhar e arrancar a fruta", ele pensou. Levantou a mão para o casal e acenou de forma amigável. Em seguida, pulou para dentro do poço.

A água fria atingiu-o como um golpe. Gilgamesh prendeu a respiração quando as pesadas pedras o puxaram para baixo. Embora o poço fosse profundo, a água era tão pura que sua luz penetrava até embaixo. Quando ele chegou ao fundo, viu uma planta balançando suavemente na água, pois havia correntes no fundo do poço. A planta tinha uma haste longa e reta, com ramos curtos e grossos, ao redor dos quais cresciam os frutos. Gilgamesh pegou a haste e com um forte puxão arrancou a planta com a raiz. Segurou a planta na mão esquerda e usou a direita para, com a adaga, soltar as pedras pesadas, liberando os pés.

Ele esperava flutuar com o valioso prêmio na mão. Mas, no momento em que arrancara a planta, a água começou a girar em um redemoinho, mantendo-o preso ao fundo do poço. Seus pulmões estavam estourando e pedindo o ar, e a visão foi embaçando. Estava perdendo a consciência e sentia que estava sendo puxado por mãos invisíveis, sugado por uma boca poderosa. Mas segurou a preciosa planta, como alguém se apegaria à sua única vida...

Capítulo 15

Em conformidade com os rituais e procedimentos estabelecidos nos tempos anteriores, o Festival de Ano-Novo, que durava 12 dias, começou com a saída tranquila de Ishtar, Ninsun e as outras dez divindades menores de Erech, um ato simbólico que comemorava o momento em que os Anunnaki ainda não estavam na Terra. Isso acontecia depois do pôr do sol, na primeira noite, quando toda a população e seus animais domésticos eram obrigados a ficar dentro de casa, pois estar fora significava morte certa.

Os deuses se moviam silenciosamente do Recinto Sagrado onde haviam se reunido, acompanhados por sacerdotes que carregavam tochas. Eles chegaram ao Cais Sagrado, para lá embarcar em barcas tripuladas por sacerdotes. Navegando ao longo do Canal de Águas Profundas rumo ao Rio Eufrates, passaram pelo Grande Portão na muralha da cidade.

Era meia-noite quando chegaram à praia determinada. Descendo, marcharam em silêncio para o complexo Bit Akiti, o conglomerado de cabanas de junco chamado "A Vida na Terra Começa". Depois de colocar as tochas em posição ao redor do complexo, os sacerdotes se retiraram para as barcaças e retornaram para Erech, deixando apenas os deuses. Que rituais eles conduziam ali, que deliberações secretas eles faziam, nenhum mortal, nem mesmo o Sumo Sacerdote, jamais soube.

Na parte da manhã, fingindo descobrir que os deuses haviam deixado a cidade, os sacerdotes no Recinto Sagrado sopraram o chifre de carneiro para alertar a população. Os deuses, a fonte de toda abundância, de vida segura e leis essenciais, haviam abandonado seus rebanhos de humanos.

– Penitência! Penitência! – os batedores dos templos gritavam enquanto corriam pelas ruas. Vamos todos confessar nossos pecados e pedir perdão!

Assim começavam os quatro dias de penitência e confissões, quando o povo pedia perdão uns aos outros e aos deuses e confessavam seus pecados, alguns nos principais templos, alguns nos santuários nas esquinas da ruas, mas a maioria dentro dos limites de suas casas, em altares domésticos.

Na segunda manhã, o Sumo Sacerdote levantou-se duas horas antes do amanhecer, purificado e devidamente vestido, e entrou no templo de Ishtar para apresentar-lhe as habituais ofertas matinais, como se, fingindo que a deusa estivesse lá, ele a esperasse de volta. Mas ela não estava, e os lamentos que se seguiam inundavam a cidade.

Na terceira manhã, o Sumo Sacerdote colocou duas estatuetas diante do trono de Ishtar: uma de madeira de cedro e outra de cipreste. Ambas eram cobertas de ouro: uma na imagem de uma serpente e a outra na de um escorpião. E, na presença de uma assembleia de sacerdotes, o Sumo Sacerdote proclamou o desejo das pessoas de serem afligidas por essas criaturas rastejantes. Seu veneno mataria os pecadores e puniria aqueles que eram justos, tornando assim possível aos deuses retornarem, terem misericórdia e restaurarem a vida e abundância.

Simbolicamente recordando os tempos anteriores às cidades, vilas, pomares e campos, quando o homem vivia no deserto, mordido e picado por animais rastejantes e perseguido pelos animais selvagens, os sacerdotes, em seguida, liberavam de suas gaiolas os leões que haviam sido capturados para conduzir a carruagem de Ishtar. Os animais corriam selvagens e confusos nas ruas da cidade, agarrando qualquer um que estivesse em seu caminho, dilacerando os poucos homens que, a fim de provar sua coragem, ousavam correr na frente deles nas ruas.

Na manhã do quarto dia, o Sumo Sacerdote subia o grande zigurate precisamente três horas e 20 minutos antes do nascer do sol, e localizava a Estrela da Manhã, o planeta de Ishtar. Pronunciava as bênçãos, erguia as mãos e saudava o planeta. Então, da altura do zigurate, gritava para os sacerdotes reunidos suas instruções.

– No Céu, Ishtar surgiu! A rainha celestial ouviu nossas orações. No Recinto Sagrado, tudo que poderia ser feito foi feito. Agora é para o rei e as pessoas fazerem Ishtar ascender na Terra! Vão, transmitam a mensagem, que ela seja conhecida no palácio e na cidade!

* * *

Nesse dia, a tarde do quarto dia do festival, Niglugal estava andando nervosamente em seus aposentos e só parou quando Kaba entrou. Entrelaçaram os braços em saudação.

– Há uma crescente inquietação na cidade – disse Kaba imediatamente.

– Posso sentir isso até aqui – Niglugal concordou.

– Amanhã é o quinto dia – disse Kaba –, quando o povo marcha sobre o palácio... E não temos rei. Urnungal deve sentar no trono imediatamente!

– É muito incomum – disse Niglugal – entronizar um rei sem a bênção da deusa antes.

– Mas a Senhora Ishtar e todos os deuses estão no *Bit Akiti*!

– Você acha que eu não sei disso? – disse Niglugal, quase gritando. – É aquele maldito acordo entre Ishtar e Ninsun, de aguardar até agora pelo rei voltar ou ser encontrado morto... Se não fosse por isso, você não acha que eu já teria agido?

– Agido? Como? – Kaba perguntou, encarando Niglugal.

– Não importa – Niglugal respondeu, evitando o olhar do comandante. – O fato é que um rei é necessário para os rituais de amanhã, e não há nenhum. Por outro lado, o primogênito, mesmo se ignorarmos sua tenra idade, não pode ser entronizado sem a deusa...

– Portanto?

– Portanto, terá de ser um substituto, um rei temporário – disse Niglugal, quando se virou para encarar Kaba.

– Você – perguntou Kaba, com a mão segurando o punhal no cinto.

– Sim, eu, a menos que você tenha outra solução... Você tem?

– Vou refletir sobre isso e discutir com os outros comandantes – Kaba respondeu. – Eu jurei lealdade a Gilgamesh!

– Eu também – disse Niglugal. – Mas ele se foi e, aparentemente, não está mais entre os vivos.

Eles entrelaçaram os braços novamente quando Kaba saiu, e um largo sorriso surgiu no rosto de Niglugal quando ficou sozinho. O destino, pensou, fora bom para ele.

* * *

– Abram a porta e deixem-me entrar! – O homem gritou para os guardas nas muralhas.

Eles olharam para baixo e viram um homem abatido, as roupas esfarrapadas, o cabelo crescido como o de um selvagem, as bochechas afundadas, as sandálias rasgadas.

– Vá embora, mendigo! – Um dos soldados gritou. – Os portões da cidade estão fechados durante o festival de Ano-Novo. Até os mendigos sabem disso!

– O festival de Ano-Novo? Já se passou um ano?

– Você não sabe as estações do ano, mendigo? – O soldado gritou, erguendo a lança. – Vá embora, ou eu vou fazê-lo ter juízo!

– Não sou um mendigo! – disse o andarilho. – Eu sou o rei!

O soldado explodiu em gargalhadas.

– Venham rápido e levantem as armas em atenção – gritou para os companheiros. – O rei dos mendigos está à porta!

– Sou Gilgamesh, o rei de Erech! – o homem no portão gritou. – Abram a porta e deixem-me entrar!

Os soldados na rampa, chamados pelo camarada para ver o mendigo prepotente, pararam de rir, pois havia autoridade e comando na voz do homem.

– É melhor chamar o capitão – um deles disse finalmente.

– Ei, velho – o capitão gritou ao se aproximar –, o rei Gilgamesh há muito se foi e morreu... Vá embora, encontre abrigo nos campos até que os portões sejam abertos, então eu vou deixá-lo entrar e vou lhe dar uma esmola. Agora, vá!

– Não sou um mendigo pedindo esmolas! – o homem gritou de volta. – Sou Gilgamesh; fui, mas estou de volta, e entre os vivos! Sou o filho da divina Ninsun, pai de Urnungal. Pelos grandes deuses, abram o portão para que eu possa entrar em minha cidade!

O capitão trocou olhares com os soldados.

– Mesmo que haja verdade em suas palavras, o portão não pode ser aberto até que o festival acabe – disse.

– Chame Niglugal, o chanceler! – o homem no portão ordenou.

O capitão olhou em volta, indeciso. Alguns dos soldados encolheram os ombros.

– Muito bem – disse finalmente o capitão –, nós vamos notificar o palácio. Que os superiores lidem com o clamor desse estranho.

Levou algum tempo até Niglugal aparecer nas muralhas. No momento em que ele apareceu, o homem no portão gritou.

– Niglugal, meu fiel camareiro! Sou Gilgamesh, o rei! Eu voltei!

– A voz – Niglugal gritou –, é a voz do rei! Abram o portão, depressa!

– Mas o festival... – o capitão começou a protestar.

– É o rei, seu idiota! – Niglugal gritou. – Você deseja que o filho herde o trono com um pai ainda vivo?

Enquanto o capitão gritava ordens para abrir o portão, Niglugal correu pela rampa da muralha. Esperou o portão abrir e o viajante entrar por ela.

– Niglugal, meu fiel camareiro – o homem gritou, estendendo os braços. – Venha, deixe-me abraçá-lo!

Niglugal inclinou a cabeça, em seguida olhou para o homem. Deu um passo para a frente e, agarrando suas mãos estendidas, girou-as de lado, procurando as cicatrizes reveladoras. Elas estavam lá.

– Perdoe minhas dúvidas – disse Niglugal –, mas eu tinha de ter certeza. Exceto por sua voz e altura, você mudou muito, meu rei!

Gilgamesh o puxou para mais perto e o abraçou. Eles ficaram assim abraçados por alguns momentos, com lágrimas nos olhos.

– Pensamos que você estivesse morto – disse Niglugal. – Os marinheiros encontraram os restos de seu navio... E você está aqui, vivo! Mas seu rosto está fundo, sua carne se encolheu, sua pele é como o couro. Onde você estava, como sobreviveu?

– Vou lhe contar tudo – disse Gilgamesh –, depois que recuperar minha força e compostura. Leve-me para o palácio!

Acompanhado por um pelotão de soldados, eles caminharam lentamente para o palácio. À medida que avançavam, a novidade da volta do rei se espalhou pela cidade.

– Gilgamesh está vivo! Gilgamesh está de volta! – as pessoas começaram a gritar umas para as outras.

Multidões começaram a encher as ruas que levavam ao palácio; Gilgamesh acenou para eles; alguns retribuíram a saudação.

– Que dia do festival é hoje, que as pessoas estão nas ruas? – perguntou Gilgamesh.

– O quinto.

Gilgamesh parou para encarar Niglugal.

– O quinto dia? Então estou de volta em cima da hora!

– De fato – concordou Niglugal. – É melhor se apressar, pois logo vai acontecer um pandemônio.

Gilgamesh colocou a mão no ombro de Niglugal para pará-lo.

– Se eu não estivesse de volta hoje... – ele disse –, o que aconteceria?

– Por acordo entre as deusas, sua mãe e a Senhora Ishtar, o ano deveria ser aguardado. Ninguém estava sentado no trono.

– Meu filho, Urnungal?

– Ele está bem, mas não foi entronizado.

– A Dama Ishtar favorece outro? Enkullab, o Sumo Sacerdote?

– Enkullab está morto – disse Niglugal. – Derrubado pela mão invisível de Anu.

– Anu é grande! – exclamou Gilgamesh. – Quando isso aconteceu?

– Logo depois que vocês navegaram por Eridu, para o Mar Menor.

– Você tem de me dizer como isso ocorreu – pediu Gilgamesh. – Quem é o Sumo Sacerdote agora?

– Pelo desejo de Ishtar, o sacerdote que servira por mais tempo foi o escolhido. Dinenlil é o nome dele. É da descendência sacerdotal de Nippur. O pai dele dirige a academia dos caminhos das estrelas em Nippur, e é um servo fiel do Senhor Enlil.

– Meu filho está seguro, então? A inimizade no templo cessou?

– Sim, com certeza – respondeu Niglugal. – Agora é melhor se apressar. Lave-se e troque-se, pois a multidão exigente em breve estará no palácio.

Aceleraram o passo. Quanto mais perto eles chegavam do palácio, mais densa a multidão ficava, e os soldados tiveram de formar uma falange para abrir caminho para o rei e seu camareiro. Quando se aproximaram do palácio e foram vistos das torres de vigia, um pelotão de soldados correu para dar-lhes assistência. Era liderado por Kaba, comandante das tropas.

– Salve o rei! – gritou quando os dois grupos se reuniram.

Gilgamesh entrelaçou os braços com ele, à maneira dos heróis.

– É bom vê-lo, Kaba – disse.

– Bem-vindo de volta, meu senhor – respondeu Kaba, inclinando a cabeça. – Nós todos sentimos sua falta.

– E onde está Urnungal? – perguntou Gilgamesh.

– Esperando pelo senhor, nos aposentos reais – disse Kaba. – Ele está bem.

Gilgamesh trocou olhares com o comandante.

– Eu mal posso esperar para vê-lo – respondeu.

* * *

Quando pai e filho se encontraram, trocaram um longo abraço. Gilgamesh tinha lágrimas nos olhos e um nó na garganta.

– Como você cresceu! – Gilgamesh falou finalmente.

– Eles disseram que você estava morto – Urnungal disse –, mas eu não podia acreditar... – Enterrou o rosto no peito do pai.

Gilgamesh acariciou o cabelo espesso do filho.

– Você é a única coisa pela qual vale a pena viver – disse em voz baixa.

Então, afastou seu filho, dando uma boa olhada nele.

– Grande e forte, e mais maduro! – Gilgamesh comentou, sorrindo. – Um herdeiro digno!

– Agora que você está de volta, realmente tenho tempo para amadurecer e aprender os assuntos de Estado – disse Urnungal, olhando para o pai. – Mesmo que você esteja muito mais magro e mais bronzeado na pele, você ainda é o mesmo, mas agora melhor, não é?

Gilgamesh parecia intrigado.

– Minha avó, a Senhora Ninsun, contou-me seu segredo, pai – disse Urnungal, sorrindo. – Disse que você tinha ido buscar o Fruto da Vida, ao que sua ascendência divina lhe dá direito!

– Ela falou? – perguntou Gilgamesh, colocando a mão no ombro do filho. – Infelizmente, isso não é o que o destino reservou para mim... Venha, sente-se e lhe contarei.

Frutas e vinho estavam nos aposentos; Gilgamesh tomou um gole do vinho para angariar forças.

– Depois que nosso navio foi afundado por um demônio – começou a dizer ao filho –, só Enkidu e eu fomos salvos. Mas Enkidu, uma criatura de Enki, não conseguiu suportar a água salgada do mar. Diante dos meus olhos ele se foi... Atravessei o deserto sozinho, a pé, recordando o mapa que minha mãe me mostrara. Meus sofrimentos e aventuras vou guardar para mais tarde, pois desejo que tudo seja anotado por um escriba. Depois de muita aventura cruzei o mar, cuja água é a morte, com a ajuda de Urshanabi, um barqueiro dos deuses. Passei pelos sagrados portais; resisti ao desafio de guardiões da zona proibida. Eles me mostraram o caminho através de um túnel para o vale onde Ziusudra, o herói do Dilúvio, foi viver com a esposa. Eles sobreviveram todos esses anos inumeráveis por conta de um poço em cujo fundo o Fruto da Vida cresce. Bebendo sua água, eles estavam constantemente rejuvenescidos... Pulei para dentro do poço e arranquei a Planta da Vida, para que eu pudesse trazê-la para Erech, replantá-la, e ficar rejuvenescido!

– É uma notícia maravilhosa! – exclamou Urnungal. – Houve conversas sobre eu ser elevado ao trono, mas eu lhes disse que não desejo ser rei... Não enquanto você estiver vivo!

A mão de Gilgamesh vibrou.

– Este é meu segredo – disse. – Há morte em meus ossos, meus dias estão contados... E você será rei!

– Mas o Fruto da Vida, você o tem, você disse!

– Depois que arranquei a planta e soltei as pedras dos pés, meus olhos ficaram borrados e meus pulmões explodiram. As correntes dos dois rios, juntando-se no fundo do poço, capturaram-me em um redemoinho. Perdi a consciência e fui levado como um cadáver pelas correntes rápidas... Quando acordei, encontrei-me na costa de um mar desconhecido, ainda segurando a planta. Caminhei ao longo da costa, mas não via nem o vale nem as montanhas que o rodeiam. Finalmente, avistei um pescador; ele me deu água e pão. Ele não sabia de Erech, nem de nossa terra. Mas disse-me que através do mar estreito eu iria encontrar uma vila. Ele me levou em seu barco e mostrou-me um lugar com árvores que davam sombra e uma fonte de água fresca...

Gilgamesh parou para beber água do jarro.

– Embora meu calvário tivesse sido por água, de alguma forma eu estava com sede e desidratado. Tirei minhas roupas e coloquei-as, elas e a planta, ao lado da fonte e, em seguida, entrei na água para um mergulho refrescante...

Sua mão vibrou violentamente e lágrimas vieram-lhe aos olhos.

– O que aconteceu, então? – perguntou Urnungal.

– A serpente... Uma serpente me roubou a Vida Eterna!

– Uma serpente?

– Uma serpente, a mais vil das criaturas, sentiu a fragrância da planta que eu deixara ao lado da fonte... Ela surgiu entre as pedras e levou a planta! Eu a vi deslizando para longe quando saía da água. Peguei uma pedra para esmagá-la, mas, antes que eu pudesse mirar, ela desapareceu atrás das pedras e toda a minha busca frenética havia sido em vão...

– E a planta, o Fruto da Vida? – Urnungal gritou.

– Desapareceu com a serpente... Sentei-me e chorei amargamente, meu filho. Lágrimas correram por meu rosto por horas. Eu levantei minha voz para Utu; ao Senhor Anu gritei com raiva e angústia. E então ri e ri...

– Riu?

– Você não vê a ironia, Urnungal? Ao arrancar a planta do poço, sem pensar sobre as consequências, eu trouxera a morte a Ziusudra e à esposa... E o pescador solitário, e a serpente para a qual ele me trouxera, foram instrumentos em minha rápida punição. O homem, percebi, não pode escapar de seu destino. Quanto mais alto se sobe, mais dura é a queda!

Urnungal colocou a mão no braço do pai.

– Você já viu lugares desconhecidos – disse –, subiu as montanhas cobertas de neve, venceu Huwawa e o Touro dos Céus... Seu nome jamais será esquecido, sua história deverá ser sempre contada!

– Minhas viagens e atos, minhas aventuras nas terras distantes e este dia de retorno a Erech, vou recitar para Dubshar, o escriba real, para que possa inscrever tudo em tábuas de argila. Agora, meu filho, se você não deseja se tornar rei ainda, deixe-me preparar-me para os próximos ritos, e talvez até mesmo conseguir um pouco de sono necessário...

Beijou o filho na testa e Urnungal saiu.

* * *

Após quatro dias de penitência e apreensão, o quinto dia do Festival do Ano-Novo proporcionava válvulas de escape para as emoções das pessoas. Ao meio-dia a população tomou as ruas e todos estavam engajados em algazarra, rufando tambores e soprando trombetas. A comoção atingiu seu pico no final da tarde, quando as pessoas se agruparam em uma procissão desenfreada que convergiu para o palácio. Os sacerdotes fizeram o que podiam para garantir o retorno dos deuses. Apenas o rei foi deixado para interceder em nome do povo, para expiar por eles, para aceitar as humilhações e castigos que as transgressões tinham trazido, e assim para que a cidade e seu povo pudessem ser purificados novamente e tornar-se, portanto, dignos do retorno dos deuses.

Nesse dia, o rei deveria sair do palácio sozinho, sem guardas ou comitiva real. Ele era insultado e instigado pelo povo enquanto conduzia a procissão ao Recinto Sagrado.

– É dessa parte que eu não gosto nem um pouco – disse Gilgamesh para os outros que estavam com ele nas muralhas do portão principal do palácio. – Mas, como rei, vou cumprir o meu dever...

Ele esperou até que os gritos das multidões se reduzissem a exigências de que o rei viesse e levasse a procissão penitente. Então, desceu e saiu pelo portão. A multidão abriu caminho para que o rei pudesse conduzi-la ao Recinto Sagrado. E, assim que ele começou a marcha, os gritos e batidas de tambor e sopros nas trombetas recomeçaram. Com tantos empurrões, aqueles à frente da multidão, os Anciãos da cidade, mantiveram as pessoas a uma certa distância atrás do rei.

Abrindo as portas do Recinto Sagrado com relutância fingida, os sacerdotes deixaram a multidão adentrar. Aproximando-se da mesa de sacrifícios, o rei ofereceu aos deuses desaparecidos não o sacrifício de uma ovelha habitual, mas de seus símbolos régios.

Com a ajuda dos sacerdotes, primeiro ele entregou a coroa e o manto, símbolos de sua autoridade concedida pelos deuses; então o símbolo da realeza, o cetro, foi-lhe tirado; e, finalmente, teve de desistir do Sagrado Bastão, o símbolo do poder e conquista. Assim, privado de toda a autoridade, tanto celeste quanto da Terra, ficou de joelhos diante do Sumo Sacerdote.

– Estou aqui para confessar meus pecados e transgressões – disse o rei, pois era seu Dia da Expiação. E, à vista de todo o povo, o Sumo Sacerdote deu um tapa em cada lado do rosto do rei e puxou suas orelhas, como um sinal de degradação suprema.

– Estou aqui para confessar meus pecados e transgressões – o rei anunciou repetidas vezes, sete no total.

E então o Sumo Sacerdote lhe disse em voz alta:

– Vá para o santuário, para orar por perdão.

Depois disso, as pessoas, em silêncio abafado, esperaram pelo pôr do sol, o início do sexto dia.

Quando a escuridão caiu, e as estrelas no céu tornaram-se plenamente visíveis, o Sumo Sacerdote surgiu do Eanna e lentamente subiu os degraus do zigurate, proferindo hinos e orações e oferecendo libações em cada estágio da pirâmide. Depois, conforme um silêncio completo caiu sobre a multidão, veio a hora de realizar a leitura anual do *Quando nas Alturas*, a Epopeia da Criação, a afirmação da fé. Era o conto sagrado de como o sistema solar havia surgido em dias primevos, como o Firmamento e a Terra foram criados, como Nibiru aderiu ao sistema solar, como a vida começara, e como os Anunnaki haviam construído na Terra o Portal dos Deuses. Embora tivesse ouvido o conto poético recitado desde que era criança, Gilgamesh era dominado a cada vez pelo escopo e majestade dos versos antigos:

Quando nas alturas o Céu não havia sido nomeado,
E abaixo a terra firme "Terra" não havia sido chamada;
Nada além do primordial Apsu, seu progenitor, Mummu,

e Tiamat que a todos pariram, suas águas se misturaram.
O junco ainda não havia sido formado, nenhum pântano havia aparecido.
Nenhum dos celestiais havia sido trazido à vida – nenhum tinha nome, seus Destinos eram indeterminados.

No silêncio absoluto, o Sumo Sacerdote continuou a recitar o poema antigo. Em linguagem vívida, descrevendo os planetas como criaturas nascidas em pares após os três corpos primordiais de vida, o poema descrevia o aparecimento de Nibiru do espaço longínquo, do Profundo em que ele, Nibiru, fora criado:

Sedutora era sua figura, cintilante o brilho nos olhos dele;
Senhorial era sua marcha, comandada como nos tempos antigos.
Bastante exaltado ele foi, acima dos seres celestiais;
Excedendo a todos, ele era o mais sublime.

Passando pelos planetas exteriores, "fogo resplandeceu de seus lábios", e os outros planetas "amontoaram sobre ele seus próprios brilhos impressionantes". Eles tiraram pedaços de Nibiru, formando seus satélites, puxando-o para seu meio. Assim, eles dotaram Nibiru com um Destino, um curso nos Céus que o levou a colidir com Tiamat.

Gritos ocasionais de adoração e reverência surgiam conforme o Sumo Sacerdote recitava os versos que descreviam a colisão celeste e como os satélites de Nibiru dividiram Tiamat em dois, quebrando uma metade em pedaços para criar o Cinturão Celeste e o Rebanho Brilhante, e gerando a Terra a partir da outra metade. Gostando do que viu, o deus celestial separou as águas e a terra seca sobre a Terra, e criou a vida em suas águas e sobre a terra seca, e orientou os Anunnaki a construir sobre a Terra sua Casa Longe de Casa, e moldar o Homem à sua imagem.

– Assim, o Céu e a Terra foram criados – o Sumo Sacerdote concluiu recitando a sexta tábua.

Ouviu-se um grande grito de "Hurra!" da multidão, e de uma só vez os sacerdotes estacionados nas muralhas e no topo dos templos acenderam suas tochas, e a luz surgiu sobre o grande pátio e as pessoas aglomeradas. O Sumo Sacerdote, então, começou a recitar, a partir da sétima tábua, os 60 nomes de Nibiru, e a multidão repetia cada nome depois de pronunciado pelo Sumo Sacerdote. E após o último nome ser recitado, eles gritaram de alegria e tocaram címbalos, pois o vazio e a escuridão haviam terminado. A Terra e seu povo foram recriados e as pessoas se sentiram tranquilizadas, pois haveria as estações do ano, as chuvas e a abundância.

No portão do Recinto Sagrado, uma comitiva estava aguardando o rei para acompanhá-lo de volta ao palácio. O Sumo Sacerdote, acompanhado de sua comitiva, retirou-se para o templo principal. E a multidão que dispersava começou a cantar e dançar, pois todos sabiam que os deuses estavam agora determinados a voltar.

O sétimo dia que se seguiu foi, como o simbolismo prescrevia, o dia do retorno dos deuses. Pois, assim como haviam feito quando a geração da Terra, o sétimo planeta, começou, da mesma forma os deuses se instalariam em Erech nesse sétimo dia.

Como era o costume para a ocasião, a população preparara estandartes ostentando os emblemas celestes dos deuses: o planeta radiante, símbolo de Nibiru e seu governante Anu; a estrela de sete pontas que era o emblema de Enlil, Senhor da Terra; o crescente, símbolo do filho de Enlil, Sin, cujo equivalente celeste era a lua; e a estrela de oito pontas, o símbolo de Ishtar, cujo equivalente celeste era o planeta próximo à Terra em sua posição a partir dos limites exteriores do Sistema Solar de 12 membros.

Os deuses, chegando ao Cais Sagrado em suas barcas, foram recebidos por uma população eufórica e um grande contingente de sacerdotes. Estes tinham liteiras prontas para os Doze Deuses, liderados por Ishtar. Pelotões de soldados seguravam a multidão, que seguia em frente para conseguir uma visão melhor das deidades, e mantinham um caminho aberto para a procissão sagrada. Quando os deuses estavam sentados com segurança sobre as liteiras em formato de tronos, os sacerdotes, usando címbalos e harpas de mão, tocaram uma música processional. As liteiras foram levantadas para os ombros dos sacerdotes carregadores, e, conduzida pelo Sumo Sacerdote, a procissão começou sua ascensão rumo ao Recinto Sagrado. Então, conforme deuses e sacerdotes deixaram o cais, os soldados liberaram a multidão, que subiu atrás da procissão sagrada.

Parando nas previstas sete estações, os sacerdotes fizeram os pronunciamentos necessários, comemorando a passagem dos Anunnaki pelos diversos planetas exteriores e sua chegada à Terra. E assim, com música, alegria e aplausos, o cortejo entrou no Recinto Sagrado pela porta principal.

Foi quando os deuses desceram das liteiras que Ishtar parou e chamou o Sumo Sacerdote.

– Dinenlil – perguntou –, uma decisão foi alcançada no palácio enquanto eu estava fora? O menino será meu consorte, ou Niglugal reuniu coragem para se declarar sucessor?

– Nenhum dos dois – disse Dinenlil, enquanto se curvava para o chão. – Gilgamesh voltou.

– Gilgamesh está de volta a Erech?

– Sim, de fato, Rainha do Céu – respondeu o Sumo Sacerdote.

– Vou requisitá-lo mais tarde. Esteja pronto para me relatar todos os detalhes – Ishtar ordenou.

De volta à sua morada sagrada, quando os sacerdotes que a acompanhavam ficaram para trás, e a serva fiel, Ninsubur, a encontrou, Ishtar estava visivelmente agitada.

– Aconteceu alguma coisa, minha senhora? – Ninsubur perguntou, quando Ishtar jogou as vestes de gala ao chão, com raiva.

– Gilgamesh está de volta! – Ishtar gritou. – Você acredita nisso?

– Isso não deveria lhe agradar, minha senhora? – disse Ninsubur. – A senhora não disse para mim que, de todos os homens que teve desde a morte de Dumuzi, Gilgamesh foi o mais amado?

– É por isso que estou tão irritada, Ninsubur – respondeu Ishtar. – Porque coloquei uma maldição sobre ele e a mãe. Buscar a vida eterna para sempre e nunca encontrá-la, essa foi minha maldição. Se ele não deve viver, por que voltou, a fim de agitar minhas emoções para nada?

– Talvez a maldição não tenha efeito. E se ele encontrar a Vida Eterna?

Ishtar sorriu.

– Você é sábia, Ninsubur. Sempre encontra palavras para me acalmar... Agora, ajude-me a me preparar para ver o Sumo Sacerdote e obter mais informações dele.

– A senhora gostaria que eu convocasse Niglugal pela entrada lateral – perguntou Ninsubur –, de modo que possa ter opções entre ele ou Urnungal?

Ishtar hesitou.

– Não. Se o destino trouxe Gilgamesh de volta neste momento para Erech, deixe que o destino faça sua jogada.

* * *

Pelos dois dias seguintes Gilgamesh se isolou nos aposentos reais, febrilmente ditando a Dubshar, o escriba real, o conto de sua vida e suas aventuras, e a busca para escapar do destino de um mortal. A única pessoa que queria ver era a mãe, Ninsun, mas ela estava restrita ao Recinto Sagrado até o festival de Ano-Novo acabar, e a Gilgamesh não era permitido entrar no local.

Quando o décimo dia começou ao cair da noite, pediu ao filho que se juntasse a ele para a refeição da noite. Eles comeram em silêncio, pois Urnungal esperava o pai falar primeiro, e Gilgamesh estava absorvido em pensamentos. Só quando eles haviam acabado de comer e os servos foram dispensados, Gilgamesh falou.

– Meu filho – disse –, conversei com Niglugal e Kaba. Eles me contaram sobre os acontecimentos em Erech durante minha ausência. Você mencionou que minha mãe lhe dissera a razão urgente de minha segunda viagem, buscar a Planta da Vida... A causa das mortes no Recinto Sagrado e da minha doença é a mesma. É o toque da Tábua dos Destinos, a que eu retirei da obra de Anu e que minha mãe manteve sob sua custódia.

– Eu supunha – Urnungal respondeu.

Gilgamesh balançou a cabeça em aprovação.

– A questão é: Ishtar supôs também? Não sei que explicação minha mãe deu a ela a respeito da tábua. Portanto, não sei o que me espera amanhã, quando irei à sua residência para os ritos sagrados do casamento. A tábua, afinal, era uma mensagem do Senhor Anu destinada a ela.

– Por outro lado, a Senhora Ishtar pode estar satisfeita com seu retorno, pai – disse Urnungal –, e talvez ainda invoque alguma cura para a aflição divina que está em você.

– Sábias palavras, meu filho, mas infelizmente uma esperança irreal. Nem mesmo minha mãe, a Curandeira, tem solução para a minha doença, e a mãe dela, que dirige todos os Curandeiros, só pôde sugerir a Planta da Vida como remédio. Não, meu filho, não importa o modo como pensamos... Sempre chegamos ao mesmo fim. A única incógnita é o momento.

Levantou-se e foi até um baú, de onde tirou uma tábua redonda.

– Ao longo de minhas angústias – disse –, agarrei-me a esses dois objetos. Um deles é uma réplica fiel da Tábua dos Destinos, feita pelo artesão divino da Senhora Ninharsag para que a escrita possa ser legível. Os guardiões da zona proibida testaram-no com seus raios, mas tudo o que eles fizeram foi queimá-lo ligeiramente...

Mostrou a Urnungal a borda queimada do objeto.

– Não é a obra de Anu, mas é igualmente de uma natureza divina. Não há nada como ele na Terra, e isso me serviu bem para convencer ambos os guardiões e Ziusudra do sangue divino em minhas veias. Tome-o e o mantenha em seu poder!

– Para quê? – perguntou Urnungal.

– Porque não sei o que me espera no Recinto Sagrado, é por isso. Entenda, Urnungal, embora eu seja o rei, estou sem reinado. Meu cetro, minha coroa, todos os atributos de realeza foram levados para longe de mim como o costume prescreve. Só se eu sobreviver aos ritos do Casamento Sagrado é que os receberei de volta. Só então serei capaz de proclamar minha escolha por um sucessor... Até então, sou incapaz de falar, e o trono é legalmente vago durante esses dias – passou a mão pelo cabelo crespo do filho. – Se eu não sobreviver ao encontro com Ishtar, essa será sua prova de que a sucessão foi confiada a você.

– Por que você está tão incerto dos ritos de amanhã? É a doença, ou a ira de Ishtar?

Gilgamesh sorriu ironicamente.

– Amanhã, meu filho, vou jejuar do nascer ao pôr do sol. No templo, os sacerdotes me limparão por dentro e por fora, esfregarão minha pele e vão me pentear e ungir meus genitais... Quando eu for finalmente admitido a Gigunu, o Lugar de Alegria Noturna de Ishtar, vamos comer sete tipos de frutas e beber um néctar divino. Em uma câmara contígua, músicos e cantores vão oferecer doces melodias de amor, e Ishtar vai pegar a lira e cantar também. Em seguida, a Rainha do Céu vai me levar para a cama com dossel. Primeiro vou elevá-la na cama flutuante de cordas, e balançando-a para lá e para cá, deverei penetrá-la 50 vezes, para despertar seu êxtase e provar minha virilidade. À medida que o êxtase da rainha aumentar, ela vai me chamar para acompanhá-la na cama de dossel, para que eu vá sobre ela como seu amado Dumuzi o fez. Mas, se eu falhar em realizar as 50 vezes, ou entrar em sua cama muito cedo, talvez não veja a luz do dia...

Havia uma expressão de descrença no rosto de Urnungal.

– Um ato arriscado, ao que parece – ele finalmente concluiu.

– E absolutamente divino – disse Gilgamesh e piscou.

Então, chamou o filho para mais perto de si, abraçou-o e beijou-o na testa.

– Agora, deixe-me ficar aqui, porque eu preciso de descanso para os ritos extenuantes de amanhã.

* * *

Embora não devesse entrar na presença da deusa antes do pôr do sol , o rei foi despertado logo depois do nascer do sol e sem muito barulho foi levado ao Recinto Sagrado. Ele não comeu nem bebeu nesse décimo dia, pois para os ritos do Casamento Sagrado era necessário que estivesse limpo e purificado, livre de tudo o que fosse profano e não santificado.

No portão do Recinto Sagrado, sacerdotes tomaram o lugar de um pequeno grupo de funcionários do palácio que acompanharam Gilgamesh. Eles o levaram a uma parte especial do grande templo para uma série de procedimentos de limpeza: esfregações e banhos rituais asseguraram que o corpo do rei estivesse totalmente puro. As unhas foram cortadas; o cabelo foi cortado, lavado e escovado, em seguida enrolado na nuca na parte de trás da cabeça e mantido no lugar por uma banda de lã fiada. Depois, seu corpo foi ungido da cabeça aos pés com óleos aromáticos, com ênfase especial nos órgãos genitais; ele foi então envolto em uma simples túnica de linho branco e recebeu permissão para se deitar e relaxar.

Duas horas antes do pôr do sol, os últimos preparativos começaram. O corpo do rei foi massageado com óleos aromáticos mais uma vez, e os sacerdotes presentes vestiram-no com as roupas do casamento: primeiro, uma toga branca de tecido como uma gaze; em seguida, um manto azul com franjas brancas. O manto foi cuidadosamente dobrado para descobrir o ombro direito. Um cinto multicolorido, o tradicional presente da noiva, segurava as dobras do manto no lugar.

Conforme o pôr do sol se aproximava, a procissão de casamento foi preparada: primeiro, os músicos e cantores; em seguida, os sacerdotes segurando as bandejas douradas em que os sete tipos de frutas, um presente do rei para a deusa, eram carregados. Na sequência veio o rei, flanqueado por dois sacerdotes seniores, e atrás deles vieram os 12 Anciãos, selecionados para servir como testemunhas oficiais que o rei tinha de fato entrado no Gipar, a Casa de Confortos de Ishtar.

As sacerdotisas a serviço da deusa também completaram seus preparativos finais. Depois de ser banhada e ungida com óleos perfumados e penteada, Ishtar foi vestida: primeiro, com a túnica branca transparente; em seguida, com a roupa divina feita de lã e com franjas. Como toque final, a serviçal Ninsubar colocou em volta do pescoço de Ishtar o colar favorito da deusa, de muitas camadas de contas lápis-lazúli, e entregou-lhe o capacete com chifres divino, que Ishtar preferiu ela mesma colocar.

Quando tudo foi feito, Ninsubar recuou para ver sua senhora. Quando os últimos raios do sol se foram, a câmara já estava banhada em uma luz azulada, cuja fonte era invisível. À luz de cor do céu que era refletida do corpo e dos adornos da deusa, ela se parecia com o corpo celeste que representava na Terra.

– A senhora é realmente divina, uma Rainha do Céu! – disse Ninsubar. – O rei vai ficar encantado com sua aparência divina.

– O rei, segundo me disseram, está muito enfraquecido – disse Ishtar. – Seus pecados são ouvidos no céu!

– Mas, de todos os homens, é a ele é que a senhora mais ama!

– Eu o amava, mas ele me rejeitou, e roubou de mim a tábua de Anu... Eu o amaldiçoei, amaldiçoei Gilgamesh!

Elas agora ouviam a música e o canto que se aproximavam.

– Vai deixá-lo viver? – perguntou Ninsubar.

– A maldição, Ninsubar, não pode ser desfeita. Eu o predestinei a buscar sempre a vida eterna e nunca encontrá-la!

Ninsubar olhou intrigada.

– Como ele pode procurar para sempre, sem para sempre viver?

Ishtar assentiu.

– Isso, na verdade, é um quebra-cabeça para o destino resolver.

Capítulo 16

Quando Astra abriu os olhos, o primeiro pensamento que lhe ocorreu foi que estava morta, e o raciocínio seguinte, que fora enterrada viva.

O lugar estava completamente escuro e totalmente silencioso e frio. Ela queria virar a cabeça, mas não conseguia; sentia-se pesada e dolorida e o pescoço estava duro. Tentou mover a mão, mas havia uma fadiga incomum em seus membros e uma rigidez nos dedos, uma dormência como a que se segue a um bloqueio da circulação. Ela estava deitada de costas e, sentindo-se totalmente imobilizada, tentou mover os lábios e pronunciar uma palavra para que pudesse saber se estava viva ou morta. Os lábios, no entanto, estavam secos e frios, e não poderiam se mover para pronunciar um som coerente. Mas ela soltou uma espécie de gemido, e depois teve a certeza de que estava viva.

Viva... Mas onde?

"Tenho de me mover", pensou; mas não conseguia. Com muito esforço, começou a mexer os dedos das mãos; depois de um tempo, sentiu a circulação voltar a eles e, em seguida, para os braços. Esforçando-se, lentamente levantou os braços e tocou o rosto com as mãos. O toque foi reconfortante e ela começou a esfregar o rosto.

O movimento reduziu a dormência no rosto e agora ela também conseguia mover a cabeça de um lado para o outro, e isso aliviou a rigidez do pescoço. Astra baixou as mãos ao lado do corpo e tateou em volta, percebendo que estava deitada em uma cama. Movendo o corpo em um movimento escorregadio, começou a deslizar para fora da cama. Com os pés estendidos o suficiente para dobrar e tocar o chão, ela descobriu que estava enrolada em algumas cordas, uma espécie de rede. Resmungou um palavrão, imaginando o que uma estúpida rede pendurada por cordas estaria fazendo em uma cama.

Foi nesse momento que um lampejo de memória surgiu em sua mente: ela estava deitada em uma rede... Havia um homem, um homem nu. Ela estava balançando, para lá e para cá, para lá e para cá... Havia um calor, espalhando-se pelo corpo... Era um calor, um brilho interno...

Astra estremeceu. Agora, ela estava fria. Não havia calor nem brilho interno. Fora tudo um sonho?

Escorregou para fora da cama e se levantou. Os pés tocaram um chão frio. Um arrepio atravessou seu corpo e outro lampejo de memória veio... Um quarto. Uma sala cheia de artefatos. A lira. Havia música de lira...

Mas agora havia um silêncio absoluto. Sem se mover, ela olhou em volta. Em um lugar notou um brilho de luz e caminhou com cuidado em direção a ela. Quando chegou ao local, com as mãos estendidas, tocou uma cortina. Com a mão vacilante, puxou-a de lado. Havia uma janela atrás da cortina pesada e a luz atingiu os olhos de Astra como um golpe de martelo. Ela fechou os olhos e, atordoada, segurou a cortina para não cair. Então, abriu e fechou os olhos várias vezes, piscando até se acostumar com a luz.

Virou-se e olhou para o quarto. Havia uma lira e outros artefatos. A cama de dossel. Havia um homem na cama, deitado de lado, com o rosto pressionado contra um travesseiro. "Eli", ela lembrou. "Ele me trouxe até aqui. Ontem à noite."

"Ontem à noite?" Instintivamente, olhou para o relógio de pulso. Eram 8h40. Foi então que percebeu que estava totalmente nua, exceto por um manto transparente. O homem na cama estava nu também.

– Droga! – Astra murmurou. – Devo ter passado toda a maldita noite aqui, transando. E agora estou atrasada para o trabalho.

Eli não respondeu. "Não admira que o pobre coitado esteja esgotado", Astra pensava. "Devemos ter transado a noite toda!"

Encontrou suas roupas espalhadas no chão e vestiu-se com pressa. Como diabos faço para sair daqui?, pensou, vendo que Eli ainda estava dormindo. Agora que ela já havia se acostumado à luz e podia até mesmo enxergar as partes escuras da sala, percebeu o elevador e uma figura feminina ali. Astra se aproximou e viu uma estátua realista, e outra memória surgiu em sua mente. Ishtar, a deusa... Eli estava lhe dizendo diversas coisas, fatos antigos... Ela viu tudo em um sonho depois que havia adormecido... Ela tocou a estátua.

– Ei, Eli – gritou para ele. – Adivinhe! Sonhei que era uma deusa, como essa estátua... Eu era Ishtar, e você era um rei, Gilgamesh! – seu grito deveria ter despertado Eli, mas isso não aconteceu.

Agora Astra estava irritada. Entrou no elevador ao lado da estátua e apertou um botão, depois outro, mas nada aconteceu. Ela estava ficando nervosa com a perspectiva de chegar atrasada ao trabalho e frustrada por sentir-se enjaulada ali dentro.

Saiu do elevador e foi para a cama.

– Vamos lá, moço! – gritou para Eli quando chegou mais perto dele. – É hora de despertar! Levante-se e deixe-me sair daqui!

Ele ignorou, ou não ouviu as palavras ditas em alto e bom som. Astra pegou a mão dele e puxou-a algumas vezes para despertá-lo. Quando a soltou, ela caiu para trás na cama, inerte. "O que está acontecendo aqui?", Astra pensou, e certa apreensão começava a invadi-la. Sacudiu Eli algumas vezes e, quando mesmo aquilo não ajudou, inclinou-se e, com algum esforço, virou-o de costas.

Os olhos estavam abertos, mas vidrados. Ele não estava respirando, embora a boca estivesse entreaberta. O pênis estava ereto e azul, azul-escuro. Ela tentou sentir o pulso: não percebeu nada.

Ele estava morto.

– Oh, meu Deus! – Astra gritou e recuou, horrorizada.

Por alguns instantes, ela contemplou o corpo morto, indecisa sobre o que deveria fazer. Sabia que tinha de sair, mas como? Freneticamente ela olhou pelo quarto de novo, notando pela primeira vez uma maçaneta em uma das paredes. Correu para lá e de perto pôde ver que o papel de parede fora colocado para fazer a porta ficar indistinguível. Ela puxou a maçaneta e a porta se abriu, revelando escadas que levavam para baixo. Estava escuro para além dos degraus de cima, e Astra tateou o caminho cuidadosamente até chegar a uma porta na parte inferior.

Ela a abriu e passou, e viu que estava de volta na sala de estar, que agora recordava da noite anterior.

A luz azulada que inundara a sala antes não estava mais lá, mas alguma luz se infiltrava por trás das cortinas pesadas e Astra foi em direção a ela. Procurou o casaco e a bolsa e encontrou-os na poltrona onde se sentara. Em um impulso, ela se sentou novamente na cadeira.

Fechou os olhos e tentou se lembrar do que havia acontecido naquele quarto na noite anterior. Seu anfitrião, agora morto, estava conversando com ela, mostrando *slides*... O que ele estava dizendo? Lembrou-se de Baalbek, sua infância, um sexto dedo... Ele falou com ela no museu, ela o acompanhou até ali... Eles bebiam um néctar... Astra abriu os olhos. Sim, os copos ainda estavam ali, na mesa ao lado. Sentiu um calor interior, uma sensação de leveza. E depois? E depois? Havia um perfume maravilhoso que vinha com essas lembranças, mas seus sentidos relatavam agora um odor de mofo, e o novo odor interferiu com a recuperação de sua memória.

Olhou em volta da sala, tentando retomar seu rumo. Havia o projetor de *slides*, outra âncora para memórias. Sim, ele falara a respeito da estátua... Eles foram lá para cima... Fora a noite do Casamento Sagrado...

O cheiro de mofo a oprimia, e ela sentiu um calafrio. Estava lembrando corretamente ou fora tudo uma ilusão? E se ela tivesse sonhado tudo isso?

Astra balançou a cabeça, pegou seus pertences e caminhou em direção à escada. A luz azulada que iluminava a escada na noite anterior estava desligada, mas não havia luz do dia suficiente vindo das janelas estreitas em andares alternados para que ela pudesse encontrar o caminho. Ao alcançar a porta de saída, Astra quase tropeçou em uma pilha de papéis espalhados sobre o chão. A porta estava trancada, mas ela encontrou o trinco tateando com as mãos e destrancou-o. Girou a maçaneta para abri-la, mas a porta não se moveu. Nervosa, Astra a empurrou e a porta se abriu abruptamente.

Na luz, viu que a pilha em que tropeçara era composta de cartas e revistas, que evidentemente haviam sido jogadas pelo orifício para correspondência no meio da porta. Quando ela saiu para o beco, fechando a porta atrás de si, notou o número "6" gravado nela. Quando chegou à esquina, percebeu a placa da rua: Beco Copta, Travessa Copta.

– Maldição! – Astra resmungou, perguntando-se se todas aquelas coisas eram meras coincidências.

Ainda – ou mais uma vez – garoava, e ela se lembrou do chapéu e do casaco que deixara no museu na noite anterior. Dirigiu-se até lá para buscá-los, mas foi barrada por um guarda junto aos portões de ferro.

– O local ainda não está aberto para visitantes – disse ele. – Somente leitores podem entrar agora.

– Só vim para pegar o meu chapéu e meu casaco. Deixei-os aqui ontem à noite.

– Tudo bem – respondeu o homem, dando uma boa olhada nela. – Entre.

Enquanto atravessava o pátio, ela não podia deixar de pensar na noite anterior, como atravessara esse mesmo pátio com alguém completamente estranho.

"Será que ele realmente acreditava em um destino que nos levaria de volta à antiga Suméria, ou foi apenas uma forma engenhosa para me atrair para a sua cama?", pensou Astra.

Ela balançou a cabeça não acreditando em sua própria ingenuidade, mas deu de ombros e subiu as escadas.

Na chapelaria, entregou ao atendente o marcador de plástico com o número que lhe fora dado na noite anterior.

– Acho que deixei meu chapéu e meu casaco aqui, ontem à noite – explicou. – Você poderia me devolver, por favor?

– Sim, claro – respondeu o atendente. Ele foi até as prateleiras, e um minuto depois voltou.

– Sinto muito – disse –, mas não há nada neste número.

Olhou para ela com curiosidade.

– Além disso, todos os marcadores plásticos para esse número estão aqui no lugar. Quando foi que você recebeu isso?

– Ora, falei a você – disse Astra. – Ontem à noite, quando eu estava aqui para a Exposição Gilgamesh.

O atendente olhou para Astra de canto de olho.

– A exposição Gilgamesh? Não houve tal exposição aqui, na noite passada. Tem certeza de que não está nos confundindo com alguma outra galeria?

– Claro que não! – disse Astra, nervosa. – Não sou louca. Deixei meu chapéu e casaco aqui; eu os guardei para ver a exposição!

Perplexo, o atendente chamou um dos guardas do museu.

– Charlie – gritou –, há uma senhora aqui que diz que esteve aqui na noite passada, para uma exposição Gilgamesh. Você sabe alguma coisa sobre isso?

O guarda se aproximou.

– A exposição Gilgamesh? – disse ele, olhando para Astra. – Sim, tivemos uma, mas não na noite passada. Deve ter sido pelo menos um ano atrás!

– Um ano atrás? – exclamou Astra. – Foi ontem à noite, aqui, neste museu!

– Sim, você está certo, Charlie – disse o atendente. – Eu me lembro agora. Foi nessa época, mas há um ano. Eles estavam servindo bebidas na cafeteria...

– Isso é loucura! – Astra explodiu. – Ou eu recebo meu chapéu e meu casaco ou falarei com um supervisor!

– Acalme-se, senhorita – disse o atendente, olhando para o guarda. – Não importa quando tenha sido a exposição, seu chapéu e casaco não estão aqui, e nenhum marcador está faltando aqui também. Agora, pegue de volta seu marcador e ligue para os Achados e Perdidos da Polícia Metropolitana. É para onde enviamos coisas deixadas para trás por muito tempo.

– Há um telefone ali, atrás da divisória – o guarda acrescentou, apontando.

Sem compreender, Astra pegou o marcador plástico de volta e foi até onde eles haviam indicado. Pegou uma moeda de dentro da bolsa, e, em seguida, lembrou-se que não precisava de uma moeda para chamar a polícia.

– Qual número de emergência você necessita? – um operador perguntou.

– Polícia.

Houve um clique e uma voz masculina grave se identificou como Sargento Watson, da Polícia Metropolitana.

– Quero denunciar uma morte – disse Astra, com hesitação na voz.

– Morte violenta?

– Oh, não... É um homem que morreu...

– Qual é seu nome, senhorita?

– O nome dele era Eli... Elios, é isso.

– Preciso de seu nome e endereço. De onde você está ligando?

– Sim... Número seis, Travessa Copta... Há um homem morto...

– Como ele morreu? Quando?

Astra não respondeu.

– Alô, senhorita! – disse o sargento com urgência. – Você sabe quando o homem morreu? Hoje? Ontem?

– Não sei exatamente – Astra sussurrou. De repente, sua voz sumiu e o telefone caiu da mão. Ela teve um vislumbre de alguém familiar na baia da chapelaria. Era Eli. Ele a vira?

Astra fechou os olhos e abriu novamente. Quando o fez, ele desaparecera.

Leitura Recomendada

O 12º Planeta

Livro I das Crônicas da Terra

Zecharia Sitchin

Ao apresentar a história das origens da humanidade por meio da arqueologia, da mitologia e de textos antigos, em *O 12º Planeta*, Zecharia Sitchin documenta o envolvimento de extraterrestres na história da Terra. Focando principalmente na antiga Suméria, ele revela com precisão espetacular a história completa do Sistema Solar como contada pelos anunnakis de Nibiru, um planeta que orbita próximo à Terra a cada 3.600 anos.

O Caminho para o Céu

Livro II das Crônicas da Terra

Zecharia Sitchin

Há muito tempo que a nossa memória mítica guarda lembranças de que, em algum lugar da Terra, existe um ponto onde podemos transcender a morte e juntarmo-nos aos deuses. Em *O Caminho para o Céu*, Zecharia Sitchin fala das suas descobertas fascinantes sobre a história da Terra e analisa com profundidade o nosso desejo de retornar ao divino.

A Guerra dos Deuses e dos Homens

Livro III das Crônicas da Terra

Zecharia Sitchin

Nesae livro, Zecharia Sithcin apresenta uma evidência surpreendente de que os "deuses" que vieram à Terra do 12º planeta, Nibiru, travaram uma série de batalhas ferozes pela supremacia do nosso planeta, alistando os terráqueos nelas. Sitchin conta com um estudo meticuloso dos relatos antigos, desde paletas sumérias e o Antigo Testamento até os mitos antigos dos ensinamentos canaanitas, hititas e hindus, para traçar a saga dos deuses e dos homens de um início criativo a um fim trágico.

www.madras.com.br

MADRAS® Editora

CADASTRO/MALA DIRETA

Envie este cadastro preenchido e passará a receber informações dos nossos lançamentos, nas áreas que determinar.

Nome____

RG____________________ CPF____________________

Endereço Residencial ______________________________

Bairro _______________ Cidade_________________ Estado_____

CEP ____________ Fone_________________________________

E-mail ____

Sexo ❑ Fem. ❑ Masc. Nascimento_____________________

Profissão _______________ Escolaridade (Nível/Curso) __________

Você compra livros:

❑ livrarias ❑ feiras ❑ telefone ❑ Sedex livro (reembolso postal mais rápido)

❑ outros:____

Quais os tipos de literatura que você lê:

❑ Jurídicos	❑ Pedagogia	❑ Business	❑ Romances/espíritas
❑ Esoterismo	❑ Psicologia	❑ Saúde	❑ Espíritas/doutrinas
❑ Bruxaria	❑ Autoajuda	❑ Maçonaria	❑ Outros:

Qual a sua opinião a respeito desta obra?________________________

____

Indique amigos que gostariam de receber MALA DIRETA:

Nome____

Endereço Residencial ______________________________

Bairro _______________ Cidade_______________ CEP __________

Nome do livro adquirido: O Rei Que Se Recusava a Morrer

Para receber catálogos, lista de preços e outras informações, escreva para:

MADRAS EDITORA LTDA.

Rua Paulo Gonçalves, 88 – Santana – 02403-020 – São Paulo/SP

Caixa Postal 12183 – CEP 02013-970 – SP

Tel.: (11) 2281-5555 – Fax.:(11) 2959-3090

www.madras.com.br

Este livro foi composto em Times New Roman, corpo 11,5/15.
Papel Offset 75g
Impressão e Acabamento
Orgráfic Gráfica e Editora — Rua Freguesia de Poiares, 133 —
Vila Carmozina — São Paulo/SP — CEP 08290-440 —
Tel.: (011) 3522-6368 — orcamento@orgrafic.com.br